KNAUR

Über die Autorin:
Yvonne Jarré (Jahrgang 1967) ist eine Hamburger Autorin, die bereits Romane unter verschiedenen Pseudonymen veröffentlicht hat. So oft wie möglich reist sie mit ihrem Mann und ihren beiden Kindern nach Paris, um dort von einer eigenen Wohnung zu träumen.

Yvonne Jarré

Rosenwein und Apfeltarte

Roman

KNAUR

Besuchen Sie uns im Internet:
www.knaur.de

FSC
www.fsc.org
MIX
Papier aus verantwortungsvollen Quellen
FSC® C083411

Originalausgabe Juni 2018
Knaur Taschenbuch

Ein Imprint der Verlagsgruppe
Droemer Knaur GmbH & Co. KG, München

Redaktion: Dr. Gisela Menza
Covergestaltung: bürosüd°, München
Coverabbildung: Caroline Martin/Stockfood
Satz: Adobe InDesign im Verlag
Druck und Bindung: CPI books GmbH, Leck
ISBN 978-3-426-52097-0

2 4 5 3 1

Für Jens-Michael

»Dass uns eine Sache fehlt,
sollte uns nicht davon abhalten,
alles andere zu genießen.«

Jane Austen

1

Alexandra zog die Haustür hinter sich zu und ließ die Szene auf sich wirken.

Vor dem Haus parkte ein Auto mit geöffnetem Kofferraum. Jonas hüpfte mit dem Rucksack auf dem Rücken und seinem geliebten Stoffesel unterm Arm auf dem Gehweg hin und her, während Paula sich noch mit Rosaria unterhielt. Seit einiger Zeit war das Zusammenleben mit der Dreizehnjährigen alles andere als einfach. Sie sprach wenig, wirkte meistens mürrisch und explodierte oft aus nichtigen Anlässen. Trotzdem merkte Alexandra auch ihr die Vorfreude an. Da waren ein Leuchten in ihren blauen Augen und eine Röte auf ihren Wangen.

»Hier sind die Schlüssel, Rosaria.« Alexandra reichte der Haushälterin den Schlüsselbund. »Vielen Dank, dass Sie in den nächsten drei Wochen das Haus hüten wollen.«

»Ach was!« Die Portugiesin schüttelte ihren Kopf, sodass ihre schwarzen Locken flogen. »Ist auch Urlaub für uns! Ist schon anders, im Sommer im Garten sitzen als auf kleinem Balkon. Alles gut. Fahren Sie nur, Frau Doktor. Wir kümmern um alles.«

Ja, das wusste Alexandra. Rosaria würde das Haus vom Keller bis zum Dachboden putzen, bis man die Zimmer ohne Bedenken auch als Operationssäle nutzen könnte. Und ihr Mann Jorge würde die Rosen schneiden, den Rasen mähen, düngen, gießen, vermutlich sogar den Gartenzaun streichen.

Alles war gut. Sie konnte fahren, Urlaub machen. Es waren Schulferien. Sie hatte frei. Im Dienstplan der folgenden drei Wochen tauchte ihr Name nicht auf.

»Mama, wann fahren wir endlich los?«

Jonas trippelte von einem Bein auf das andere und erinnerte sie daran, dass es einen Zeitplan einzuhalten galt.

»Jetzt.« Sie strich ihm über den braunen Haarschopf und drückte ihn kurz an sich. »Sonst verpassen wir noch unser Flugzeug. Los, steig ein!« Mit einem Freudenschrei riss Jonas die Wagentür auf und kletterte auf den Rücksitz. »Du auch, Paula.« Während Paula ihren jüngeren Bruder auf den Nebensitz schubste, ergriff Alexandra Rosarias Hand. »Danke, Rosaria. Grüßen Sie bitte Jorge. Falls etwas ist, der Zettel mit Telefonnummer und Adresse unserer Unterkunft liegt neben dem Telefon. Und mein Handy habe ich sowieso dabei. Außerdem können Sie mich über E-Mail erreichen.«

Rosaria lachte. »Wird nicht nötig sein. Was soll passieren? Aber ist gut. Wir wissen Bescheid. Und nun schöne Ferien!«

Alexandra öffnete die Beifahrertür und ließ sich auf den Autositz fallen.

»Habt ihr euch angeschnallt?« Sie drehte sich um, die Kinder nickten. Durch die Heckscheibe sah sie die offene Kofferraumhaube. Der Wagen schaukelte beim Verstauen der letzten Koffer, dann wurde die Klappe zugeschlagen. Gleich würde Arne auf das Dach klopfen und sein »Auf geht's, Leute!« rufen, bevor er selbst einstieg. So war es immer. Jedes Mal, wenn sie in die Ferien fuhren, egal, wohin. Die Reise begann immer mit dem Zuschlagen des Kofferraums, dem Klopfen auf das Autodach und diesem Satz. Auf geht's, Leute.

Diesmal aber blieb er aus. Statt Arne setzte sich der Taxifahrer hinter das Steuer.

»Flughafen?«

»Ja.« Ihre Stimme war plötzlich heiser.

»Welches Terminal?«

»Eins.«

Der Mann startete den Motor, der Wagen rollte los.

»Alles okay, nichts vergessen?« Alexandra drehte sich wieder zu Paula und Jonas um. Beide schüttelten den Kopf. Dann griff sie in ihre Handtasche und schaute nach, ob sie alles dabeihatte. Es half, sich zu kümmern – um Gepäck, die Gurte, die Jacken, die Ausweise, die Tickets.

Und dann gab es nichts mehr zu tun oder zu regeln, nichts, um sich abzulenken. Sie konnte nur dasitzen und sich zum Flughafen chauffieren lassen.

Alexandra schluckte gegen den Kloß an, der plötzlich in ihrem Hals steckte.

Du wirst nicht heulen. Nicht hier, nicht jetzt! Reiß dich zusammen!

Ja, ja, ja! Sie hatten ja alle recht, ihre Eltern, ihre Schwester, deren Mann, Franzi und Sebastian. Die Kinder brauchten Ferien. Sie brauchten Entspannung. Sie sollten lachen, unbeschwert spielen, in der Sonne liegen. Franzi war in ihrer unverblümten Art so weit gegangen, von *Normalität* zu sprechen. Alexandra selbst war klar, dass sie Jonas und Paula im vergangenen Jahr vor allem Routine geboten hatte, feste Regeln, einen Rahmen, in dem sie sich bewegen und sicher fühlen konnten. So wie sie auch.

Das war bestimmt nicht in Ordnung. Aber hier Normalität zu fordern grenzte an Frechheit. Am liebsten hätte sie Franzi ins Gesicht gebrüllt, dass sie sich ihre Ratschläge sonst wohin schieben konnte. Arne war tot, begraben, lag auf dem Friedhof! Da gelang es nicht mit einem Fingerschnippen, einfach so wieder zur Normalität zurückzukehren.

Natürlich hatte sie Franzi nicht gesagt, was sie dachte, allein schon um ihrer Freundschaft willen und weil ja doch ein Körnchen Wahrheit darin steckte. Außerdem hatte sie in solchen Situationen immer die Stimme ihrer Großmutter im Ohr, die »Contenance!« forderte.

Reiß dich zusammen!

Das Taxi fuhr an Wohnhäusern vorbei und näherte sich der Alster.

»Mama?«

Sie drehte sich um. »Ja, mein Schatz?«

»Gibt es da, wo wir hinfahren, auch einen Pool?«

»Ja. Jedenfalls haben Frank und Henriette das gesagt.«

Jonas lächelte breit. »Geil.«

»Junger Mann! Ich dachte, solche Worte wollen wir nicht benutzen?«

Er grinste sie an. »Okay.«

Alexandra drehte sich wieder um, schaute aus dem Fenster und sah doch nichts. Sie hätten ebenso gut durch dichten Nebel fahren können.

Es war doch erst ein Jahr.

2

Es klingelte an der Tür.

Noch bevor Nick aufstehen konnte, war Sophie schon vom Tisch aufgesprungen und zur Tür gelaufen. Larrys Bass dröhnte durch den Flur.

»Na, Prinzessin, schon aufgeregt?«

Sophies Antwort konnte er nicht verstehen, aber Larrys Lachen ließ die Wände des Hauses erzittern.

»Ich bin in der Küche!«

Es war gerade kurz vor neun, und ausnahmsweise lief alles nach Plan.

»Moin, Nick!« Larry kam herein, drückte Nicks erhobene Hand und klopfte ihm auf die Schulter. Dann gab er dem mit seinem Nintendo am Tisch sitzenden Tim einen High-Five.

»Wir sind fast fertig.« Nick stellte die leeren Cornflakes-Schüsseln der Kinder und seinen Kaffeebecher zum schmutzigen Geschirr vom Vorabend in die Spülmaschine und schaltete sie ein. Bis das Gepäck im Auto und das Bike auf dem Anhänger befestigt waren, würde die Maschine fertig sein. Und dann konnten sie losfahren. So gegen elf Uhr, wie er es geplant hatte. »Wenn du willst, kannst du schon mal die ersten Taschen zum Auto bringen. Ich komme gleich.« Larry nickte und verschwand im Flur. »Ey, Sportsfreund, Zähne putzen. Und dann schaust du nach, ob noch etwas von deinem Kram fehlt. Vor allem das Ladegerät für deinen Nintendo nicht vergessen, sonst ist es Essig mit Spielen. Ich kaufe bestimmt kein neues. Klar?«

Tim nickte, sprang auf, und kurz darauf waren seine Schritte auf der Treppe zum Dachboden zu hören.

Als Nick in den schmalen dunklen Flur kam, war der Gepäckstapel bereits geschrumpft. Er warf sich die Gurte von zwei Taschen über die Schulter, schnappte sich die Schlafsäcke und lief die Treppe zum Ausgang hinunter.

»Am besten verstaust du das alles selbst«, sagte Larry, als Nick den Kofferraum des Kombis öffnete. »Ich hole den Rest.«

»Wenn du Sophie irgendwo herumspringen siehst – sie soll sich auch noch die Zähne putzen und nachschauen, ob sie wirklich alles dabeihat, was sie mitnehmen will. Ich wende bestimmt nicht auf der Autobahn und fahre wegen einem Plüschhasen oder einer Haarspange noch mal zurück.«

»Mach ich!«

Nick hob eine Tasche nach der anderen in den Wagen, und der Kofferraum begann sich in rasender Geschwindigkeit zu füllen – die Taschen mit den Klamotten, die Schlafsäcke, die Isomatten und Luftmatratzen, die beiden Zelte, Geschirr, Tims Skateboard, seine eigene Lederjacke, der Helm, die Fotoausrüstung.

Mist. Wie soll das alles reinpassen?

Er zog einen Topf und den Wasserkessel wieder aus dem Kofferraum und füllte die entstandene Lücke mit einer der Reisetaschen. Das Kochgeschirr packte er stattdessen zu den Rucksäcken der Kinder auf den Rücksitz. Das würde schon gehen. Sophie war schmal, da würden die paar Sachen nicht stören. Und verdammt, fast hätte er die Thermobox mit dem Proviant vergessen. Die musste dann wohl auf dem Beifahrersitz stehen. Und in den Fußraum kamen sein Schlafsack, die Luftmatratze und die Isomatte. Und natürlich – ganz wichtig – die Tasche mit dem Laptop.

Tim reichte ihm ein weiteres Gepäckstück, das verflixt danach aussah, als hätte Sophie ihre gesamte Stofftiersammlung eingepackt.

»Hör mal, Sophie, das geht nicht. Das kriegen wir nicht mehr ins Auto. Reicht nicht ein Kuscheltier?«

Sie stand vor ihm in ihrem rosa Sommerkleid, und ihr kleines Gesicht war blass geworden.

»Aber Papa, das kann ich nicht machen! Wen soll ich denn zu Hause lassen? Und wie soll ich denen erklären, dass sie nicht mit in den Urlaub dürfen?«

Ihre blauen Augen begannen sich mit Tränen zu füllen. Ein Anblick, den Nick nicht ertragen konnte.

»Also gut.« Tröstend strich er ihr über das Haar. »Irgendwo wird sich schon noch ein Plätzchen für die Bande finden. Sag ihnen aber, dass sie sich klein machen sollen.«

Als er schließlich mit Packen fertig war, bekam er die Kofferraumklappe kaum zu.

»Was schüttelst du den Kopf?«, fragte Larry und legte ihm einen Arm um die Schultern.

»Ich verstehe nicht, warum drei Leute – zwei davon klein – so viel Zeug brauchen. Für drei lumpige Wochen!« Er lachte und zog Feuerzeug und Zigaretten aus der Brusttasche seines Jeanshemds. »Verdammt, ich werde während der ganzen Fahrt nur über die Außenspiegel Sicht haben.«

»So sind Kinder nun mal. Und vergiss nicht, Sophie ist eine Frau, zwar eine kleine, aber immerhin. Bei Gepäck zählen die immer doppelt.« Larry klopfte ihm auf die Schulter. »Soll jetzt das Bike rauf?«

»Jepp.«

Es dauerte nicht lange, bis sie den Anhänger an der Anhängerkupplung befestigt und die Rampe aufgebaut hatten. Dann schwang Nick sich auf seine Harley und startete den Motor. Langsam und vorsichtig fuhr er sie auf die Ladefläche. Wow. Es lief wirklich alles nach Plan. Er grinste. Das war mal eine ganz neue Erfahrung. Anschließend fixierten sie die Räder mit Blöcken.

»Halt, warte mal«, sagte Larry, nachdem sie die Spanngurte angebracht hatten. »So kannst du nicht fahren. Das Bike wackelt wie ein Lämmerschwanz. Wir müssen die Gurte fester ziehen, sonst kannst du deine Fatboy bei der ersten Steigung von der Fahrbahn sammeln.«

Sie zogen nach.

Cool. Noch nicht einmal zehn Uhr. Gleich noch tanken, und in einer halben Stunde sind wir auf der Autobahn. Top in der Zeit!

In diesem Moment riss einer der Gurte.

3

Toulouse empfing Alexandra und die Kinder mit der Sonne und Wärme Südfrankreichs. Sie trugen ihre Jacken über dem Arm, und bereits auf der Fahrt im Bus vom Flugzeug zum Flughafengebäude war unübersehbar, dass sie im Süden angekommen waren. An den Rändern des Geländes wuchsen Thymian- und Rosmarinsträucher, und direkt vor dem Eingang zur Passkontrolle standen Palmen in Kübeln. Jonas staunte und war sogar für einige Minuten still. Während des ganzen zweieinhalbstündigen Flugs hatte er nicht eine Sekunde geschwiegen, alles hatte er wissen wollen: Wieso ein Flugzeug fliegen kann, was die Klappen an den Tragflächen bedeuten, wie hoch, wie lang, wie weit, wie viel Passagiere Platz hatten, was man machen musste, um Pilot werden zu können. Paula hatte angesichts des Redeschwalls ihres Bruders die Augen verdreht und sich die Ohren mit Kopfhörern verstopft. Alexandra war überrascht, dass sie das Klassikprogramm der Bordunterhaltung gewählt hatte. Den Klängen nach zu urteilen, die sie nebenher aufgeschnappt hatte, war es eine Mischung eher leichter Stücke, die aber in ihrer Stimmung gut zu Frankreichs Süden passten: Debussy, Ravel, Satie.

Arne hat auch immer Klassik gehört. Nicht daran denken. Nicht jetzt. Es gab noch viel zu tun. Die Gepäckausgabe finden zum Beispiel.

Alexandra folgte dem Strom der Menschen und den Schildern. Dann warteten sie an dem großen schwarzen Laufband, bis irgendwann die ersten Koffer auftauchten.

»Da! Das ist meiner!«

Ehe Alexandra ihn daran hindern konnte, hüpfte Jonas am Fließband entlang und versuchte, den großen dunkelblauen Koffer am Griff herunterzuzerren. Ein älteres Ehepaar lachte über seinen vergeblichen Versuch, dann half ihm der Mann und wuchtete den Koffer auf den Boden.

»Merci, Monsieur!« Alexandra hob den Koffer auf den Gepäcktrolley, den Paula in der Zwischenzeit organisiert hatte. Der Koffer war ungewöhnlich schwer. »Was hast du denn da nur eingepackt, Jonas?«

Der grinste sie an. »Ich? Nichts! Du hast doch für mich gepackt. Da! Da ist dein Koffer, Mama!«

Alexandra hatte ihn auch gerade entdeckt und hob ihn vom Gepäckband.

»Klar, meiner ist natürlich wieder der letzte.« Paulas Mundwinkel gingen nach unten.

»Du, ich habe dem Personal vorher eine Mail geschickt und darum gebeten, dass deiner zuletzt aus dem Flugzeug geholt wird.«

Paula schnitt eine Grimasse, sagte aber nichts mehr.

Ihr Koffer kam nur wenige Augenblicke später. Alexandra zählte das Gepäck – drei Koffer, Paulas Tasche, Jonas' Rucksack und ihre Handtasche. Alles vorhanden. Dann schoben sie den Gepäckwagen zum Ausgang.

In der großen Ankunftshalle blieb Alexandra abrupt stehen.

»Was ist denn, Mama?«

Sie hörte nicht hin. Der Anblick der Familien und Paare, die sich begrüßten, verabschiedeten oder gemeinsam den Gepäckwagen schoben, tat weh, so plötzlich und unvermittelt, dass ihr der Stich den Atem nahm. Sie fühlte sich einsam, verlassen, wie der letzte Mensch nach einer alles verschlingenden Apokalypse.

»Mama?« Jonas zupfte an ihrem Ärmel und erinnerte sie daran, dass ihre Kinder bei ihr waren und dass die beiden darauf warteten, endlich zu dem kleinen Landgut zu fahren, das Freunde ihrer Eltern ihr und den Kindern für die Sommerferien zur Verfügung gestellt hatten. Sie durfte sich nicht gehen lassen. Sie hatte eine Aufgabe.

Haltung! Danke, Großmutter.

Sie straffte die Schultern. »Nichts. Es ist nichts, Jonas. Ich habe nur die Autovermietung gesucht«, antwortete sie, zwang sich zu einem Lächeln und strich ihm über das Haar. »Da vorne ist sie!«

Der SUV von der Autovermietung roch so intensiv nach Neuwagen, dass Alexandra alle Türen offen stehen ließ, während sie das Gepäck im Kofferraum verstaute und dabei nochmals auf Vollständigkeit prüfte. Dann stiegen sie ein, und sie tippte ihr Ziel in der Nähe von Saint-Thibéry in ihr Smartphone ein. Sie schaute sich die Gesamtstrecke an, um einen besseren Überblick zu bekommen. Bei einem der Ortsnamen, an denen die A61 vorbeiführte, zuckte sie unwillkürlich zusammen.

»Carcassonne.« Das Wort war heraus, bevor sie es zurücknehmen konnte.

Paula beugte sich vor. »Was hast du gesagt?«

»Wir kommen bei der Fahrt auch an Carcassonne vorbei.«

»Was ist das?«

Jonas konnte sich offenbar nicht mehr daran erinnern. Natürlich nicht. Als sie noch alle gemeinsam die Nachmittage und Abende mit Gesellschaftsspielen verbracht hatten, war er für einige davon noch zu klein gewesen.

»Das ist eine Burg«, antwortete Paula. »Eine ziemlich berühmte sogar.«

»Eine echte Burg! Cool!«

»Vielleicht können wir ja einen Ausflug dorthin machen und sie besichtigen.« Alexandra spürte den bohrenden Blick ihrer Tochter im Nacken. »Das ist bestimmt interessant.«

»Au ja!« Jonas strahlte.

»Es gibt ein Spiel, das Carcassonne heißt«, fuhr Paula fort. »Das haben wir früher immer mit Papa gespielt, wenn …«

»Paula!«

»Was denn? Darf ich Jonas nicht erzählen, was wir früher gemacht haben? Ist das jetzt schon verboten?«

»Du weißt ganz genau, worum es geht.«

»Nein, weiß ich nicht. Höchstens, dass du Papa ganz und gar …«

»Das ist jetzt nicht der richtige Zeitpunkt, um darüber zu reden!«

»Wann dann?« Paula warf sich in ihrem Sitz zurück und steckte die Kopfhörer in die Ohren. »Bei dir ist nie der richtige Zeitpunkt.« Sie verschränkte die Arme vor der Brust, drehte den Kopf zur Seite und sah mürrisch aus dem Fenster.

Alexandra umklammerte das Lenkrad und schloss kurz die Augen. Franzi hatte ihr schon oft gesagt, sie solle endlich ihr Schweigen brechen und mit Paula reden. Sie hatte recht. Unbedingt hatte sie recht, aber … Sie konnte nicht. Sie schaffte es nicht. Zumindest noch nicht. Vielleicht wurde es ja besser, irgendwann.

»Mama?«

Sie blickte hoch und sah im Rückspiegel Jonas. Er wirkte traurig. Und seine Augen waren voller nicht ausgesprochener Fragen und Gedanken.

»Alles in Ordnung, Schatz. Wir werden uns die Burg ansehen. Versprochen. Wir haben viel Zeit. Zuerst aber fahren wir zu unserem Ferienhaus.«

Entschlossen packte sie das Lenkrad und drehte den Zündschlüssel um. Mit einem kaum hörbaren Summen sprang der Motor an.

Auf geht's, Leute!

4

Im Behandlungsraum der Notfallstation roch es nach Desinfektionsmittel und gestärkter Wäsche, und die Liege war hart und unbequem. Die Operationsleuchte schien ihm direkt ins Gesicht, und geblendet schloss Nick die Augen. Seine Stirn, die rechte Schläfe und ein Teil der rechten Wange fühlten sich irgendwie taub an und pochten.

Wie eine Peitsche war der Gurt durch die Luft geschnellt. Zum Glück hatte das Ding sein Auge verfehlt, wenn auch nur knapp. Eine Platzwunde direkt über der Augenbraue war das Resultat. Larry hatte ihn sofort ins Krankenhaus gefahren. Ein Pfleger hatte sich sein Gesicht kurz angesehen, folgerichtig erkannt, dass keine Lebensgefahr bestand, und ihn mit einigen Mullkompressen in den Wartebereich geschickt. Dort hatte er mit Larry, Tim und Sophie über eine Stunde auf einen Arzt gewartet und sich gefragt, wo denn eigentlich seine Krankenkassenbeiträge blieben. Offensichtlich nicht beim Krankenhauspersonal. Denn dass die hier hoffnungslos unterbesetzt waren, erkannte sogar er als Laie. So viel also zu seinem Plan, um elf Uhr auf der Autobahn zu sein. Wenn sie heute noch vor drei loskamen, konnte er sich glücklich schätzen.

Der Arzt, der ihn jetzt untersuchte, war jung und locker und machte einen kompetenten Eindruck.

»Da haben Sie aber doppelt Glück gehabt«, sagte er und tastete mit seinen in Latexhandschuhen steckenden Händen

Nicks Gesicht und die Platzwunde ab. »Zwei Zentimeter tiefer, und Sie könnten sich jetzt die Farbe Ihres Glasauges aussuchen.«

»Rot, passend zum Tattoo. Oder mit geschlitzter Linse.« Nick musste lachen. »Und wieso doppeltes Glück?«

»Es ist ein glatter Schnitt. Wir brauchen nicht zu nähen.« Er drehte sich zu einer jungen Schwester in grünem Hemd und Hose um. »Zweimal Steri-Strips.«

Ein Gedanke zuckte durch Nicks Hirn. »Ich kann doch damit Auto fahren, oder?«

»Heute?« Die Schwester reichte dem Arzt ein geöffnetes Päckchen, kaum größer als ein Pflaster aus der Drogerie.

»Ja. Ursprünglich wollte ich in diesem Moment schon auf der A7 kurz vor Hannover sein.«

Der Arzt beugte sich wieder über ihn. Er roch nach Desinfektionsmittel, Nikotin und Pfefferminzkaugummi. Dann spürte Nick, wie er die Wunde zusammendrückte.

»Fahren Sie in den Urlaub?«

»Ja.«

»Wohin soll es denn gehen?«

»Nach Südfrankreich. Die Kinder haben jetzt Ferien.«

»Nach Südfrankreich mit dem Auto? Da haben Sie sich ordentlich was vorgenommen.«

»Sechzehn Stunden, wenn man ohne Pause und ohne Staus durchfahren kann. Aber den Stress tue ich den Kids nicht an. Deshalb wollten wir auf halber Strecke übernachten und morgen irgendwann gegen Mittag vor Ort sein. Ganz gemütlich. Aber wenn wir gleich losfahren, schaffen wir es noch bis morgen Abend.«

»Hm.« Der Arzt runzelte die Stirn und unterbrach seine Tätigkeit. »Das Problem ist, dass das Auge noch zuschwellen und

Ihnen damit die Sicht einschränken könnte. Außerdem steckt hinter so einem Spanngurt eine Menge Energie. Wenn der einem ins Gesicht klatscht, ist das wie ein Faustschlag gegen den Schädel. Ich habe Sie zwar untersucht, aber trotzdem können sich Symptome einer Gehirnerschütterung auch erst später zeigen. Kann nicht Ihre Frau fahren?« Er beugte sich wieder über ihn.

»Ich bin alleinerziehend. Im Wagen sind nur ich und meine beiden Kinder.«

»Dann empfehle ich Ihnen zu warten und erst morgen oder übermorgen zu fahren.«

»Ach du Schande. Wirklich? Wegen so einem dämlichen Gurt?«

»Fertig, Dr. Wagner?«

»Ja.« Der Arzt nickte der Schwester zu, die ihm die Pflasterpackungen und die Metallschale abnahm und ein Spray reichte. »Kneifen Sie bitte die Augen fest zu.« Es wurde kurz kalt auf Nicks Stirn. »Das ist ein Sprühpflaster. Bitte vierundzwanzig Stunden trocknen lassen, danach können Sie sich ganz normal waschen und duschen. Sie können sich jetzt aufsetzen. Also«, er zog die Handschuhe aus und warf sie in einen Abfalleimer, dann rollte er mit dem Hocker wieder zur Liege zurück, »bei einer Gehirnerschütterung können neben Kopfschmerzen gesteigerte Lichtempfindlichkeit, Übelkeit und Erbrechen, Konzentrationsstörungen und Somnolenz auftreten.«

»Somnowas?«

»Somnolenz, plötzlich einsetzende Müdigkeit, Schläfrigkeit. Quasi ein Schlafanfall, wenn Sie so wollen. Zu Hause auf dem Sofa kein Problem. Am Steuer allerdings …«

»Nicht so prickelnd, verstehe.« Nick runzelte die Stirn, was so wehtat, dass er es schnell wieder sein ließ. »Wie lange dauert denn so eine Gehirnerschütterung?«

»Wenn Sie tatsächlich die Krankheitszeichen haben, die ich Ihnen eben aufgezählt habe, kann es von Stunden bis hin zu Tagen dauern.«

»Was? Das darf doch nicht wahr sein!«

»Aber Sie haben ja jetzt keine Beschwerden, oder?«

»Nein.«

»Und ich konnte bei meiner neurologischen Untersuchung auch nichts Auffälliges feststellen. Was leider nicht heißt, dass die Symptome nicht doch noch einsetzen können. Deshalb raten wir in Fällen wie Ihrem zu einer Beobachtungszeit von vierundzwanzig Stunden. Wenn Sie dann noch keine Beschwerden entwickelt haben, ist die Wahrscheinlichkeit, dass sie eine Commotio haben, zwar nicht ausgeschlossen, aber extrem gering.«

»Vierundzwanzig Stunden?«

»Ja. Wenn dann nichts ist, können Sie fahren.« Der Arzt stieß sich mit den Füßen vom Boden ab, rollte quer durch den Behandlungsraum und landete mit nur durch viel Übung erlangter Präzision am Schreibtisch. »Bedenken Sie, es ist nur ein Tag. Wenn Sie aber einen Unfall haben, noch dazu mit Ihren Kindern …«

»Mir ist klar, was auf dem Spiel steht.« Nick biss die Zähne zusammen und zog sein Jeanshemd wieder über, während der Arzt ein Formular ausfüllte. »Und wenn irgendetwas von dem, was Sie da genannt haben, auftritt?«

»Dann kommen Sie wieder her. Oder besser, Sie lassen sich bringen.«

Nick holte tief Luft und stützte sich an der Liege ab.

»Okay, dann also Planänderung. Ein Tag früher oder später, darauf kommt es nun auch nicht an.« Er stand auf. »Wann muss ich damit wieder zum Arzt?«

»Wenn die Wunde Beschwerden macht, also brennt, heiß und gerötet ist, unangenehm spannt oder Sie Fieber bekommen, dann sofort und jederzeit. Sonst brauchen Sie nicht unbedingt zu einem Kollegen. In zehn Tagen können Sie die Strips auch selbst entfernen. Funktioniert wie ein Pflaster. Hier ist noch der Bericht für Ihren Hausarzt.«

»Okay.« Nick nahm den Umschlag und reichte dem Arzt die Hand. »Danke, Doc.«

»Das ist mein Job. Und Ihnen dann ab hoffentlich morgen schöne Ferien.«

»Danke. Machen wir das Beste draus.«

5

Mama, sind wir bald da?«

Alexandra warf einen Blick in den Rückspiegel. Jonas ließ seinen Esel auf den Knien wippen, den Kopf hatte er gegen die Nackenstütze gelehnt. Er sah müde aus. Kein Wunder, hatte er doch in der Nacht vor Aufregung kaum geschlafen und war schon lange auf den Beinen. Und so spannend es auch anfangs gewesen war, an malerischen Weinbergen und Olivenhainen, kleinen mittelalterlichen Dörfern und der traumhaften Küste mit dem türkisblauen Mittelmeer vorbeizufahren, so sehr verlor sich der Reiz des Neuen für einen Neunjährigen spätestens nach zweieinhalb Stunden Fahrt.

»Mein Navi sagt, dass es noch etwa eine Viertelstunde dauert. Das hältst du doch noch aus, oder?«

»Klar.« Aber sein Seufzen war deutlich zu hören.

Sie hatten bei Narbonne die A61 verlassen und waren auf die A9 Richtung Montpellier abgebogen. Irgendwann demnächst musste linker Hand die Abzweigung nach Saint-Thibéry kommen. Das Städtchen war nur wenige Kilometer von dem Landgut entfernt und bot laut Internet alle Einkaufsmöglichkeiten, die man für einen dreiwöchigen Urlaub brauchte.

»Was ist das da vorne?«

Alexandra musste gerade ihre Konzentration zwischen dem Verkehr, dem Navi und den Schildern am Straßenrand aufteilen und blieb ihrem Sohn die Antwort schuldig. Da, da war sie endlich, die richtige Ausfahrt. Sie blinkte und verließ die Autobahn.

»Mama, was ist das da vorne?«

Alexandra sah wieder in den Rückspiegel. Jonas hing in seinem Gurt und lag fast waagerecht auf der Mittellehne.

»Setz dich bitte richtig hin, Jonas. Wenn ich jetzt bremsen muss, kann der Gurt dich nicht richtig festhalten.« Und dann passiert dir etwas. Und dann …« Sie beobachtete, wie er die Augen verdrehte, sich aber trotzdem wieder gerade hinsetzte. »Das da vorne sind die Cevennen, Schatz. Berge, richtig hohe Berge. Hier in der Nähe gibt es auch Nationalparks, große Naturschutzgebiete. Vielleicht fahren wir da mal hin.« Das Wort wandern erwähnte sie lieber nicht.

»Was gibt es denn da zu sehen?«

»Wasserfälle und tolle Schluchten.«

»Au ja. Aber zuerst will ich die Burg sehen.« Er ließ seinen Esel wieder auf den Knien auf und ab hüpfen. »Gibt es in dieser Burg auch einen Kerker?«

»Vermutlich.«

»Und eine Folterkammer?«

»Ich weiß es nicht. Wir können ja mal im Internet nachsehen.«

»Okay.« Im Rückspiegel sah sie, dass Jonas sich zurücklehnte, die Augen rieb und herzhaft gähnte. »Sind wir bald da?«

»Zwei Kilometer noch.« Alexandra warf einen Blick auf das Navi. »Wenn wir uns nicht auf den letzten Metern verfahren, sind wir in wenigen Minuten am Ziel.«

Und dann hatten sie die Abzweigung zum Landgut erreicht. Zwei aus Sandsteinquadern gemauerte, von Ananas gekrönte Säulen begrenzten einen Schotterweg, in den sie einbiegen mussten. Das Fahrgeräusch änderte sich augenblicklich, Staub flog auf. Sie fuhren an knorrigen Olivenbäumen vorbei sowie durch einen aus Pinien und anderen mediterranen Nadelgehölzen bestehenden Wald. Und dahinter öffnete sich ein Platz vor einem Landgut.

»Das ist es?« Paula hatte ihre Kopfhörer aus den Ohren gezogen und sich nach vorne gebeugt, als Alexandra den Wagen auf dem Kies zum Stehen brachte. Die Dreizehnjährige flüsterte.

Alexandra konnte sie verstehen. Ihre Eltern hatten ihr Fotos des Guts gezeigt, aber die waren der Realität nicht gerecht geworden. Es war so wundervoll, dass es ihr den Brustkorb zusammendrückte und den Atem nahm. Es hatte etwas von einem Traumbild, einer Filmkulisse oder einem Werbefoto für Reisen nach Südfrankreich. Ein zweigeschossiges Sandsteingebäude mit blau abgesetzten Fensterrahmen und -läden erhob sich vor ihnen, einladend, freundlich, als würde es ihnen zuzwinkern. Thymian und Lavendel wuchsen in Beeten vor dem Haus. An einer Seite kletterte eine rosa blühende Clematis bis zum Dach, an der anderen rankte eine üppige purpurfarbene Bougainvillea empor. Auf einer von einem Strohgeflecht beschatteten Terrasse standen Eisenstühle um einen runden Tisch herum.

Dort werden wir sitzen und frühstücken oder mittagessen.

Alexandra schaltete den Motor ab.

»Los, Kinder, aussteigen.«

Das ließ Jonas sich nicht zweimal sagen. Er war schon aus dem Wagen, bevor Alexandra sich überhaupt abgeschnallt hatte.

Als sie ausstieg, empfing sie warme Luft, die nach Pinien, Lavendel und Oleander duftete. Die Sonne schien auf sie herab. Es war eine südliche Sonne, deren Hitze durch den nahen Wald und einen sanften Wind gemildert wurde. Die Kinder standen und staunten.

Arne würde es lieben.

Plötzlich stand er neben ihr, hatte seinen Arm um ihre Schultern gelegt und drückte sie an sich.

»Was für ein Traum! Da werden wir uns aber in den drei Wochen wohlfühlen, oder?«

Seine Stimme klang in ihren Ohren so real, seine Berührung fühlte sich so echt an, dass sie das Bedürfnis hatte, die Umarmung zu erwidern und sich an ihn anzulehnen. Doch da war nichts neben ihr, nur Leere. Arne war nicht hier, und er würde dieses Haus nie sehen. Diese Wahrheit schnürte ihr die Kehle zu.

»Mama, wie kommen wir eigentlich ins Haus?«

Paula hatte die Frage kaum gestellt, als sich die Haustür öffnete und eine kleine, pummelige Frau herausgelaufen kam.

»Bonjour! Bonjour, Madame Jensen.«

Sie begrüßte sie herzlich auf Französisch und stellte sich als Marguerite Bouchard vor, Haushälterin von Madame und Monsieur Degas, den Freunden von Alexandras Eltern.

Die Herzlichkeit und Freundlichkeit dieser Frau taten gut, ebenso ihre Tatkräftigkeit, mit der sie sofort nach dem Gepäck fragte und beim Ausladen half. Alexandra war sich nicht sicher, ob sie es sonst geschafft hätte – den Kofferraum entladen, die Kinder ins Haus bringen, sich dort umschauen, einrichten … Es war zu viel. Sie hatte genug damit zu tun, sich selbst zu umklammern, um nicht auseinanderzubrechen. »Madame, kommen Sie. Ich zeige Ihnen das Haus!«

Die fröhliche Stimme der Haushälterin holte sie in die Gegenwart zurück. Sie riss sich zusammen und nahm einen der Koffer in die Hand. Es ging einfach weiter, das Leben.

Gemeinsam trugen sie das Gepäck ins Haus. Der köstliche Duft von Rosmarin und gebratenem Huhn begrüßte sie beim Eintreten in den großen offenen Raum, der Eingangsbereich, Küche und Wohnzimmer war und fast das ganze untere Stockwerk einnahm.

»Bitte sehr, Madame.« Madame Bouchard trug einen Koffer die Treppe hinauf und stellte ihn oben am Geländer ab. »Schauen Sie sich um, das Essen ist in einer halben Stunde fertig. Ich läute dann.«

»Sie haben gekocht? Für uns?« Alexandra hatte nicht gewagt, den Duft mit sich und den Kindern in Verbindung zu bringen. Sie wusste ja nicht, ob die Haushälterin auch im Haus wohnte und für sich selbst gekocht hatte.

Madame Bouchard lächelte. »Ich dachte, Sie kommen den weiten Weg hierher, sind müde und erschöpft, und die Kinder sicherlich noch mehr. Und dann sollen Sie noch einkaufen und selbst am Herd stehen? Nein, nur über meine Leiche. Möchten Sie draußen essen?«

»Sehr gerne. Und vielen Dank für Ihre Mühe, Madame!«

»Ah, tatata.« Die Haushälterin wedelte mit ihrer Hand durch die Luft. »Suchen Sie sich jetzt ein schönes Zimmer aus. Die Schlafzimmer sind oben. Zwei davon haben ein eigenes Bad. Vielleicht das Richtige für Sie und das junge Fräulein?« Sie lächelte, als wüsste sie genau über die Bedürfnisse dreizehnjähriger Mädchen Bescheid.

Alexandra spürte das Verlangen, die Frau zu umarmen, sich an sie zu lehnen, sich von ihr trösten zu lassen. Gedanken, die sie sich nicht einmal ihrer Schwester oder Franzi gegenüber gestattete. Aber wie hätte das wohl bei einer Fremden ausgesehen? Sie war schließlich kein kleines Mädchen mehr. Also stieg sie stattdessen die Treppe hoch und folgte dem Freudengeheul, das aus einem der Zimmer kam.

Mühsam hielt sie die Tränen zurück. Ohne Madame Bouchard stünde sie vermutlich immer noch vor dem Haus, unfähig, sich zu rühren, nicht mehr in der Lage zu funktionieren, ein hilfloses, schwaches Bündel.

6

Das riesige Aquarium nahm die ganze Höhe und Breite des Raumes ein. Wände und Boden waren dunkel gestrichen und die Scheinwerfer so geschickt angebracht, dass sie die Illusion von Sonnenstrahlen erzeugten, die schräg von oben durch das Wasser fielen, als würde man selbst in dem Becken tauchen.

Nick saß mit Larry in einer der oberen Reihen, die wie ein Amphitheater aufgebaut waren, während Tim und Sophie ganz vorne an der riesigen Glasscheibe standen und zusahen, wie die Haie und Rochen langsam und majestätisch vorbeischwebten. Es war ein faszinierender Anblick, der sich aber ebenso gut von hier oben bewundern ließ, über die Köpfe der zahlreichen Erwachsenen und Kinder hinweg, die sich vor der Scheibe drängten.

»Alles okay bei dir?« Larry stieß ihn mit dem Ellbogen an und hielt ihm die Tüte mit den gesalzenen Nüssen hin.

Nick holte sich eine Handvoll heraus, warf sie in den Mund und antwortete: »Ja, alles okay.«

Wenn man von dem Loch absah, das dieser Tierparkbesuch in seine Kasse riss. Die hundert Euro für die Familienkarte und Eis waren nicht eingeplant gewesen. Aber egal. Die Kinder hatten sich darauf gefreut, morgen Mittag in der Sonne Südfrankreichs zu liegen, was der dämliche Spanngurt verhindert hatte. Irgendwie hatte er ihre Enttäuschung wiedergutmachen müssen.

»Keine Kopfschmerzen oder so?«

Nick schüttelte den Kopf. »Nö.«

Die Stirn über seiner rechten Augenbraue pochte ein bisschen und fühlte sich geschwollen an. Wie eine Beule. Aber das war auch schon alles.

»Die beiden haben ihren Spaß«, sagte Larry und deutete mit dem Kinn zu Tim, der seiner Schwester den riesigen Zackenbarsch zeigte, der gerade hinter einem der Felsen hervorschwamm.

»Hoffentlich.«

»Klar! Du hast aus dieser Situation wirklich noch das Beste gemacht. Wie immer.«

»Ja. Irgendwann steht das auf meinem Grabstein: ›Mach immer das Beste draus!‹« Nick verzog das Gesicht. Nach Lachen war ihm gerade nicht. »Warum kann nicht einfach mal irgendetwas nach Plan laufen? Warum muss immer alles schiefgehen?«

Larry zuckte mit den Schultern. »Was weiß denn ich? Hey, Nick, mach dir keinen Kopf. Unvorhergesehenes passiert eben. Und du hattest verdammtes Glück. Stell dir vor, der Spanngurt hätte dein Auge getroffen. Dann hättest du jetzt ganz andere Sorgen, und euer Urlaub in Frankreich hätte sich komplett erledigt. So fahrt ihr einfach morgen los. Zwar später als gedacht, aber es ist nur ein einziger Tag.«

Nick holte tief Luft. Larry hatte recht, ein Tag war nichts, gar nichts. Sie würden immer noch rechtzeitig in Frankreich sein, damit er die Gegend erkunden und seine Artikel für die Motorradzeitung schreiben konnte. Alles gut. Er sollte sich einfach entspannen. Ändern konnte er ohnehin nichts daran.

Tim kam die Treppe hochgelaufen, und Sophie versuchte vergeblich, ihrem Bruder in gleicher Geschwindigkeit zu folgen.

»Papa, hast du diesen riesigen Fisch gesehen?«

»Den Zackenbarsch?«

»Heißt der so?«

»Ich glaube schon.«

»Der ist voll krass, oder? So ein Riesenteil! Dem möchte ich aber nicht vors Maul schwimmen.«

»Kann ich verstehen.«

»Papa!« Sophie fiel Nick in die Arme und kuschelte sich eng an ihn. »Die Fische sind so schön!«

»Ja, das sind sie.« Er schloss einen Moment die Augen und atmete den Himbeerduft des Prinzessinnenshampoos ein, mit dem er ihr immer die Haare wusch. »Wie sieht es aus, habt ihr Hunger?« Beide Kinder nickten. »Pommes und Chicken-Nuggets?«

»Au ja!«

»Dann kommt. In der Halle bei den Krokodilen gibt es ein Restaurant.« Wenn schon, denn schon. Das Loch war ohnehin bereits in der Kasse, da machten zwanzig Euro mehr oder weniger auch nichts mehr aus.

7

Der Abend war lau und seidenweich, wie er nur am Mittelmeer sein kann. Grillen zirpten, die Luft duftete nach Pinien und Blüten – Oleander, Rosen, wilder Jasmin. Die Sonne war untergegangen, spektakulär als rot glühender Ball am Horizont, an dem man mit viel Fantasie in dem schmalen grauen Streifen die Pyrenäen erkennen konnte. Jetzt waren die Sterne da. Das Doppelte, nein, ein Vielfaches der Sterne, die man in Hamburg sehen konnte.

Alexandra saß auf der Terrasse am Pool an der Rückseite des Hauses, geschützt vor dem Wind, der am Abend von den Cevennen Richtung Küste wehte. Sie hatte das Licht ausgeschaltet, mit dem Schwimmbecken und Terrasse beleuchtet wurden, um den Nachthimmel besser sehen zu können. Neben ihr auf dem Tisch brannte nur eine Kerze in einem Tongefäß, die nach Citronella duftete und Mücken vertreiben sollte. Das Licht flackerte gelegentlich, die Flamme spiegelte sich auf der Weinflasche.

Die Kinder schliefen in wohliger Zufriedenheit, jedes in seinem eigenen Zimmer. Nach dem Essen und Auspacken hatten sie das Haus und das Anwesen erkundet. Sogar Paula ähnelte an diesem Abend endlich wieder mehr dem fröhlichen Mädchen als dem pubertierenden Teenager. Es war ein harmonischer Nachmittag und Abend gewesen, und beide hatten etwas gefunden, was ihnen besonders gefiel. Für Jonas war es die Ritterrüstung neben dem Kamin, die sofort seine Fantasie angeregt hatte, und für Paula der Flügel vor der Terrassentür mit Blick auf knorrige Olivenbäume. Gleichermaßen begeistert waren beide vom großzügigen, modernen Pool und von der Katzenfamilie, die offensichtlich zum Haus gehörte, eine hübsche weiße Katzenmama mit drei unterschiedlich gefärbten Kätzchen, die sich am Nachmittag auf der Terrasse eingefunden und sofort Freundschaft mit Paula und Jonas geschlossen hatten.

Alexandra trank einen großen Schluck von dem Wein, den Madame Bouchard noch aus dem Weinkeller der Degas' geholt hatte, bevor sie gegangen war. Trocken und vollmundig war er, ein edler Tropfen, ein Genuss nach dem Abendessen, das aus den Resten des köstlichen Rosmarin-Hühnchens und einem frischen Baguette bestanden hatte. Mit ein bisschen Glück würde der Wein für ein rasches Einschlafen sorgen.

Nachdem die Kinder ins Bett gegangen waren, hatte sie mit ihren Eltern telefoniert und sich bei den Degas' mit einer SMS bedankt. Jetzt lag das Handy stumm auf dem Tisch und ihr E-Book-Reader unbeachtet daneben. Es war spät. Die Grillen hatten ihr Konzert beendet, die Nacht war angebrochen. Eigentlich sollte sie auch ins Bett gehen. Sie war müde nach dem langen Tag, dem Flug, der Autofahrt. Doch sie blieb sitzen, unfähig, sich zu rühren, und erdrückt von tonnenschweren Gewichten auf ihren Schultern. Sie war wie gelähmt und nicht einmal in der Lage zu lesen. Eigentlich hatte sie sich darauf gefreut, endlich mal wieder die Zeit zu haben, und hatte sich gleich einen ganzen Stapel E-Books auf das Gerät geladen. Jetzt wurde ihr plötzlich klar, dass es zu Hause keinesfalls der Zeitmangel war, der sie am Lesen hinderte. Umgekehrt wurde eher ein Schuh daraus: Sie suchte sich immer neue Beschäftigungen und Aufgaben, um nicht lesen zu *müssen.* Und jetzt, in einer lauen Sommernacht unter dem Sternenhimmel Südfrankreichs, wo sie nichts anderes zu tun hatte, als dazusitzen, die Sterne zu betrachten und Wein zu trinken, wurde ihr klar, dass sie Angst hatte. Sie hatte Angst vor dem, was sie beim Lesen in einem Buch finden könnte, vor der Nähe, den Emotionen oder den Erinnerungen.

Plötzlich brach alles über sie herein: die vier Jahre, in denen sie und Arne gemeinsam einen Krieg gegen einen übermächtigen Feind geführt hatten. Die bittere, unaufhaltbare Niederlage. Dann das vergangene Jahr allein mit Paula und Jonas. Und der Kampf, der trotz allem weiterging, jeden einzelnen Tag.

Sie hatte Erinnerungen und Gedanken verdrängt und sich stattdessen an die Routine geklammert und an Notwendigkeiten und Pflichten festgehalten, sogar an den immer häufiger werdenden Auseinandersetzungen mit Paula. Sie hatten sie aufrecht gehalten wie ein Stützkorsett.

Als die Entscheidung für einen Sommerurlaub gefallen war, hatte sie sich mit Absicht für eine Region entschieden, die sie nur flüchtig aus ihrer Kindheit kannte, weil sie mit ihren Eltern zweimal in den großen Ferien in Südfrankreich gewesen war, damit sie nichts mit Arne in Verbindung bringen konnte. Wie sehr hatte sie sich geirrt! Das Zirpen der Grillen erinnerte sie an das Weingut in der Toskana, auf dem sie ihre Flitterwochen verbracht hatten. Der Sonnenuntergang, der Duft der Pinien, der Wein – da waren andere Urlaube in Italien, in Nordfrankreich, Portugal, Südengland, Schottland …

Und sie hatte nichts, in das sie sich flüchten konnte, keine Termine, keinen Dienstplan und keine To-do-Listen. Jetzt, da die Ablenkung fehlte, merkte sie, wie erschöpft und müde sie war. Sie fühlte sich, als hätte sie einen langen Boxkampf gegen einen überlegenen Gegner hinter sich. Sie war traurig, unglaublich traurig. Und allein.

Ich vermisse dich so!

Alexandra legte den Kopf in den Nacken und sah hoch zum schwarzen Himmel, an dem Millionen von Sternen schimmerten. Manche schienen riesig und hell zu sein, andere waren winzig und selbst hier, fernab von den Lichtern einer Großstadt, kaum zu erkennen.

Bist du da?, fragte sie stumm und voller Hoffnung die Sterne.

Wenn man sie irgendwo hören konnte, dann hier, in dieser Stille, ohne den Lärm und die Helligkeit Hamburgs.

Doch sie blieben ihr die Antwort schuldig.

8

Paula und Jonas waren mit dem Frühstück so schnell wie selten fertig, um ihre Badesachen anziehen und in den Pool springen zu können. Dort planschten sie, jagten sich gegenseitig und tauchten um die Wette, während Alexandra noch einen Kaffee trank und dabei ihre E-Mails checkte. Ein Kollege hatte eine Frage zu einem ihrer Patienten, Franzi wollte wissen, wie es ihr ging, ein Online-Händler bestätigte den Versand der bestellten Klaviernoten. Sie schrieb Rosaria und Jorge eine Mail, damit sie von dem Päckchen wussten, schickte einen Gruß mit einem Foto vom Blick von der Frühstücksterrasse auf einen Weinberg an ihre Station, dann legte sie ihr Smartphone auf den Tisch.

Ihre Nacht war kurz gewesen, der Schlaf unterbrochen von vielen Wachphasen. Für sie war das nichts Neues. Anfangs hatte sie geglaubt, dass es irgendwann besser werden würde oder dass sie sich wenigstens daran gewöhnen könnte. Weder das eine noch das andere war bisher eingetreten. Das Bett war immer noch zu breit, zu leer. Gelegentlich half Rotwein. Doch sie hatte Angst davor, das abendliche Glas zur Normalität werden zu lassen. Als Chirurgin brauchte sie einen klaren Kopf und ruhige Hände, da konnte sie sich keine Abhängigkeit leisten. Deshalb trank sie nur selten und mied Schlaftabletten, sogar Baldrian.

»Mama!« Jonas schwamm zum Beckenrand und schüttelte den Kopf, sodass das Wasser aus seinen Haaren auf die Sandsteinplatten und bis zu ihren Füßen spritzte. »Magst du nicht schwimmen?«

»Doch.«

»Dann komm doch ins Wasser. Ist voll cool! Und schön warm.«

»Ich komme gleich. Ich räume erst auf, dann ziehe ich meine Badesachen an, okay?«

Mit einem Freudenschrei ließ Jonas sich rückwärts ins Wasser fallen.

Alexandra stellte die Teller und Tassen zusammen. Auf dem Weg in die Küche wurde sie vom Lachen ihrer Kinder begleitet. Wie unbeschwert und fröhlich es klang! Waren Kinder in der Lage, ihre Traurigkeit einfach abzustreifen wie das T-Shirt und die Hose vor dem Schwimmen? Ihr gelang das nicht. Sie trug die Traurigkeit allerdings auch nicht wie ein Kleidungsstück, sie hatte sie geschluckt und inhaliert.

Nachdem sie das schmutzige Geschirr in die Spülmaschine geräumt hatte, ging sie mit einem großen Tablett zur Terrasse zurück. Croissants und Baguette, Butter, Pfirsichmarmelade, Honig, einen köstlichen Camembert, der kein Etikett trug und vermutlich von einer der kleinen Käsereien aus der Region stammte, Salami, Frischkäse, Schinken, frische Melone, Orangen, Milch … Madame Bouchard hatte wirklich an alles gedacht.

Sie verstaute die Lebensmittel im Kühlschrank und schenkte sich den Rest Kaffee in eine Tasse. Paula und Jonas so laut lachen und kreischen zu hören war seltsam ungewohnt. Wann waren die beiden das letzte Mal so unbeschwert gewesen? Es kam ihr vor, als ob das lange her gewesen wäre, viel zu lange.

Alexandra nippte an ihrem Kaffee und beobachtete die beiden durch die Terrassentür. Gerade jagten sie sich gegenseitig durchs Wasser, Paula immer ein Stück voraus, weil sie größer und geübter im Schwimmen war, was Jonas durch Ausdauer und Hartnäckigkeit wieder wettmachte. Nicht mehr lange, dann würde er seine große Schwester überflügeln, zumindest im Wasser.

In diesem Moment kam ein alter Mann auf die Terrasse. Er trug ein helles Hemd, eine braune Leinenhose, einen breitkrempigen Strohhut und grüne Gummistiefel. In der Hand hielt er eine Gartenschere. Er kniete neben einem Kübel mit Duftpelargonien nieder und begann welke Blätter und Verblühtes abzuschneiden. Madame Bouchard hatte ihr erzählt, dass sich zwei Gärtner regelmäßig um das Grundstück kümmerten. Aber auch am Sonntag? Außerdem war dieser Mann doch recht alt für einen angestellten Gärtner. Er war bestimmt siebzig, vielleicht sogar älter.

»Bonjour, Monsieur!« Alexandra trat auf die Terrasse hinaus. »Kann ich Ihnen helfen?«

Der Mann reagierte nicht, sondern kümmerte sich weiter um die Geranie.

»Monsieur?«

Keine Reaktion, obwohl Alexandra jetzt direkt neben ihm stand. Sie sah die zahlreichen grünen und braunen Flecken auf seiner Hose. Seine knorrigen, faltigen Hände bogen geschickt und behutsam Blätter und Stängel zur Seite, um Vertrocknetes in der Mitte der Pflanze aufzuspüren. Ob er wohl schwerhörig war? Vorsichtig legte sie ihm eine Hand auf die Schulter.

»Monsieur?«

Er hob zwar den Kopf, schaute aber durch sie hindurch oder an ihr vorbei, als würde er sie gar nicht wahrnehmen. Dann wandte er den Blick ab und widmete sich wieder der Pflanze. Plötzlich hatte Alexandra einen Verdacht.

»Monsieur, ich glaube …«

»Patrice!« Die Stimme erklang von der anderen Seite des Hauses. »Patrice?«

Eine Frau bog um die Ecke. Sie trug über einer schmalen weißen Hose eine weite, bunt geblümte Tunika. Ihr silbrig graues Haar war zu einem langen, dicken Zopf geflochten, der ihr über die linke Schulter hing.

»Patrice, hier bist du also.«

Der Mann arbeitete beharrlich weiter, ohne zu reagieren.

»Verzeihen Sie unser Eindringen, Madame«, sagte die Frau. »Ich hoffe, mein Mann hat Ihnen keinen Schrecken eingejagt.«

»Nein.« Alexandra schüttelte den Kopf. »Ich war nur überrascht, als er plötzlich auf der Terrasse stand.«

»Ich versuche immer darauf zu achten, dass er unseren Garten nicht verlässt. Er weiß dann meistens nicht, wie er zurückkommen soll. Aber manchmal entwischt er mir trotzdem.« Die Frau lächelte. »Mein Name ist Cécile, Cécile Bonnet. Und das ist mein Mann Patrice. Wir wohnen weiter unten, im ehemaligen Pförtnerhaus.«

Alexandra ergriff die kleine, kräftige Hand. Cécile war ihr auf Anhieb sympathisch. In ihrem Gesicht schien sich das Lächeln eine Heimat geschaffen zu haben.

»Patrice«, Cécile beugte sich zu ihrem Mann hinunter und legte ihm eine Hand auf die Schulter, »Patrice, schau mich an. Was machst du hier?«

Er hob tatsächlich den Blick, sah seine Frau einen Moment an und schüttelte dann den Kopf. »Diese Duftpelargonien. Sie sind sehr empfindlich. Wenn man das Alte, Vertrocknete nicht entfernt, verkümmern die neuen Blätter und Blüten. Das kann zu Fäulnis und Pilzbefall führen.«

Cécile nickte. »Ich weiß. Aber du hast heute schon viel gearbeitet, dabei ist es Sonntag.«

»Wirklich? Ist heute nicht Dienstag?«

»Nein, Patrice. Jetzt ist es Zeit, nach Hause zu gehen. Komm, dein Kaffee wartet auf dich. Und ein Pain au Chocolat.«

Ein freudiges Lächeln huschte über das Gesicht des alten Mannes.

Cécile half ihm auf die Beine und nahm ihn an die Hand. Auch wenn sehr viel Zärtlichkeit in dieser Geste lag, war es eher die Zärtlichkeit einer Mutter zu ihrem Kind.

Alexandra hatte recht mit ihrem Verdacht, der Mann war dement.

»Vielen Dank, Madame«, sagte Cécile und drückte ihr noch mal die Hand. »Und verzeihen Sie bitte die Störung.«

»Keine Ursache, Madame«, erwiderte Alexandra und sah zu, wie die beiden davongingen. Ein Paar, das sich das gemeinsame Alter bestimmt anders vorgestellt hat. Wenigstens haben sie ein gemeinsames Alter. Und sie hatten viele Jahre davor, dachte sie mit plötzlicher Bitterkeit.

»Mama!« Jonas hielt sich wieder am Beckenrand fest. »Was war mit dem Mann?«

»Er ist krank. Manchmal kommt es vor, dass alte Leute vieles vergessen. Wenn es schlimm ist, vergessen sie sogar, wer sie sind und wo sie wohnen, und dann verlaufen sie sich. Man nennt das Demenz.«

Jonas nahm die Erklärung hin, wie er die meisten ihrer Erklärungen hinnahm, ohne dass sie einen sichtbaren Eindruck auf ihn machte. Er nahm einen Schluck von dem Poolwasser und spuckte es an den Beckenrand.

»Kommst du jetzt ins Wasser, Mama?«

»Ja. Ich ziehe mich nur um.«

Dass Arne und ich gemeinsam alt werden, dachte sie auf dem Weg in ihr Schlafzimmer, das hätte ich mir auch gewünscht. Es war normal, oder? Ganz normal, mit dem Partner, den man sich selbst gewählt hatte, alt zu werden. Insbesondere, wenn man ihn liebte, wenn man aneinander nicht satt geworden war, sondern das Zusammenleben genoss. Es war normal. Warum wurde es dann manchen Menschen verweigert?

Plötzlich wich die Kraft aus ihren Beinen, und sie warf sich bäuchlings aufs Bett. Sie wollte schreien, wollte mit Händen und Füßen um sich schlagen und treten, die Verantwortlichen zur Rechenschaft ziehen, den Vertrag kündigen … Da drang Jonas' Stimme durch das geöffnete Fenster zu ihr herein.

»Mama, kommst du jetzt?«

Sie schluckte. Nein, nicht hier, nicht jetzt. Sie würde weitermachen, so wie ihre Eltern es ihr beigebracht hatten. Außerdem wurde sie gebraucht.

9

Papa, ich muss mal!«

»Och nö, Sophie!« Nick runzelte verärgert die Stirn. Das aber nahm die frische Wunde übel, und er ließ es rasch wieder sein. Vorsichtig tastete er mit der rechten Hand über die Augenbraue. Unter seinen Fingern wölbte sich eine schmerzhafte Beule. Er sah jetzt bestimmt aus wie ein Preisboxer. »Vor fünf Minuten sind wir an einer Raststätte vorbeigefahren, und ich habe euch beide noch vorher gefragt.«

»Da musste ich auch noch nicht.«

Er seufzte und schüttelte den Kopf. »Wie dringend ist es denn?«

»Ziemlich. Ich muss ganz doll.«

»Und das seit eben jetzt.«

Er warf einen Blick in den Rückspiegel und sah seine Tochter nicken. Sie rutschte unruhig auf dem Sitz hin und her. Vermutlich war sie so in ihrer Welt versunken gewesen, dass sie seine Frage gar nicht gehört hatte.

»Piss dir bloß nicht wieder in die Hose«, zischte Tim ihr zu. »Das stinkt dann immer so.«

»Das werden wir doch hoffentlich verhindern können«, sagte Nick und drehte sich kurz um. »Der nächste Rastplatz ist unser. Und wenn es vorher gar nicht mehr geht, sagst du Bescheid, dann halte ich auf dem Seitenstreifen an. Okay?«

Wieder nickte Sophie.

»Hosenpisser«, höhnte Tim.

»Papa, Tim ist gemein zu mir!« Prompt brach Sophie in Tränen aus.

»Baby! Baby!«

»Ich bin kein Baby!« Sophies Weinen wurde laut und verzweifelt.

»Schluss!«, brüllte Nick und schlug mit der Hand auf das Lenkrad. »Es reicht, Tim. Halt jetzt den Mund.« Er schaute in den Rückspiegel. Tim saß mit finsterem Gesicht, zum Schmollen vorgeschobener Lippe und vor der Brust verschränkten Armen auf seinem Sitz, aber er war still. Teilsieg errungen, dachte Nick und biss die Zähne zusammen.

Sie waren erst seit vier Stunden unterwegs. Da sie mit dem Bike auf dem Anhänger nicht so schnell fahren konnten, hatten sie in der Zeit noch keine fünfhundert Kilometer geschafft. Nicht einmal ein Drittel der Strecke. Und genervt war er jetzt schon. Tim und Sophie vertrugen sich in der Regel gut, was hauptsächlich daran lag, dass beide auf unterschiedlichen Orbits um die Erde kreisten. Tim interessierte sich nur für sein Skatebord und Computerspiele, und Sophie lebte in ihrer Einhorn-Prinzessinnen-Glitzerwelt. Sobald man die beiden aber für mehr als eine halbe Stunde in einem geschlossenen Raum zusammen ließ, flogen die Fetzen. Die ideale Voraussetzung also für eine Autofahrt von Hamburg nach Südfrankreich. Mist.

Nick kramte in der Ablage nach den Zigaretten, hielt das Lenkrad mit dem Oberschenkel fest und zündete sich eine an. Tief inhalierte er, ließ das Seitenfenster herunterfahren und blies den Rauch hinaus. Er konnte förmlich die missbilligenden Bemerkungen der Mütter aus Schule und Sportverein hören: »Mit Kindern im Auto unterwegs und rauchen? Geht ja wohl gar nicht!« Aber bei den anderen lief auch nicht alles optimal, wenn man sich mal die Mühe machte, genauer hinzusehen. Also besser die Steine liegen lassen, wenn man im Glashaus saß. Sein Leben, seine Kinder.

Hurra, endlich ein Schild! Fünf Kilometer noch bis zum nächsten Rastplatz. Und es war sogar einer mit WC. Nick hatte immer Bauchschmerzen, seine Tochter einfach zum Pinkeln in die Wildnis zu schicken. Es gab so viele perverse Spinner auf der Welt, gerade auf Autobahnrastplätzen. Man konnte gar nicht vorsichtig genug sein.

»Fünf Kilometer noch«, sagte er mit einem Blick in den Rückspiegel. »Das sind keine fünf Minuten. Schaffst du das, Prinzessin?«

Sophie nickte und wischte sich mit ihrem Plüscheinhorn die Tränen aus den Augen.

Mann, wieso konnte es nicht einfach mal ruhig und entspannt zugehen?

Da war endlich der Rastplatz.

Nick setzte den Blinker und fuhr auf die Ausfahrt. Ein bisschen Beine vertreten, frische Luft schnappen, und Sophie konnte zum Klo. Die Pause würde ihnen allen guttun. Danach würden die beiden sich wieder vertragen. Eine halbe Stunde mindestens, vielleicht sogar länger. Eigentlich wäre es schonender für seine Nerven, regelmäßig alle halbe Stunde eine Pause einzulegen. Blöd nur, dass das Ziel auf diese Weise kaum näher rückte. Aber vielleicht konnte er die beiden irgendwie beschäftigen oder ablenken, sodass sie gar nicht auf die Idee kamen, miteinander zu streiten?

Nick öffnete den Kofferraum, zog seine Tasche hervor und kramte darin herum. Auch wenn Tim und Sophie auf unterschiedlichen Umlaufbahnen zu Hause waren, einen Berührungspunkt hatten die beiden – Drachen. Deshalb hatte er noch kurz vor dem Urlaub das Hörbuch von *Eragon* gekauft. Eigentlich hatte es eine Überraschung werden sollen, um den Kindern die langen Abende zu versüßen, wenn sie ohne Fernsehen und andere Ablenkungen im Zelt lagen. Aber jetzt war es nötiger. Außerdem war er selbst neugierig auf das Buch. Er kannte nur den Film.

»Was suchst du, Papa?«

»Nichts, denn ich hab's schon gefunden.« Er stopfte die Tasche wieder in den Kofferraum und schlug die Klappe zu. Sophie kam angehüpft. »Alles in Ordnung?«

»Ja.« Sie lächelte und zeigte auf die CD-Box in seiner Hand. »Was ist das?«

»Eine Überraschung für euch. Die hören wir jetzt.« Er hielt das Cover so, dass beide den Titel lesen konnten.

»Yes!« Tim ballte die Hand zur Faust.

»Eragon.« Sophie runzelte ihre feine Stirn. »Was ist das?«

»Das, meine Prinzessin, ist eine Geschichte über Drachen.«

»Juhuuu!« Sie schlang ihre Arme um seinen Bauch. »Danke, Papa. Du bist der Beste.«

Nick lächelte. »Alles klar? Können wir jetzt weiterfahren?«

Tim und Sophie nickten, saßen im nächsten Augenblick im Auto und waren angeschnallt.

Nick legte die erste CD ein und drückte auf den Startknopf. Im Wagen wurde es still. Beide Kinder lauschten andächtig der Stimme des Erzählers.

Deutlich entspannter fuhr er weiter.

Wieder das Beste draus gemacht.

10

Alexandra schaltete die Spülmaschine ein und kontrollierte, ob der Herd wirklich ausgeschaltet war. Aus dem Wohnbereich erklang eine der Etüden von Bach. Paula hatte die Noten im Klavierhocker gefunden.

»Möchtet ihr gleich einen Film schauen?«

Neben dem großen Flachbildschirm stand eine Sammlung von DVDs, unter der sich eine ganze Reihe Filme befanden, die auch für Kinder interessant waren.

»Ja!«

Jonas sprang vor dem Kamin herum, Paula spielte die Etüde zu Ende.

»Prima«, sagte sie, klappte die Abdeckung auf die Tasten und verstaute die Noten wieder im Hocker. »Welchen Film denn?«

Alexandra zog eine DVD aus dem Regal. »Wie wäre es damit?«

Paula nahm sie in die Hand. »*The Book Thief*. Super. Das Buch habe ich gelesen. Das ist gut.«

»Ist der Film auf Englisch?« Jonas runzelte zweifelnd die Stirn.

»Ja, aber das macht nichts. Es gibt auch deutsche Untertitel.«

»Und wenn du etwas nicht verstehst, erkläre ich es dir einfach.« Paula legte ihren Arm um die Schultern ihres Bruders und wuschelte ihm über den Kopf. Eine seltene Geste.

»Okay, dann gucken wir den.«

»Super.« Alexandra legte die DVD ein. »Macht es euch etwas aus, wenn ich eine Runde spazieren gehe? Es ist noch hell, und ich würde gern ein bisschen die Gegend erkunden.«

»Wann bist du denn zurück?« Wieder runzelte Jonas skeptisch die Stirn.

»In einer Stunde etwa, aber spätestens, wenn der Film zu Ende ist.«

Jonas nickte. »Also gut.« Er ließ sich auf das breite Sofa fallen, zog die Füße an und kuschelte sich gegen die Polster.

Draußen vor dem Haus war es still. Die Grillen hatten noch nicht mit ihrem abendlichen Konzert begonnen, die Vögel hatten schon damit aufgehört. Über ihr wölbte sich ein Himmel, dessen Türkis allmählich in Petrol überging. Ein Wind strich sanft über das Wäldchen und trug den Duft von Pinienharz und Jasmin mit sich. Und mit diesem Duft brachte der Wind Erinnerungen an ihren gemeinsamen Urlaub auf Kreta, den letzten, in dem sie zu zweit gewesen waren.

Sie schloss die Augen und rieb sich die Stirn.

Wohin sollte sie gehen? Unschlüssig blieb sie stehen. Vielleicht einmal dem Weg folgend Richtung Straße? Langsam ging sie vorwärts. Ihre Schritte scheuchten eine Eidechse auf, die über den Kies hastete und sich in einem der Blumenkübel unter Thymian versteckte.

Je weiter sie ging, umso mehr fragte sie sich, was sie hier eigentlich tat. Warum hatte sie den Spaziergang machen wollen? Warum? Weil du etwas tun musst, damit dich die Gedanken nicht überfallen.

Sie lachte bitter auf. Na großartig. Dabei lauerten die Erinnerungen hier geradezu auf sie, in dieser wunderschönen

Landschaft mit diesem Himmel über sich, an dem sich die ersten Sterne zu zeigen begannen. Denn das letzte Mal, als sie unter einem ähnlichen südlichen Himmel spazieren gegangen war, war Arne neben ihr gewesen. Arne, der ihr seinen Arm um die Schultern gelegt hatte. Und danach hatten sie noch auf der Terrasse gesessen – einer ähnlichen Terrasse wie hier – und hatten Rotwein getrunken, geredet und gelacht. Sie hatten immer Gesprächsstoff gehabt, geredet, gelacht. Immer.

Die Traurigkeit legte sich wie zwei Hände um ihren Hals und drückte zu. Sie schluckte an dem Schluchzen, das aus ihrer Kehle aufsteigen und sie ersticken wollte.

Unwillkürlich beschleunigte sie ihre Schritte, bis sie in ein Lauftempo fiel. Gut so. Lauf den blöden Gedanken einfach weg, dann können sie dich vielleicht irgendwann nicht mehr einholen.

Eine Träne lief ihr über die Wange, eine zweite folgte, eine dritte – sie ließ es zu. Hier war niemand, vor dem sie sich verstellen musste, niemand, für den sie stark zu sein hatte, niemand, dessentwegen sie Haltung bewahren musste. Sie war allein, nur sie, der stumme Himmel über ihr und die Eidechsen, die vor ihr aufschreckten und ins Gras flohen.

Sie wurde immer schneller und stoppte selbst dann nicht, als sie Seitenstechen bekam. Ehe sie sich's versah, stand sie an der Landstraße vor den beiden Sandsteinsäulen, die die Einfahrt zum Gut von Madame und Monsieur Degas markierten. Sie beugte sich vor, stützte sich auf ihren Knien ab und rang nach Atem. Überrascht stellte sie fest, dass ihr Kopf leer war, keine Gedanken mehr, keine Traurigkeit.

Langsam ging sie zurück und kam an einer kurzen Auffahrt zu einem hübschen Haus vorbei, das im selben Stil erbaut war wie das Haupthaus. Die Fenster waren erleuchtet.

Und im Schein einer Gartenlampe saß jemand auf der Terrasse und las.

Alexandra erkannte Cécile. Sie wollte nicht stören und vorbeigehen, doch diese hatte sie schon bemerkt und winkte ihr zu.

»Guten Abend, Madame. So spät noch unterwegs?«

»Ja. Es ist so ein schöner Abend.«

»Sind Sie in Eile, oder möchten Sie mir ein bisschen Gesellschaft leisten?«

»Oh, Madame, das ist sehr freundlich, aber ich möchte wirklich nicht stören.«

»Unsinn. Nun kommen Sie schon.«

Cécile lächelte so einladend, dass Alexandra das Angebot annahm, ohne lange darüber nachzudenken, wie sie gerade aussah – die Augen rot geweint, das T-Shirt feucht von Schweiß und Tränen. Ein schmaler Kiesweg führte sie an blühenden Büschen vorbei zur Terrasse.

»Bitte, setzen Sie sich.« Cécile deutete auf einen der Korbstühle. »Ich hole nur rasch ein Glas. Ich bin gleich wieder da.«

Alexandra setzte sich. Das Rattan knisterte leise unter ihr. Einen Moment schloss sie die Augen und atmete tief ein. Es roch so fantastisch nach Orangenblüten und Rosen, nach lebensstrotzendem Grün, nach reifem Obst und Gemüse, dass sie sich für einen Moment wünschte, keinen anderen Sinn mehr zu besitzen als ihren Geruchssinn. Das Rascheln von Stoff ließ sie erschrocken zusammenfahren.

»Entschuldigen Sie, ich wollte Sie nicht erschrecken.« Cécile stellte lächelnd ein schweres Weinglas auf den Tisch. »Ich kann Ihnen nur einen schlichten Landwein anbieten. Ich hoffe, das stört Sie nicht?«

»Nein, gar nicht.«

Cécile nahm einen Tonkrug und schenkte ein.

»Schlafen Ihre Kinder schon?«

»Nein, sie dürfen einen Film sehen. Es sind ja schließlich Ferien.«

»Dann auf die Ferien.«

Sie hoben ihre Gläser und stießen an.

»Und wie geht es Ihrem Mann?«, erkundigte sich Alexandra.

Unter Céciles Lächeln schlich sich Traurigkeit in ihr Gesicht.

»Er schläft jetzt. Heute war ein recht guter Tag, obwohl er sich auf Ihre Terrasse verirrt hat. Danach haben wir zusammen gegessen, und er hat mit mir gesprochen. Er konnte sich sogar an manches erinnern.«

»Er leidet an Demenz?«

»Ja. Es ist tückisch. Und schwer. Anfangs hat er mit aller Verzweiflung dagegen angekämpft. Mittlerweile …« Sie schluckte und sah in den Garten hinaus, über den jetzt Fledermäuse hinweghuschten. »Er merkt es nicht mehr oder jedenfalls nur noch selten. Ich tröste mich immer damit, dass jetzt ich diejenige von uns beiden bin, die mehr leidet.«

»Aber das ist nicht immer ein Trost«, sagte Alexandra leise.

Cécile sah sie an, als würde sie direkt in ihre Seele, in ihre tiefsten und verborgensten Gedanken schauen.

»Ihr Mann?«, fragte sie schließlich.

Alexandra nickte und presste die Lippen aufeinander. Nicht weinen. Nicht weinen! Du kennst diese Frau nicht. Außerdem hat sie genug an ihrem schwerkranken Mann zu tragen …

»Nur zu, weinen Sie. Die Tränen müssen raus. Und glauben Sie mir, ich kann sie sicher besser verkraften als Ihre Kinder.«

Und da gab es für Alexandra kein Halten mehr. Als wäre ein Damm gebrochen oder eine Mauer eingerissen worden, strömten ihr die Tränen über die Wangen.

Cécile nahm sie in die Arme und drückte sie an sich wie eine Tochter. Und Alexandra weinte an ihrer Schulter.

»Wie lange ist es her?«, fragte sie, als Alexandra irgendwann nur noch gelegentlich aufschluchzte.

»Vor etwa fünf Jahren erhielten wir die Diagnose. Darmkrebs. Eine besonders aggressive Variante in einem fortgeschrittenen Stadium. Mein Mann war selbst Arzt, Internist. Ich bin Chirurgin. Wir kannten die Prognose, aber aufgeben galt nicht. Wir haben alle Kollegen mobilisiert, die neuesten Therapieoptionen probiert. Anfangs gab es noch kleine Fortschritte – eine Chemotherapie, die das Tumorwachstum eindämmen konnte, Operationen, die dadurch erst möglich wurden. Doch es waren lediglich Rückzugsgefechte. Schließlich konnten wir nichts mehr tun, nichts als dastehen und zusehen, wie die Krankheit mehr und mehr von ihm verschlang. Er verschwand buchstäblich, verblasste. Vor etwas über einem Jahr ist er gestorben.« Cécile drückte ihre Hand. »Seitdem …« Wieder begann Alexandra zu schluchzen.

»Er fehlt«, stellte Cécile fest.

Alexandra nickte. »Ja, bei jedem Atemzug. Wenn ich Frühstück mache, fehlt der vierte Teller auf dem Tisch. Wenn ich abends aus dem Krankenhaus nach Hause komme, fehlen seine Schuhe im Regal und seine Jacke am Haken. Und nachts fehlt das Geräusch seiner Atemzüge neben mir.«

»Und trotz Ihres Schmerzes sind Sie für Ihre Kinder da. Sie sind eine sehr starke, bewundernswerte Frau.«

»Nein.« Alexandra schüttelte heftig den Kopf. »Nein, das bin ich nicht, sonst könnte ich mit den beiden über ihren Vater reden, mit ihnen weinen oder endlich mal wieder von Herzen mit ihnen lachen. Stattdessen flüchte ich mich in Routine, in Aktivität, meine Arbeit, die Versorgung der Kinder. Ja, das schaffe ich, das hält mich aufrecht. Und je mehr ich zu tun habe, umso besser. Aber hier …« Sie schlug mit der Faust gegen ihren Brustkorb. »Da ist alles tot! Als wäre ich mit ins Grab gestiegen und lediglich meine Hülle ist übrig geblieben.«

»Muten Sie sich nicht zu viel zu. Wenn die Zeit reif ist, werden auch Sie wieder lächeln können. Es ist, wie Patrice vorhin gesagt hat: Eine Pflanze muss das Verblühte und Vertrocknete loslassen, damit neue Blüten und Blätter austreiben können. Lassen Sie Ihre Trauer zu. Gestehen Sie sich Ihre Schwäche ein. Niemand verlangt von Ihnen, dass Sie immer stark und fröhlich sind, am wenigsten Ihre Kinder.«

Alexandra sagte nichts. Sie war erschöpft, genoss aber die Stimme der alten Frau. Irgendwie tat sie gut. Eine Weile saßen sie schweigend da, bis Alexandra einen Blick auf ihr Smartphone warf und seufzte.

»Gleich zehn Uhr. Ich muss gehen. Ich habe den beiden versprochen, bis zum Ende des Films wieder zurück zu sein.«

Cécile lächelte. »Ihre Kinder können sich auf Sie verlassen.«

Alexandra stand auf und streckte Cécile die Hand entgegen. »Vielen Dank, Madame Bonnet.«

»Wofür?«

»Für Ihr offenes Ohr.«

Cécile nahm sie in die Arme und drückte sie. »Keine Ursache. Und nennen Sie mich Cécile.«

»Ich heiße Alexandra. Darf ich Sie morgen zu einem Glas Wein auf unserer Terrasse einladen? Als Dank, sozusagen?«

Cécile schüttelte den Kopf. »Patrice ist leider nicht so vernünftig wie Ihre Kinder, Alexandra. Mir wäre es daher lieber, wenn Sie kämen. Das aber gerne und zu jeder Zeit. Und bringen Sie auch Ihre Kinder mit, wenn die möchten und sich in der Gesellschaft alter Leute nicht zu Tode langweilen.«

»Danke, das werden wir tun.«

Alexandra winkte, immer noch überrascht, wie viel sie der fremden Frau anvertraut hatte, Dinge, die sie noch niemandem erzählt hatte und über die ihre Eltern den Kopf geschüttelt hätten. Sie konnte sie fast hören: »Schämst du dich nicht? Wie konntest du dich so gehen lassen, noch dazu vor einer Fremden.«

Und doch hatte sie den Eindruck, dass ihre Beine leichter waren, ihre Schultern lockerer, ihr Brustkorb weiter. Und der Rückweg bereitete viel weniger Mühe, obwohl er bergauf führte.

11

Der Rastplatz und das dazugehörige Restaurant waren so grell erleuchtet, dass es nur die hellsten Sterne an den schwarzen Himmel schafften.

Nick stützte sich auf dem Dach seines Wagens ab, die Zigarette zwischen seinen Fingern war halb geraucht. Er schloss die Augen und hörte den vorbeifahrenden Autos zu. Sie fuhren deutlich seltener jetzt, um kurz nach Mitternacht. Wer um diese Zeit noch weit fahren musste und es sich vom Terminplan und der Kohle her leisten konnte, hatte längst eines der Raststättenhotels aufgesucht. Andere waren bereits zu Hause oder würden es bald sein. Die Übrigen campierten auf dem Parkplatz – Trucker, Wohnmobilfahrer oder Hasardeure mit bis zum Dach vollgepackten Autos wie er.

Er stieß die Luft aus, was vielleicht als Seufzer durchgehen konnte, und rieb sich die Stirn. Seine Wunde tat bei Berührung immer noch weh wie ein großer frischer blauer Fleck. Die Strips spannten etwas auf der Haut. Die Beule war immer noch da, aber sie war weder größer geworden, noch fühlte sie sich heiß an. Es war alles normal, kein Grund zur Sorge. Nur müde war er, hundemüde, und trotzdem noch total aufgekratzt von der Fahrt. In seinem Kopf summte es.

Durch die Seitenfenster sah er Tim und Sophie, die unter zwei Wolldecken zusammengerollt schliefen, Sophie mit leicht geöffnetem Mund. Träumte sie einen ihrer Einhorn-

Träume? Und Tim? Von ihm konnte er nur den Schopf sehen. Vielleicht auch besser so. Der Junge war im Schlaf sehr lichtempfindlich.

Er liebte die beiden. Und wenn es nötig wäre, würde er ohne zu zögern seine Arme und Beine für sie geben. Doch war er ihnen ein guter Vater? War es gut für die beiden, dass er sie quer durch Europa zerrte, auf einem Rastplatz im Auto schlafen ließ, nur weil der Job es gerade erforderte und er das Bike nicht unbewacht auf dem Parkplatz stehen lassen wollte? War es okay, dass die beiden vieles nicht bekamen, was andere Kinder in ihrer Klasse hatten? Seit sie laufen konnte, wünschte Sophie sich Reit- und Ballettunterricht. Keins von beidem konnte er sich leisten. Und Tim hätte gern auch eine große Spielkonsole gehabt wie seine Freunde. Aber es ging eben nicht. Meist tröstete er sich damit, dass sie dafür andere Dinge hatten. Ihre Freunde durften jederzeit und ohne vorherige Terminplanungen kommen und bei ihnen übernachten. Im Sommer – oder wenn es sie überkam auch mal im Winter – zelteten sie im Garten und grillten über einem Lagerfeuer Würstchen. Sie fuhren auf dem Sozius Motorrad mit ihm. Und sie sahen ihren Vater immer. Entweder arbeitete er zu Hause am Computer, oder er stand in seiner Kneipe zusammen mit Larry hinter dem Tresen – direkt unter ihrer Wohnung und jederzeit erreichbar, wenn sie ihn brauchten. Andere Väter kamen nur zum Wochenende nach Hause.

Er kontrollierte noch mal die Gurte auf dem Anhänger. Sein Bike stand well and safe da. Irgendwer hatte ihm mal geraten, die Maschine zu verkaufen. Von dem Geld könne er seinen Kindern eine ganze Reihe schöner Dinge kaufen. Das stimmte wohl, und in einem schwachen Moment, als die Kneipe grundsaniert werden musste, die Aufträge für Artikel ausgeblieben waren und die Bank seinen Kredit nicht mehr hatte verlängern wollen, hatte er sogar kurz ernsthaft darüber nachgedacht. Bis seine Freunde ihn gefragt hatten, ob er tatsächlich die Absicht habe, Selbstmord zu begehen. Ihm war klar, dass sie recht hatten. Das Bike wegzugeben wäre ein größeres Opfer als der Verlust von Armen und Beinen gewesen. Dann könnte man ihm auch gleich das Herz herausreißen. Und was nützten den Kindern Ballettunterricht und eine Spielkonsole, wenn der Vater nichts als eine leere Hülle war?

Sie kamen zurecht. Mal besser, wenn die Kneipe gut lief und er ein paar Artikel in Motorradzeitschriften untergebracht hatte. Mal lief es eben schlechter. Aber bei Tageslicht betrachtet hatte er an neun von zehn Tagen den Eindruck, dass er zwei zufriedene, vielleicht sogar glückliche Kinder hatte. Nur in der Nacht kamen manchmal blöde Gedanken und Zweifel angekrochen.

Du bist wirklich müde. Hau dich hin. Du musst morgen früh fit sein.

Er nahm einen letzten Zug und schnippte die Kippe über das Wagendach auf die Straße, dann stieg er ein und schloss leise die Wagentür. Er machte es sich auf dem Fahrersitz so gemütlich, wie es eben ging, und lauschte Sophies gleichmäßigen Atemzügen und den tieferen von Tim. Das Rauschen der gelegentlich auf der nahen Autobahn vorbeifahrenden Fahrzeuge beruhigte ihn sogar irgendwie. Mit ein bisschen Fantasie konnte man sich vorstellen, dass das ein Wasserfall war. Ein kleiner Wasserfall, der rauschte und rauschte … und rauschte …

Und dann war er tatsächlich eingeschlafen.

12

Alexandra trug gerade die Reste des Frühstücks in die Küche, als es klopfte. Es war das schwere, hohle Klopfen des großen Messingtürklopfers mit dem Löwenkopf an der Haustür.

O nein! Ihr Puls ging schneller. Wer konnte das sein? Ein spontaner Überraschungsbesuch? Ihre Eltern, die nachsehen wollten, ob es ihrer Tochter und ihren Enkeln gut ging? Bitte nicht! Sie fühlte sich ausgeliefert und verwundbar, und für einen Moment dachte sie daran, einfach nicht aufzumachen. Doch es klopfte wieder.

Sie stellte den Käseteller auf dem Küchentresen ab und öffnete. Vor der Tür stand die Haushälterin.

»Guten Morgen, Madame Bouchard.«

»Guten Morgen, Madame!«, rief die Haushälterin fröhlich. »Es tut mir leid, dass ich Sie so früh überfalle, aber ich werde wohl langsam vergesslich. Ich habe vorgestern nicht daran gedacht, mit Ihnen abzusprechen, wann Sie mich brauchen oder wann Sie außer Haus sind, sodass ich hier alles in Ordnung bringen kann, ohne Sie zu stören.«

Alexandra war einen Moment sprachlos.

»Also, ich möchte nicht, dass Sie sich wegen uns irgendwelche Umstände machen. Wir können doch …«

»Nein, nein, machen Sie sich keine Gedanken. Monsieur und Madame Degas bezahlen mich ja dafür. Und nur weil die

Herrschaften gerade um die Welt reisen, heißt das nicht, dass ich für mein Geld nicht zu arbeiten brauche.« Sie legte Alexandra eine Hand auf den Arm. »Und, wenn ich mir diese Bemerkung erlauben darf, Sie sehen aus, als bräuchten Sie dringend Erholung. Da werde ich doch nicht faul auf meinem Gartenstuhl sitzen und zusehen, wie Sie meine Arbeit erledigen. Nein. Also, wann soll ich kommen?«

Alexandra strich sich verlegen das Haar aus dem Gesicht. Sie fühlte sich überfordert und unfähig, sich zu irgendetwas durchzuringen. Und das bei so einer Kleinigkeit, eine Zeit mit der Haushälterin abzusprechen. Am Krankenbett zögerte sie nie. Operation ja oder nein – diese Entscheidung traf sie schnell und sicher. Immer. Aber das war wohl die professionelle Distanz, jener Lebensbereich, den man so angenehm leicht von den Emotionen trennen konnte. Zum Glück hatte sie mit Rosaria schon vor Jahren feste Zeiten vereinbart. Da war Arne noch … Plötzlich fröstelnd, zog sie die Schultern zusammen.

»Ich weiß nicht …« Himmel noch mal, reiß dich zusammen!

»Haben Sie denn vor, irgendwann wegzufahren, einen Ausflug zu machen? Heute oder morgen?«

Alexandra lächelte, dankbar für diese Hilfestellung. »Ja. Wir wollten heute nach Saint-Thibéry fahren, uns dort umsehen, vielleicht etwas essen und einkaufen. Wir brauchen Brot und Milch.«

»Ah, da haben Sie sich keinen guten Tag ausgesucht, Madame. Montags ist nur der Supermarkt geöffnet. Natürlich kann man da auch das Nötigste einkaufen, aber es ist doch nicht das Gleiche, wenn Sie mich fragen. Dienstags ist Markt, da bekommen Sie wirklich frisches Obst und Gemüse. Haben Sie den Camembert probiert, den ich Ihnen in den Kühlschrank gestellt habe?«

»Ja.« Alexandra nickte. »Der war so köstlich, dass wir ihn bereits aufgegessen haben.«

»Den habe ich am Käsestand von Thérèse Forquignon gekauft. Sie hat den besten Käse weit und breit, selbst in Pézenas müssten Sie lange suchen. Aber darum geht es jetzt nicht. Sehen Sie sich heute ruhig in Saint-Thibéry um. Viel gibt es ja nicht, außer den paar Gassen und der Kirche. Aber schön ist es doch, unser Städtchen. Oder Sie fahren gleich weiter nach Pézenas. Die Stadt ist größer, quirliger, doch natürlich auch lauter. Wir fahren deswegen nicht so oft hin. Aber sie haben dort viele schöne Geschäfte. Und die Touristen lieben Pézenas.« Madame Bouchard lächelte. »Also fahren Sie ruhig. Und während Sie weg sind, putze ich und störe Sie überhaupt nicht. Was halten Sie davon?«

»Das klingt fantastisch, Madame.«

»Dann komme ich in einer Stunde? Ist Ihnen das recht? Und wenn Sie wieder da sind, besprechen wir, wann ich an den folgenden Tagen kommen soll. Und falls wir uns verpassen, lege ich Ihnen einen Zettel mit unserer Telefonnummer neben den Kühlschrank, dann können wir telefonieren. In Ordnung?«

»Ja, vielen Dank.«

»Soll ich für Sie mitkochen? Ich könnte Ihnen das Essen in den Ofen stellen, und Sie machen es sich warm, egal, wann Sie zurückkommen.«

Wieder zögerte Alexandra. Der Gedanke, sich um gar nichts kümmern zu müssen, war verlockend. Andererseits kochte sie wirklich gern. Zumindest war das mal so gewesen.

»Nein danke. Ob Sie es glauben oder nicht, ich genieße es,

im Urlaub am Herd zu stehen. Ich koche sehr gern und habe dafür zu Hause leider meist viel zu wenig Zeit.«

»Sehr wohl, Madame«, sagte die Haushälterin mit einem verständnisvollen Lächeln. »Dann wünsche ich Ihnen viel Vergnügen in Saint-Thibéry oder Pézenas. Ach, noch eine Bitte, oder besser gesagt eine Frage. Haben Sie Cécile Bonnet schon kennengelernt? Die Malerin, die mit ihrem Mann im Pförtnerhaus wohnt?«

»Ja, gestern. Cécile ist Malerin? Das wusste ich nicht.«

»Ja. Sie sollten sich ihre Bilder ansehen. Wundervoll, wirklich wundervoll. Und sie ist so eine sympathische, warmherzige Frau … Aber darum geht es jetzt nicht.« Das Gesicht der Haushälterin wurde ernst. »Patrice, der Mann von Cécile, ist leider dement. Sie kann ihn nicht eine Minute allein lassen. Er läuft sonst davon und findet nicht wieder nach Hause. Einmal wäre er fast in einen der Wildbäche gefallen, und mein Mann musste ihn mit einem Seil sichern und … Doch was ich eigentlich sagen will, Cécile kann nicht selbst einkaufen fahren, es sei denn, jemand erbarmt sich und passt auf Patrice auf, was alles andere als einfach ist. Das kann ich Ihnen sagen! Es sei denn, er ist im Garten beschäftigt. Aber selbst dann muss man ständig ein Auge auf ihn haben. Es ist wirklich ein Jammer. So ein gebildeter, intelligenter Mann, und jetzt weiß er von nichts mehr, außer, wie er seine Pflanzen pflegen muss.« Sie schüttelte den Kopf. »Cécile ist durch ihn praktisch an das Haus gefesselt. Deshalb freut sie sich immer, wenn man sie fragt, ob man ihr etwas mitbringen kann. Das ist natürlich keine Pflicht. Aber ich dachte, weil Sie doch ohnehin am Pförtnerhaus vorbeifahren und ich selbst vor Donnerstag nicht nach Saint-Thibéry komme, sage ich es Ihnen einfach.«

»Natürlich, das mache ich doch gern. Ich werde Cécile fragen. Vielen Dank für den Hinweis. Brauchen Sie selbst etwas?«

»Nein danke, wir haben alles. Und nun viel Spaß Ihnen und den Kindern. Au revoir, Madame!«

»Au revoir!«

Alexandra schloss die Tür. Sollten sie nach Pézenas fahren? Sie hatte im Internet darüber gelesen. Doch der Gedanke an Touristenströme, Gedränge und Trubel schreckte sie ab. Was würde sie einem Patienten nach einer komplizierten Fraktur empfehlen? Mit kleinen Spaziergängen beginnen, die im Lauf von Tagen und Wochen ausgedehnt werden können. Aber der Marathon muss noch warten. Nein, sie würden heute durch verschlafene mittelalterliche Gässchen streifen und in einem Bistro einen Kaffee trinken. Ein erster Schritt.

»Paula? Jonas? Macht euch fertig, wir wollen gleich los.«

»Wohin denn?« Jonas kam von der Terrasse ins Wohnzimmer gerannt, Paula ging gemessenen Schrittes hinter ihm her.

»Nach Saint-Thibéry.«

»Und was wollen wir da?«

»Einkaufen.«

Jonas machte ein langes Gesicht. »Och nee, einkaufen. Das ist immer so langweilig.«

»Nur ein paar Kleinigkeiten. Danach schauen wir uns die Stadt an. Und essen ein Eis oder Kuchen oder worauf wir sonst Appetit haben.«

»Au ja!« Jonas stürmte bereits die Treppe hoch, immer zwei Stufen auf einmal nehmend.

»Zähneputzen nicht vergessen, junger Mann! Und Haarekämmen!«

»Ich achte darauf«, sagte Paula und verschwand ebenfalls.

Alexandra stülpte die Glasglocke über den Käseteller und ging dann in ihr Schlafzimmer, um sich ebenfalls fertig zu machen – umziehen, ein bisschen schminken. Sie benutzte nie viel Make-up, lediglich Wimperntusche. Eine Sache von einer Minute. Als sie fertig war, blieb sie eine Weile vor dem Spiegel stehen und betrachtete ihr Gesicht.

Was hatte Madame Bouchard gesehen? Sah sie wirklich so elend und erholungsbedürftig aus? Sie trat näher an den Spiegel heran. Da waren Fältchen an den Augenwinkeln und unter ihren Lidern. Fältchen, die man mit Ende dreißig durchaus haben durfte. Sie war blass, sogar ihre Sommersprossen wirkten farblos, grau. Lag das nur an ihrem Beruf? Wenn man sich den ganzen Tag in Operationssälen aufhielt, hatte man nicht oft Gelegenheit zum Sonnenbaden. Außerdem wurde sie in der Sonne eher rot als braun. Aber sie wusste, dass das nicht der einzige Grund war. Sie fühlte sich tatsächlich müde, erschöpft, alt und leer. Und jeder mit Augen im Kopf konnte es sehen. Es stand ihr ins Gesicht geschrieben.

13

Tim und Sophie stritten sich wieder, und das seit einer halben Stunde. Nicks Kopf dröhnte. Die Klimaanlage funktionierte nicht, was er eigentlich schon seit Langem wusste, aber in Hamburg spielte Hitze so selten eine Rolle, dass er sich die Reparatur bisher gespart hatte. Jetzt ärgerte er sich über diese Nachlässigkeit. Die südfranzösische Sonne brannte auf sie nieder, als hätte sie sich vorgenommen, den Wagen trotz geöffneter Fenster in einen Backofen zu verwandeln. Und nun war auch noch das Navi kaputt, keine dreißig Kilometer vor dem Ziel. Die Abzweigung von der A9 auf die A75, die nach Pézenas führte, hatte er noch gefunden, aber von da an wusste er nicht, wie es weiterging. Er war bedient.

»Ich werde dir nie wieder Gummibärchen abgeben!« Sophies Stimme nahm immer höhere Töne an, die sein dünnes Nervenkostüm wie kleine spitze Scheren durchlöcherten.

»Und glaubst du ernsthaft, dass ich …«

»Ruhe, verdammt noch mal!« Nick schlug mit der flachen Hand auf das Lenkrad. »Ich muss mich konzentrieren! Ich habe keine Ahnung, wo wir sind und wie ich jetzt fahren muss. Also haltet mal für ein paar Minuten eure Klappe. Beide!«

Die Kinder verstummten auf der Stelle, und für einen Moment breitete sich wohltuende Stille im Wagen aus. Friedlich wollte er es nicht nennen, denn die Rauchwolken zwischen den beiden hingen immer noch da, dick und schwer, bereit für das nächste Unwetter.

»Sagt dir denn das Navi nicht …«

»Das blöde Ding ist kaputt. Das sagt gar nichts mehr.« Nick riss das Gerät aus der Halterung und warf es auf den Beifahrersitz. Dann rieb er sich die Stirn. Er hatte Kopfschmerzen, was aber nicht an seiner Verletzung lag, sondern an Schlafmangel, Anspannung und Hitze. Er drückte die gestreckten Arme gegen das Lenkrad und dehnte seinen Rücken. Tatsächlich knackten ein paar Wirbel.

»Funktioniert das nicht auch über das Smartphone?«

»Wie denn, wenn ich keinen Empfang habe? Ich kann nicht einmal Henri anrufen. Wir müssen jemanden fragen. Aber hier gibt es offensichtlich keine Leute. Hier wohnt niemand. Die Häuser stehen noch da, aber die Menschen sind alle ausgezogen.«

»Ich halte Ausschau!« , bot sich Sophie sofort an.

Nick warf einen Blick in den Rückspiegel und lächelte. »Danke, Schatz.«

»Da!« Sie zappelte auf ihrem Sitz hin und her und deutete aufgeregt nach vorn. »Am Straßenrand steht ein Mann!«

Tatsächlich, ein alter Mann mit einem Hund. Nick atmete erleichtert auf, hielt den Wagen auf Höhe des Mannes an und beugte sich zur Beifahrerseite hinüber. Der alte Herr sah ihn misstrauisch an, aber als er ihn in fließendem Französisch nach dem Weg fragte, leuchteten seine Augen.

»Ah, Sie wollen also zu Henri Fouchard?«

»Ja, Monsieur.«

»Das ist ganz einfach. Sie fahren die Straße weiter bis zur nächsten Kreuzung. Dann folgen sie dem Hinweisschild nach Pézenas, biegen aber an der nächsten Möglichkeit rechts ab, dann Richtung Montblanc nach links. Die zweite wieder rechts und …«

»Moment, Monsieur, das kann ich mir nicht merken.«

»Haben Sie denn kein Navi oder Smartphone?«

»Zurzeit nicht.« Nick schnallte sich ab, kramte aus dem Handschuhfach eine alte Europakarte heraus und stieg aus.

Der Mann betrachtete die Karte und kratzte sich am Kopf. »Mon dieu, die stammt ja noch aus der Zeit der Ardennenoffensive. Eine neuere Karte mit besserem Maßstab haben Sie nicht?«

»Nein, tut mir leid.«

Der Mann seufzte, dann erklärte er den ganzen Weg erneut. Nick lauschte angestrengt und versuchte sich alle Hinweise einzuprägen.

»Also bei der alten Scheune die zweite rechts?«

Der Mann lächelte und nickte. »Oui, Monsieur. Und dann sind Sie auch schon da. Es ist wirklich nicht weit.«

»Okay, ich glaube, ich habe es. Merci. Merci, Monsieur.«

»De rien. Und grüßen Sie Henri von René!«

»Werde ich ausrichten.« Nick schüttelte dem Mann die Hand und setzte sich wieder hinter das Steuer. Wunderbar. Erst der Straße bis zur nächsten Kreuzung folgen. Er legte die Karte vor sich auf das Armaturenbrett, nur als visuelle Gedächtnisstütze. Mehr Informationen würde sie nicht hergeben. »Kinder, macht euch bereit, in ein paar Minuten sind wir da.«

Es dauerte dann allerdings doch länger als erwartet. Als Nick schon glaubte, dass er sich doch verfahren hatte, erreichten sie endlich einen Sandweg, der einen bewaldeten Hügel hinaufführte und in eine etwas breitere Straße mündete. Rechts oder links?

Da war ein altes Gebäude, auch wenn es in seinen Augen eher nach einem alten Unterstand als nach einer Scheune aussah. Aber über Begriffe ließ sich streiten. Also nach links und dann die zweite rechts.

Nick fuhr weiter. Die Straße wurde schmaler und staubiger. Ein kleiner roter Peugeot kam ihm entgegen. Er wich nach rechts aus und ließ den Wagen vorbei. Nach hundert Metern öffnete sich die Straße dann auf einen Platz und gab den Blick auf ein Haus preis, das ihm schier die Sprache verschlug. Er bremste und stieg aus. Das kann nicht sein. Ich muss mich doch verfahren haben.

Er zog das Smartphone aus der Tasche in der Hoffnung, nun endlich Empfang zu haben. Tatsächlich, immerhin drei Balken. Er wählte Henris Nummer und hielt sich das Handy ans Ohr, während Tim und Sophie aus dem Wagen stiegen.

»Papa, ist das …«

»Oui?« Eine tiefe Stimme kam aus dem Lautsprecher.

»Pscht, gleich.« Er legte Sophie eine Hand auf die Schulter. »Henri? Hier ist Nick. Ich …«

»Oh, Nick! Seid ihr schon da?«

»Ja, aber …«

»Tut mir leid, ich bin gerade unterwegs. Julie wird euch alles zeigen.«

Nick sah sich um. Auf dem Hof stand kein Auto, und auch das Haus sah aus, als wäre es leer. Nirgendwo hörte man Stimmen, keine Musik. Über ihnen kreisten Schwalben, und in den Bäumen zwitscherten Vögel, sonst war es still. »Henri, ich glaube, sie ist nicht da.«

»Merde. Eigentlich hatte sie versprochen, auf euch zu warten. Aber eins der Kinder hat einen Termin beim Zahnarzt. Wahrscheinlich musste sie doch schon los. Also …«

»Henri, ich bin mir nicht einmal sicher, dass wir hier überhaupt richtig sind.«

»Warum?«

Nick hätte fast gelacht. Wie sollte man einem Mann, den man seit Jahren von Biker-Events und Partys kannte, erklären, dass man sich sein Haus anders vorgestellt hat?

»Ich weiß nicht …«

»Beschreibe mir doch mal, was du siehst.«

»Also gut. Ein zweigeschossiges Gebäude, heller Stein, blaue Fensterläden. Rechts und links der Haustür ranken irgendwelche Pflanzen hoch, davor ist ein Platz mit Kies. Außerdem gibt es zwei Nebengebäude.«

»Stimmt. Geh doch mal zur Haustür.«

Nick tat es. »Abgeschlossen.«

»Das ist zwar ungewöhnlich, Julie lässt die Tür meistens offen, kommt aber vor. Vielleicht rechnet sie damit, dass sie längere Zeit weg ist. Wenn du ums Haus gehst, solltest du auf die Terrasse kommen.«

Nick winkte Sophie und Tim und machte sich auf den Weg. Hinterm Haus lag eine großzügige Terrasse und …

Sophie jauchzte laut auf. »Papa, ein Pool!«

Henri lachte laut. »Wie ich höre, habt ihr das Schwimmbecken gefunden. Ihr seid bei uns. Machen wir es so: Ihr könnt euch schon mal im Pool vergnügen, wenn ihr wollt. Ich bin in spätestens einer Stunde da.«

»Okay.«

»Bis dann, Nick.«

»Bis dann, Henri.«

Nick schaltete das Smartphone aus und starrte das Haus an – die großen Fenster, die mit Sandsteinplatten geflieste Terrasse, den großzügigen Pool. Er konnte es immer noch nicht glauben. Auch Tim und Sophie waren still, ihre Augen groß und glänzend.

»Papa, werden wir hier Urlaub machen?«

Nick legte seine Arme um die Schultern der beiden und gab Sophie einen Kuss auf das Haar. Warum sollten sie nicht auch mal Glück haben? Ganz unverschämtes Glück?

»Es sieht ganz danach aus, Prinzessin.«

14

Es fühlte sich für Alexandra tatsächlich an, als wäre sie zum ersten Mal nach langer Bettlägerigkeit zu einem Spaziergang mit Krücken draußen gewesen. Saint-Thibéry war so ruhig und verschlafen, wie sie gehofft hatte. Die wenigen Geschäfte waren montags geschlossen, und ihnen waren lediglich eine Handvoll Touristen und kaum mehr Einheimische begegnet. Sie hatten im Supermarkt ein paar Lebensmittel eingekauft und waren dann durch die schmalen, stillen Gässchen gestreift, vorbei an mittelalterlichen Häusern. An einem Brunnen auf einem kleinen Platz hatten sie ein Eis gegessen, ganz ohne Hektik, da keine Touristengruppe vor dem Bistro stand und auf freie Tische wartete. Es waren nur das Plätschern des Wassers und die Stimme des Kellners zu hören, der sich mit einem alten Mann über die Fußballergebnisse des Wochenendes unterhielt. Alle Viertelstunde schlug die Kirchturmuhr, und die Spatzen, die zwischen den Tischen umherhüpften, um ein paar Krümel zu erwischen, zwitscherten. Stille, wohltuende und trotzdem lebendige Stille.

Müde und erschöpft, aber auch zufrieden und stolz fuhr Alexandra schließlich zum Landgut zurück. Jonas und Paula sangen auf dem Rücksitz einen Kanon, ein altes französisches Kinderlied. Und der Wagen duftete nach Baguette und Croissants, ein Geruch, der sofort Appetit machte.

Alexandra stellte das Auto an der Seite des ehemaligen Stallgebäudes ab und wunderte sich über den Kombi, der ebenfalls davor parkte – ein etwas in die Jahre gekommener staubiger VW mit Hamburger Kennzeichen und einem Motorrad auf dem Anhänger.

Sie drückte Paula die Bäckertüten in die Arme, reichte Jonas die Jacken, nahm den Korb mit den Einkäufen heraus und schlug die Kofferraumklappe zu. In der Nähe lachten und kreischten Kinder.

In der Nähe? Nein, das war nicht irgendwo in der Nähe, sondern hier. Jetzt hörte sie auch Wasser spritzen. Kam das etwa aus ihrem Pool?

Sie hatte die Einkäufe kaum in der Küche abgestellt, als sie Jonas schon aus dem Wohnzimmer rufen hörte.

»Mama, komm! Da badet jemand im Pool!«

Alexandra lief zu Jonas und Paula und blieb wie angewurzelt stehen. Auf den Sandsteinfliesen zwischen Terrasse und Pool lagen verstreute Kleidungsstücke. Das Wasser war aufgewühlt von den drei Personen, die dort herumsprangen, sich gegenseitig schubsten und das Wasser in großen Fontänen spritzen ließen. In das Lachen und Kreischen der Kinder mischte sich immer wieder eine männliche Stimme, ein Mann, den gerade zwei Kinder mit vereinten Kräften unter Wasser tauchten. Wie viel Spaß sie dabei hatten, konnte man sogar durch die geschlossenen Terrassentüren hören. Es war kaum zu glauben, dass es nur drei Personen waren, die in ihrem Pool planschten.

Jonas blickte mit glänzenden Augen nach draußen. Er zappelte aufgeregt herum, als hätte er große Lust, seine Badehose anzuziehen und mit den anderen im Pool zu toben. Paulas Mundwinkel jedoch hingen herab.

Alexandra konnte es ihr nicht verdenken. Ihre Müdigkeit und Erschöpfung, aber auch ihre gute Laune waren wie weggeblasen. Sie war wütend. Was fiel diesem Kerl ein, einfach hier einzudringen und den Pool, der für ihre Kinder bestimmt war, in Beschlag zu nehmen?

»Dürfen die das, Mama?«, fragte Paula mit finsterem Gesicht.

»Das glaube ich kaum. Aber keine Sorge, ich kümmere mich darum.«

15

Tim und Sophie ließen ihn endlich los, und prustend tauchte er aus dem Wasser auf.

»Hallo? Hören Sie mich?«

Er zuckte zusammen. Buchstäblich aus dem Nichts war eine Frau am Beckenrand aufgetaucht. Sie stand da wie eine Rachegöttin – die Arme vor der Brust verschränkt, das Gesicht finster und von lodernden Flammen umgeben, was sich allerdings beim näheren Hinsehen lediglich als rotes, in der Sonne leuchtendes Haar entpuppte.

»Was?«

»Ich wiederhole mich nur ungern.«

Die nächste Überraschung – die Frau sprach Deutsch, noch dazu akzentfrei. War das etwa Julie, Henris Frau? Auch die hatte er sich ganz anders vorgestellt, obwohl er zugeben musste, dass sie deutlich besser zu diesem Haus passte als Henri.

»Würden Sie jetzt bitte aus dem Pool steigen?«

»Warum sollte ich?« Er strich die nassen Haare aus dem Gesicht und wischte sich das Wasser aus den Augen.

»Weil ich davon ausgehe, dass Sie nicht dort hineingehören.«

Das war der Moment, in dem sich Nick die Nackenhaare aufstellten.

»Papa?« Sophie klammerte sich mit großen Augen an ihn. »Was ist los?«

»Ich habe keine Ahnung, Prinzessin. Aber das werde ich klären.« Er schwamm zum Beckenrand, stemmte sich aus dem Wasser und ging auf die Frau zu. Dass sie deutlich kleiner war als er, schien sie nicht zu kümmern. Sie wich keinen Zentimeter vor ihm zurück. »So, und nun noch einmal. Sie meinen also, dass ich nicht in diesen Pool gehöre. Warum?«

»Weil ich hier mit meinen Kindern Urlaub mache.«

Was für ein arrogantes Weib! Allein schon, wie sie vor ihm stand mit ihren hochgesteckten Haaren und in diesem geblümten Kleid, das bestimmt mehr gekostet hatte als all die Klamotten zusammengenommen, die von ihm, Sophie und Tim gerade auf der Terrasse verstreut herumlagen. Ihm schwoll der Kamm.

»Na sehen Sie mal, ich auch. Da haben wir ja schon etwas gemeinsam.«

»Das glaube ich kaum. Ich schätze, Madame Bouchard hätte Sie mir sonst angekündigt.«

Sie sagte das ganz kühl und von oben herab. Wie er solche Zicken hasste! Nick biss die Zähne zusammen und ballte die Fäuste. Er war kurz davor zu explodieren.

»Wer ist Madame Bouchard? Vielleicht sollten Sie lieber mit den richtigen Leuten reden. Zum Beispiel mit Henri. Ich habe eben mit ihm telefoniert, und er hat uns ausdrücklich seine Erlaubnis gegeben, hier zu baden.« War da etwa ein Hauch Unsicherheit in ihrem Blick? Dass Henri eine Wohnung immer wieder an deutsche Feriengäste vermietete, wusste er. Und er wusste auch, dass diese Ferienwohnung gerade belegt war, weshalb sie zurzeit nicht dort wohnen konnten. Stattdessen würden sie auf Henris Grundstück zelten. Dass sich die Tussi nun aber so anstellen musste, als hätte sie die Wohnung nicht gemietet, sondern gekauft, schlug dem Fass den Boden aus. »Folgender Vorschlag«, sagte er so ruhig, wie es ihm noch möglich war. »Ich rufe Henri an und frage ihn. Vielleicht können wir dann klären, wer von uns hier im Irrtum ist.«

»Ich habe zwar keinen Zweifel, wer von uns beiden das ist, aber ja, das wäre ausgesprochen freundlich von Ihnen.«

Angesichts ihres Tons platzte ihm fast der Kragen, doch er biss die Zähne zusammen, ging zu dem Eisenstuhl, auf dem seine Sachen lagen, und holte das Handy aus der Hosentasche.

»Oui!«

»Henri? Hör mal, ich …«

»Nick, wo zur Hölle steckst du?« Henris dröhnender Bass klang laut in Nicks Ohren.

»Auf der Terrasse am Pool. Sag mal …«

»Nein, mein Freund, da stehe ich nämlich gerade, und das Wasser liegt vor mir, blank wie ein Kinderhintern, und weit und breit kein Nick!«

Die Worte fühlten sich an, als hätte Henri ihm die Faust direkt in den Solarplexus gerammt.

»Nick? Bist du noch dran?«

»Ja.«

»Du hast doch nicht etwa …« Aus dem Lautsprecher drang Henris dröhnendes Gelächter. »Mann, du hast dich verfahren!«

Nick hielt das Smartphone vom Ohr weg und rieb sich die Stirn. Seine Finger blieben an einem der kleinen Pflaster hängen, das er fast abgerissen hatte. Die Wunde pochte, in seinen Ohren rauschte es. Warum?

»Erinnerst du dich noch, dass ich dich vor einer Stunde angerufen habe? Ich habe dir das Haus beschrieben!«

»Ja. Du …«

»Ich habe gesagt: zweistöckig, heller Stein, blaue Fensterläden, Pflanzen rechts und links der Haustür.«

»Ja, klar, wie unser Haus. So sehen hier viele aus.«

»Und das hättest du mir nicht vorher sagen können?«

Henri lachte immer noch, er schien sich gar nicht beruhigen zu können.

»Verdammt, Henri! Ich stehe hier tropfnass und in Badehose am Pool, die Kinder sind im Wasser, und vor mir steht eine aufgebrachte Frau, die mich fragt, was zur Hölle ich hier mache!«

Das Gelächter aus dem Lautsprecher schwoll an. Und die Frau vor ihm sah gar nicht mehr so aufgebracht aus. Zuckten etwa ihre Mundwinkel? Und plötzlich kam ihm der Gedanke, dass sie möglicherweise ebenfalls sehr gut Französisch verstand. Er wandte sich ab und hätte sich gern ans andere Ende Europas gebeamt. Warum musste so etwas immer ihm passieren? Verdammte Axt!

»Das ist nicht lustig!«, zischte er ins Smartphone.

»Nein, ist es nicht.« Henri gluckste und klang dabei, als ob ihm gerade die Tränen über die Wangen laufen würden. Dann räusperte er sich. »Also gut. Sag mir, wo du bist, und ich erkläre dir, wie du zu uns kommst. Okay?«

»Okay.« Nick schwankte zwischen Wut und Verzweiflung. Dann holte er tief Luft. »Einen Moment, ich rufe dich gleich wieder an.«

Er schaltete das Handy aus und drehte sich zum Pool, wo Tim und Sophie sich an den Beckenrand klammerten und ihn mit großen Augen ansahen. Verflixt, das auch noch.

»Sie sprechen Französisch?«

Die Frau verzog schuldbewusst das Gesicht und nickte. »Ja. Tut mir leid. Ihr Freund spricht nicht sehr leise.«

»Dann haben Sie ja gerade alles mitbekommen, und ich brauche Ihnen nichts mehr zu erklären.« Sie sah ihn an, als würde sie sich zusammenreißen müssen, um nicht laut zu lachen. Wieso musste er jetzt gerade an die Schulzeit denken? Vermutlich, weil es mal wieder so weit war. Er hatte etwas vermasselt, musste sich dafür entschuldigen, und irgendwie fanden es alle komisch. Nick, der Chaot und Klassenclown. Hahaha! »Hören Sie, es tut mir leid. Sie haben natürlich recht. Wir sind hier falsch. Mein Navi ist auf der Fahrt kaputtgegangen. Ich habe jemanden am Straßenrand gefragt und bei der Wegbeschreibung offensichtlich etwas durcheinandergebracht.« Er stieß die Luft aus. »Selbstverständlich packen wir unsere Sachen zusammen. In spätestens einer Viertelstunde sind wir wieder weg, und Sie haben Ihre Ruhe.« Er drehte sich zu Sophie und Tim um. »Kommt raus, ihr beiden. Ich habe gerade mit Henri telefoniert. Das hier ist das falsche Haus.«

»Och menno.« Tim schmollte und schlug mit der flachen Hand auf die Wasseroberfläche, sodass eine Fontäne hochspritzte. Dabei wurden die Sandalen der Frau nass, und sie wich einen Schritt zurück. »Können wir nicht …«

»Nein.« Nicks Ton war schärfer als beabsichtigt. Eigentlich wollte er seine Kinder in den Arm nehmen und sie trösten. Natürlich konnte er sich lebhaft vorstellen, wie enttäuscht die beiden waren. Er selbst war es ja auch. Aber er war gerade sehr wütend – auf sich, auf Henri, auf die Technik, auf alles. »Und benimm dich gefälligst!«

Sophie kletterte umständlich aus dem Wasser. »Gibt es denn bei Henri auch einen Pool?«

Nick strich ihr über das nasse Haar. »Ja. Unter anderem deshalb gab es ja dieses Missverständnis. Los, sammelt eure

Sachen ein. Und achtet darauf, dass ihr nichts vergesst.« Und wieder an die Frau gewandt: »Entschuldigen Sie die Unannehmlichkeiten.«

»Ist in Ordnung. So etwas kann mal passieren.« Sie nickte. Aber interessanterweise wirkte sie jetzt weder triumphierend noch schadenfroh. Sie stand vor ihm, umschlungen von ihren eigenen mageren Armen, als müsste sie sich an sich selbst festhalten. Plötzlich tat sie ihm leid, warum auch immer.

»Machen Sie sich mal keinen Kopf. Ich bin schließlich derjenige, der sich verfahren hat.« Er lachte. »Das ist mal wieder typisch. Urlaubserlebnisse und Abenteuer der besonderen Art. Hey, wenn Sie mal Sehnsucht nach ein bisschen zusätzlicher Action abseits des Alltäglichen haben, stelle ich Ihnen gern ein Programm zusammen. Ich habe Erfahrung mit so was.«

Sie starrte ihn an, ihre Augen weiteten sich. »Nick?«

Sie hatte auffallend hellblaue Augen, klar und strahlend, eine Farbe, wie sie nur bei Rothaarigen vorkommt. Gleichzeitig huschte ein Lächeln über ihr Gesicht, das sie sofort um etliche Jahre jünger erscheinen ließ. Und das ihm überraschend vertraut war. Er kannte sie. Aber woher? Es dauerte ein paar Sekunden, dann machte es in seinem Hirn mit einem gewaltigen Donnern klick.

»Alexandra? Alexandra Breitenbach?«

16

Alexandra schüttelte den Kopf. »Nicht Breitenbach, jedenfalls nicht mehr. Mittlerweile heiße ich Jensen.«

Sie konnte es immer noch nicht glauben. Der Mann war tatsächlich Nicolas Burmeister! Der Nick, der sich am Ende seiner Schulzeit hatte rühmen können, den Schulrekord für verspätetes Erscheinen zum Unterricht mit neuer Bestmarke eingestellt zu haben. Der Nick, der zur Abi-Prüfung in Ledermontur und auf einem blauen, halb verrosteten Motorrad herangebraust war, das beim Gasgeben schwarze Rauchwolken ausgestoßen hatte. Und der selbst die strengsten Lehrer einfach um den Finger hatte wickeln können, wie auch immer er das geschafft hatte. Seit Jahren hatte sie nicht mehr an ihn gedacht.

Jetzt stand er vor ihr, in Badeshorts und einer Pfütze Poolwasser. Und das am unwahrscheinlichsten Ort von allen, auf einem Landgut in Alleinlage mitten im Languedoc, mehr als tausendfünfhundert Kilometer von Hamburg entfernt. Einfach so. Sie musste lachen.

»Das gibt es nicht. Was machst du hier?«

»Außer im falschen Pool zu schwimmen, meinst du?« Er griff nach einem Handtuch und begann sich abzutrocknen. »Eigentlich bin ich auf dem Weg zu einem Freund. Ich habe beruflich hier in der Gegend zu tun. Und da die Kinder gerade Ferien haben, wollen wir bei ihm zelten. Auf der Fahrt ging das Navi kaputt. Ich habe einen alten Mann am Straßenrand nach dem Weg gefragt, aber wohl nicht richtig zugehört. Und hier sind wir. Und du? Wohnst du hier?«

»Ich? Nein. Ich lebe in Hamburg. Wir machen hier auch nur Ferien. Wie kommst du denn darauf, dass ich hier wohnen würde?«

Er zuckte mit den Schultern und deutete auf Haus und Pool. »Weil es zu dir passen würde.«

»Aha.« Natürlich, Alexandra, Tochter aus gutem Haus mit Ballett- und Klavier- und Cellounterricht und der Jugendstilvilla, zu deren Geburtstagspartys man mit Anzug und Schlips erschien. Oh, wie hatte sie dieses Klischee gehasst! Und kaum einer hatte gewusst, wie unwohl sie sich in dieser Schublade gefühlt hatte, ihr ganzes Schulleben lang und später auch noch.

Nick lächelte auf seine typische gewinnende Art.

»Nun guck nicht so streng, Alex. Ich meine es nicht böse, wirklich nicht.«

Alexandra wurde warm. Nick war der Einzige, der sie in der Schule Alex genannt hatte. Sie hatte fast vergessen, wie gern sie das mochte. »Was machst du denn beruflich? Hast du tatsächlich Medizin studiert, wie du es vorgehabt hattest?«

»Ja, das habe ich. Ich arbeite als Ärztin in Hamburg. Als Chirurgin, um genau zu sein. Und du?«

»Ich bin freier Journalist und nebenbei Kneipenbesitzer. Oder umgekehrt, je nachdem, wo gerade mehr zu tun ist. Ich schreibe Artikel für Motorradzeitschriften und Online-Magazine und betreibe außerdem mit einem Freund eine kleine Biker-Kneipe. Auch in Hamburg.«

Sie konnte sich gut vorstellen, wie er mit der Zigarette im Mundwinkel hinter einem Tresen stand und Bier zapfte. Ob er immer noch rauchte? Die Motorräder schienen ihn jedenfalls nicht losgelassen zu haben.

»Wo in Hamburg ist denn die Kneipe?«

»In Billstedt, in der Nähe der B5.«

»Billstedt? Das ist ja lustig. Wir wohnen in Hamm.«

»Echt? Himmel, da wohnt man Jahrzehnte in derselben Stadt, noch dazu fast um die Ecke, und ausgerechnet in Südfrankreich läuft man sich über den Weg.«

»Manchmal geschieht Erstaunliches.« Alexandra überlegte nicht lange. »Hast du es sehr eilig?«

»Nein. Warum?«

»Was hältst du davon, wenn du dich hinsetzt und wir einen Kaffee zusammen trinken? Die Kinder können noch so lange im Pool baden. Meine beiden werden sich über die Gesellschaft freuen.« Auch wenn das für Paula wahrscheinlich gelogen war, für Jonas stimmte es mit Sicherheit.

»Klar, gerne. Wenn es dir keine Umstände macht? Henri läuft nicht davon.«

»Ich bin gleich wieder da.«

Alexandra ging ins Haus.

»Wer ist das, Mama?« Paula deutete mit dem Kinn nach draußen, wo Nick sich gerade seine Jeans und ein T-Shirt überstreifte.

»Ob du es glaubst oder nicht, das ist Nick Burmeister, ein alter Schulfreund. Ich habe ihn seit etwa zwanzig Jahren nicht gesehen. Und heute hat er sich wegen eines kaputten Navis verfahren und landet ausgerechnet in unserem Pool.« Sie musste wieder lachen. Es war tatsächlich wie früher. Nick waren ständig solche Dinge passiert. Aber es schien ihn nie gestört zu haben. Er hatte es immer mit einem Schulterzucken und einem coolen Spruch genommen. Bei ihm hatte das Leben immer den Hauch von Leichtigkeit und Abenteuer gehabt. Und daran schien sich nichts geändert zu haben. »Ist das nicht lustig?«

»Ja, superlustig. Ich schmeiß mich gleich auf den Boden.«

»Paula, reiß dich zusammen und benimm dich!« Fast hätte sie ihrer Dreizehnjährigen Contenance befohlen, aber sie konnte sich noch rechtzeitig auf die Zunge beißen. Sie wollte nicht klingen wie Großmutter Edith. »Geht raus, ihr zwei, und sagt Guten Tag. Und wenn ihr mögt, könnt ihr mit den beiden Kindern doch im Pool planschen.«

Mit einem spöttischen »Pff« wandte Paula sich ab. Doch Jonas war schon auf dem Weg nach oben, um seine Badehose anzuziehen.

Während Alexandra Wasser in die Kaffeemaschine füllte, dachte sie darüber nach, was sie zu Paula gesagt hatte. Schulfreund? Nick war kein Schulfreund. Sie hatten dieselbe Schule besucht und gelegentlich im selben Kurs gesessen, aber Freunde? Soweit sie sich erinnern konnte, hatte Nick zu keiner Clique gehört und schien mit niemandem wirklich fest befreundet gewesen zu sein, auch wenn es sich so mancher – und manche – anders gewünscht hätte.

Sie stellte Tassen, Gläser und einen Teller mit Gebäck auf ein Tablett und trug es auf die Terrasse.

Nick saß am Tisch, die Beine lang ausgestreckt, und unterhielt sich angeregt mit Jonas über Motorräder.

»Mama, die Maschine auf Nicks Anhänger ist eine Harley Davidson, eine Fatboy.«

»Das heißt Herr Burmeister, Jonas«, wies sie ihren Sohn zurecht und stellte das Tablett auf dem Tisch ab.

»Quatsch. Ist völlig in Ordnung, wenn du mich Nick nennst.« Nick stieß seine geballte Faust gegen die kleine von

Jonas, und der Junge grinste über das ganze Gesicht vor Stolz, als hätte er gerade den Ritterschlag erhalten.

»Hast du keine Lust, ins Wasser zu springen?«, fragte Alexandra ihren Sohn.

»Doch.« Jonas warf den beiden planschenden Kindern einen sehnsüchtigen Blick zu.

»Möchtest du mitspielen?«, rief das kleine Mädchen aus dem Pool.

»Was spielt ihr denn?«

»Gegenseitig ins Wasser schubsen.«

»Klar.« Jonas lief zum Beckenrand und ließ sich in das aufgewühlte Wasser gleiten.

»Ich heiße Sophie. Und du?«

»Ich bin Jonas.«

»Du bist dran mit Schubsen!«

Alexandra schenkte Kaffee ein und setzte sich.

»Danke.« Nick nahm seine Tasse und lächelte sie an. »Und nun musst du mir unbedingt erzählen, was du in den letzten zwanzig Jahren so gemacht hast.«

17

Eine Stunde, drei Kaffees und zahlreiche Informationen aus den letzten zwanzig Jahren später schlug Nick wieder die Kofferraumklappe zu.

»Alles eingepackt und im Auto? Kuscheltiere, Kopfhörer, Badesachen?«

Tim nickte und stieg in den Wagen. Sophie aber stand vor Jonas und sah aus, als könnte sie sich nur schwer von dem Jungen trennen. Konnten sich achtjährige Mädchen verlieben? Er hätte schwören können …

»Sophie? Erde an Sophie!«

Widerwillig wandte sie ihm den Kopf zu. »Was?«

»Wir wollen los. Henri wartet auf uns. Außerdem sind wir Alexandra lange genug auf den Wecker gegangen.«

Alexandra schüttelte den Kopf. »Ach was, red keinen Quatsch. Ich habe mich total über euren Besuch gefreut.« Dann beugte sie sich vor und flüsterte ihm zu: »Und ich glaube, Jonas und Sophie auch.«

Sie hatte wohl recht.

»Sophie, wir müssen!«

»Och menno …«

»Los, ab in den Wagen.«

Ernst und feierlich reichten sich die beiden Kinder die Hände, dann drehte sich Sophie abrupt um und lief zum Auto.

»Danke für den Kaffee, Alex. Und das Bad in deinem Pool.« Nick grinste.

»Gerne. Vielleicht sieht man sich ja mal wieder.«

»Bestimmt. Dass die Welt ein Dorf ist, konnten wir ja gerade heute feststellen.«

Er setzte sich hinter das Steuer, startete den Motor und ließ die Fenster herunterfahren.

»Tschüs!«

Nick und Sophie winkten, Alexandra und Jonas winkten zurück.

Paula und Tim schmollten, die Gesichter so finster, wie es nur pubertierende Dreizehnjährige hinbekommen. Der Kies knirschte unter den Rädern des Wagens.

»Alles klar, Tim?«

Die Stirn seines Sohnes schlug Falten.

»Ja.«

Nick musste lachen, dann steuerte er den Wagen auf die schmale staubige Straße. Erst als er auf die Hauptstraße einbog, kam ihm in den Sinn, dass er Alexandra gar nicht nach ihrer Handynummer gefragt hatte. Schade eigentlich. Vielleicht hätte man in den Ferien noch etwas gemeinsam unternehmen können.

»Papa?«

»Ja, Prinzessin?«

»Meinst du, dass wir Alexandra und Paula und … und Jonas wiedertreffen?«

Nick kämpfte gegen das Lachen an. Die Art, wie Sophie den Namen ihres neuen Freundes betonte, ließ keinen Zweifel mehr offen. Die Kleine hatte sich tatsächlich verliebt. Mit acht! Halleluja! Ich freue mich schon, wenn du in die Pubertät kommst, Schätzchen!

»Ich denke schon. Wenn du fest genug daran glaubst, wird es passieren.«

»Das ist schön.« Und mit einem hollywoodreifen Seufzer ließ sich die Achtjährige in ihren Sitz zurückfallen.

Als sie zwanzig Minuten später vor Henris Haus standen, wusste Nick sofort, warum er das andere Haus nicht mit seinem Freund in Verbindung hatte bringen können. Ja, auch dieses Gebäude war zweistöckig, aus hellem Stein gebaut, hatte blaue Fensterläden und war mit Pflanzen berankt. Aber da war noch so viel mehr. Die Leine mit im Wind flatternder Wäsche zwischen dem Haupthaus und den Nebengebäuden, die vor vielen Jahren vermutlich als Stall gedient hatten. Die Gartenstühle in verschiedenen Formen, aus Holz, Plastik und Metall, kaum zwei davon gleich. Der rauchende Grill vor der Haustür. Die Motorräder und Werkzeuge, die man durch das geöffnete Tor eines der Nebengebäude sehen konnte. Die Hebebühne mit einem alten rostroten 2CV darauf. Die Ölflecken auf dem Kies. Der Geruch von Benzin, Motoröl und Harley. Die drei Hunde, die über den Hof strolchten. Das alles wirkte bei Weitem nicht so gediegen und vornehm wie das Haus, in dem Alexandra mit ihren Kindern die Ferien verbrachte. Aber es wirkte auch lebendiger und vertrauter.

Henri kam aus der Werkstatt, noch bevor sie den Wagen verlassen hatten, ein Kerl wie ein Fass, mit einem buschigen Zopf, einem grau melierten Vollbart und einer Sonnenbrille. Er trug eine ölverschmierte Latzhose, die sich über seinem mächtigen Bauch spannte. Er reichte Nick die Hand zum Gruß und klopfte ihm dann auf die Schulter.

»Sieh mal an, jetzt bist du richtig!«

»Ja, jetzt bin ich richtig.« Nick lachte und wusste schon jetzt, dass die Geschichte, wie er im falschen Pool gelandet war, bald allen Bikern im Languedoc bekannt sein würde.

»Tut mir leid, mein Freund, aber ich muss immer noch lachen, wenn ich mir vorstelle, wie du in Badehose …«

»Ja, kann ich mir denken. Dass die Dame Französisch versteht, habe ich dir schon erzählt? Sie hat jedes Wort unseres Telefonats mitbekommen.«

»Was?« Henri lachte so laut, dass es in Nicks Ohren dröhnte. Er schlug sich auf die Schenkel und hielt sich den Bauch. »O Nick, du machst Sachen! Das muss ich den Jungs erzählen!« Er wischte sich mit einem riesigen Stofftaschentuch die Tränen aus den Augen. »Ihr seid bestimmt hungrig, oder? Gleich gibt es was zu futtern – Koteletts und die besten Bratwürste der Welt, frisch vom Grill. Doch zuerst zeige ich dir, wo ihr euer Zelt aufschlagen könnt. Und in welchem Pool ihr tatsächlich baden dürft.«

Wieder schlug Henri sich auf die Schenkel. Nick verdrehte die Augen. Mit diesen Sticheleien würde er wohl noch eine Weile leben müssen.

18

»Gute Nacht, Mama.«

Paula gab ihr einen flüchtigen Kuss auf die Wange und verschwand in ihrem Zimmer. Im Bad putzte sich Jonas noch die Zähne.

Alexandra ging in sein Zimmer. Wie zu Hause hob sie die Sachen auf, die er beim Ausziehen einfach auf den Boden hatte fallen lassen – das T-Shirt mit dem Star-Wars-Aufdruck, die Jeans-Shorts, die immer noch feuchte Badehose. Sie legte alles ordentlich zusammen und hängte es über die Stuhllehne, die Badehose allerdings nicht. Die war besser im Bad aufgehoben, wo sie gut trocknen konnte.

Hinter sich hörte sie das Tapsen nackter Füße auf dem Dielenboden und drehte sich um.

»Alles klar, junger Mann?«

Er nickte, kletterte ins Bett und blieb mit angezogenen Beinen auf dem Kopfkissen sitzen, das Kinn auf die Knie gestützt, ungewöhnlich schweigsam und ernst.

Alexandra ließ sich auf der Bettkante nieder und sah ihren Sohn an. Gerade jetzt in seinem hellblau gestreiften Schlafanzug, so nachdenklich und still, das dunkle Haar strubbelig, fiel ihr auf, wie ähnlich er Arne sah, so sehr, dass es ihr für einen Moment die Luft nahm. Sie streckte ihre Hand aus und strich ihm über den Kopf.

Ihm lag etwas auf dem Herzen, den ganzen Abend schon.

Sie hatte gesehen, wie es beim Essen in ihm gearbeitet hatte. Aber es hatte keinen Sinn, ihn darauf anzusprechen. Erst wenn er das Problem in seinem Kopf in alle Richtungen gedreht und gewendet hatte, würde er damit zu ihr kommen. Auch darin ähnelte er seinem Vater.

»Mama?«

»Ja?«

Er hob den Kopf und sah sie mit so ernstem Blick an, als säße sein zwanzig Jahre älteres Ich vor ihr in dem Bett.

»Die Sophie ist nett, oder?«

»Ja, das ist sie. Ein richtig nettes Mädchen. Ihr beide hattet viel Spaß zusammen, nicht wahr?«

Er nickte, wandte aber den Blick dabei ab und rollte die Bettdecke auf. Seine Wangen färbten sich rosa, seine Ohrmuscheln begannen zu glühen.

»Meinst du, wir treffen sie mal wieder? Ich meine … vielleicht?«

»Ja, bestimmt«, antwortete Alexandra. »Sieh mal, Sophie wohnt ja auch mit ihrem Papa und ihrem Bruder in Hamburg.«

»Meinst du wirklich?«

»Ja. Du musst nur ganz fest daran glauben.«

Seine blauen Augen leuchteten auf, und sein kleines Gesicht strahlte.

»Gute Nacht, Jonas.«

»Gute Nacht, Mama. Das war ein toller Tag heute.«

»Freut mich, dass es dir gefallen hat. Schlaf gut!«

Sie strich ihm noch einmal über das Haar, gab ihm einen Kuss auf die Stirn und deckte ihn zu. Dann verließ sie das Zimmer.

Auf dem Weg nach unten lächelte sie. Wenn ihre Schwiegertochter irgendwann mal blonde Haare, blaue Augen und niedliche Grübchen auf den Wangen haben würde, würde sie jedenfalls wissen, wann und wo sich bei Jonas dieses Schema festgesetzt hatte.

Und er hatte recht, der Tag war wirklich schön gewesen, reich an Eindrücken. Erst Saint-Thibéry und dann die Begegnung mit Nick …

Alexandra nahm ihr Smartphone in die Hand. Sie überlegte, Franzi anzurufen und ihr von Nick zu erzählen. Wie er plötzlich mit seinen Kindern in ihrem Pool gebadet hatte. Sie biss sich auf die Lippe, als das Lachen erneut aus ihr herausplatzen wollte. Was für eine kuriose Situation!

Sie trat an die Terrassentür. Der Pool lag vor ihr, glatt und klar wie hellblaues Glas. Gelegentlich kräuselte eine leichte Brise die Oberfläche und zog die Unterwasserspots optisch zu Ovalen.

Es war schön gewesen, mit Nick unbeschwert zu plaudern, zu hören, was er die letzten zwanzig Jahre gemacht hatte. Journalismus hatte er studiert und war mit dem Motorrad durch ganz Europa gereist. Nebenbei hatte er immer in der Gastronomie gejobbt und zwei Jahre in Südfrankreich gelebt. Er hatte geheiratet, die Kinder waren geboren geworden, dann war die Scheidung gekommen. Ein ganzes Leben lag zwischen ihrer letzten Begegnung am Tag ihrer Abiturfeier und heute. Dennoch hatte er sich nur wenig verändert. Natürlich war er älter geworden, die Fältchen um seine Augen waren neu. Außerdem hatte er einige Tätowierungen mehr auf seinen Armen. Doch sein Lächeln war immer noch dasselbe. Daran hatte sie ihn schließlich auch wiedererkannt, an seinem Lächeln.

Sie hatte das Gefühl, eine neue Erinnerung bekommen zu haben, eine schöne, fröhliche Erinnerung. Allerdings war sie hauchdünn. Sie musste sie hüten, achtsam mit ihr umgehen, oder sie würde zerbrechen wie die Deckgläser für die Mikroskope im Histologiekurs an der Uni.

Alexandra sah das Smartphone in ihrer Hand an, dann legte sie es auf den Flügel und trat auf die Terrasse hinaus. Es war immer noch warm. Die Grillen zirpten. Eine Brise spielte mit einer Haarsträhne, und sie kitzelte sie am Hals.

Irgendwann würde sie Franzi anrufen und ihr von diesem Tag erzählen, aber nicht heute.

19

Henri hatte nicht übertrieben, die Grillwürste waren total lecker gewesen. Danach war der Abend gemütlich ausgeklungen. Henri hatte am Pool zwei Feuerkörbe aufgestellt, und sie hatten alle zusammen gesessen, geredet und viel gelacht, Henri und Julie sowie Steve und Duke mit ihren Freundinnen. Die beiden Männer waren Mitglieder des Motorradclubs Wizards of Doom, zwei lockere Typen, mit denen Nick sich auf Anhieb gut verstand. Sie waren ins Languedoc gereist, um als Delegation ihres Flensburger Clubs an dem Magic Festival teilzunehmen, das die Wizards Südfrankreichs einmal jährlich veranstalteten und das bald stattfinden würde. Die Wizards aus Toulouse hatten ihnen Henri empfohlen, und so hatte er ihnen seine Ferienwohnung vermietet. Da keiner der vier ausreichend Französisch sprach, verständigten sie sich mit einem Kauderwelsch aus Französisch, Englisch und Deutsch. Und Nick hatte schon lange nicht mehr so viel gelacht.

Zuerst gingen die Frauen schlafen, dann war auch Nick müde. Er spürte die lange Fahrt und die gestrige Nacht auf dem Autositz in den Knochen.

»Leute, ich glaube, es ist Zeit für mich.« Er gähnte herzhaft, stellte seine leere Bierflasche auf dem Tisch ab und stemmte sich aus dem alten Plastikstuhl hoch. »Ich krieche mal ins Zelt.«

»Soll ich dir den Weg beschreiben, oder findest du das Zelt allein?« Henri und die anderen lachten. Natürlich hatte er die Geschichte von Nicks Bad im falschen Pool nicht lange für sich behalten können, sehr zur Heiterkeit der beiden Wizards. Und eines musste Nick seinem Freund lassen, er konnte richtig gut erzählen. Sogar er selbst hatte Tränen lachen müssen.

»Ich glaube, das schaffe ich gerade noch. Und ich habe ja das Handy dabei. Wenn ich mich verlaufe, rufe ich an.« Er winkte den anderen zu. »Gute Nacht!«

»Good night!«, »Bonne nuit!«, »Gute Nacht!«, klang es ihm dreisprachig hinterher, während er sich mit der Taschenlampe seines Handys den Weg leuchtete.

Die beiden Zelte standen etwas abseits in dem großzügigen Garten, direkt unter einem Olivenbaum. Der Feuerschein und die Stimmen von der Terrasse kamen hier nur noch gedämpft an. Aber selbst wenn er sein Zelt direkt neben einer Autobahn aufgestellt hätte, heute Nacht würde ihn nichts vom Schlaf abhalten, davon war er fest überzeugt.

Er hatte das größere der beiden Zelte erreicht, in dem die Kinder schliefen. So leise wie möglich zog er den Reißverschluss auf und sah hinein. Tim hatte sich so tief in seinem Schlafsack vergraben, dass kaum mehr als sein blonder Schopf zu sehen war. Sophie hingegen lag aufgedeckt, ein Bein lang ausgestreckt, auf dem Rücken, das weiße Plüscheinhorn im Arm. Beide schliefen tief und fest. Es war alles in Ordnung. Für heute. Doch Nick machte sich keine Illusionen, über kurz oder lang musste er das Zelt mit Tim tauschen. Tim konnte sehr gemein sein, wenn er noch lesen wollte, während Sophie schon müde war. Aber morgen war morgen.

Träumt schön, dachte Nick, schloss die Zeltplane wieder und ging zu seinem eigenen Zelt, das nur einen Meter weiter stand. Isomatte und Schlafsack waren bereits ausgebreitet und kamen ihm gerade so verlockend vor wie ein Himmelbett in einem Luxushotel. Er zog sich die Jeans aus, schloss die Plane zum Schutz gegen Mücken und kroch in den Schlafsack.

Hundemüde war er. Trotzdem lag er noch eine Weile auf dem Rücken. Das Zeltdach über ihm ließ noch einen Rest des schwachen Lichtschimmers des Feuers hindurch. Von der Terrasse hörte er die Stimmen von Henri und den beiden Wizards, aber auch das Scharren von Stühlen. Offenbar machten sie jetzt ebenfalls Schluss.

Was für ein Tag! Erst die anstrengende Fahrt in der sengenden Hitze, dann diese Überraschung über das Haus und diesen fantastischen Pool, als Nächstes die Ernüchterung und zum Schluss Alexandra Breitenbach. Ausgerechnet.

Er musste lachen, als er daran dachte. Verrückt. Das Leben war manchmal extrem verrückt. Nicht dass er in der Schule viel mit Alexandra gemein gehabt hätte. Ihre Eltern waren ziemlich reich, hatten ein riesiges Haus, und sie trug immer die teuersten Klamotten. Allein schon der Name Alexandra Breitenbach klang nach abgespreiztem kleinem Finger, Dinner-Einladungen und Hauspersonal. Da fehlte eigentlich nur das »von«. Trotzdem hatte sie ihm manchmal fast, ja, tatsächlich, sie hatte ihm leidgetan. Sie war zwar immer mal wieder biestig und konnte gelegentlich sogar arrogant sein und die vornehme Dame raushängen lassen, aber er hatte oft den Eindruck gehabt, dass sie diese Seite nur herauskehrte, weil man es von ihr erwartete, und sich im Grunde nach jemandem sehnte, der ihr dabei half, den Stock aus dem Hintern zu ziehen. Jetzt war sie also Chirurgin, Oberärztin sogar, doch an seinem Gefühl hatte sich wenig geändert. Alex tat ihm leid, warum auch immer.

Du spinnst. Warum sollte sie dir leidtun? Guck dir allein dieses Ferienhaus im Vergleich zu deinem Zelt an, dann weißt du, wer zu bedauern ist.

Nick blinzelte zu der Plane über ihm. Es war noch dunkler geworden, vermutlich hatte Henri das Feuer gelöscht, aber er konnte dennoch die Stelle im Zeltdach sehen, die er im April mit Isoband geflickt hatte. Er musste grinsen, als ihm wieder einfiel, wobei sie entstanden war. Er war mit den Kids zu einem Biker-Event gefahren. Sie hatten Stockbrot gemacht, und anschließend hatte er sich mit Tim und dem Sohn eines anderen Bikers ein Stockduell geliefert. Er dachte an die Livemusik, die Leute, den Geruch des Lagerfeuers, an das Brot, heiß und lecker, auch wenn man erst eine Schicht Ruß von der Kruste kratzen musste. Und er dachte an den anschließenden Regenguss, bei dem ihm erst aufgefallen war, dass das Zeltdach bei ihrem wilden Kampf ein Loch abbekommen hatte.

Sollte man ihn dafür bedauern? Sollte man ihn etwa bemitleiden, weil er hier in einem Schlafsack lag, in einer lauen Nacht in Südfrankreich, Kinder und Bike in Reichweite, das Mittelmeer vor der Tür und über ihm ein gigantischer Sternenhimmel, von dem ihn nichts trennte als eine dünne Zeltplane?

»Kein Luxus dieser Welt kann Freiheit ersetzen«, flüsterte er in die Nacht.

Die Grillen in Julies Garten zirpten. Und sie waren so laut, als wollten sie ihm alle zustimmen.

20

Die Nacht war kurz wie gewohnt. Immer wieder lag sie hellwach und reglos da, um der anderen, leeren Hälfte des Bettes nicht zu nahe zu kommen, starrte an die Decke und lauschte dem Knistern und Knacken der Balken. Sie konnte zusehen, wie es draußen allmählich heller wurde. Die Vögel stimmten ihren Morgengesang an, irgendwo krähte ein Hahn, in weiter Ferne schlug eine Turmuhr die Stunde. Erst zwei Schläge, drei, später vier und fünf. Zwischendurch fielen ihr immer mal wieder die Augen zu, und sie sank in kurze, aber tiefe Schlafphasen. Um sieben stand sie schließlich auf und fühlte sich beinahe ausgeruht und stabil. Jedenfalls stabil genug für den nächsten Schritt – heute war Dienstag, Markttag in Saint-Thibéry. Das hieß Menschen, Normalität, Leben.

Als sie dann am Vormittag mit dem Wagen das ehemalige Pförtnerhaus passierten, fiel Alexandra wieder ein, worum Madame Bouchard sie gestern noch gebeten hatte.

»Was ist los? Warum hältst du an?« Paula saß mit ihren knappen weißen Shorts und dem blau-weiß gestreiften Top so lässig auf dem Beifahrersitz, als hätte ihre Wiege irgendwo in Südfrankreich und nicht in Hamburg-Wandsbek gestanden.

»Ich will nur Cécile fragen, ob sie etwas vom Markt braucht. Ihr könnt im Auto bleiben, wenn ihr wollt.«

Jonas war schon abgeschnallt und aus dem Wagen gestiegen.

»Nö, keine Lust.« Paula warf einen kurzen Blick durch das Fenster auf den Garten, drehte dann das Radio lauter und lehnte sich zurück. »Geht nur, ich warte hier.«

»Wir beeilen uns auch.«

»Ja, ja.«

Alexandra drehte sich um und ging gemeinsam mit Jonas den schmalen, von dichten Lavendelbüschen gesäumten Weg zum Haus. An der Haustür hing ein schwerer Türklopfer, ein Löwenkopf aus Bronze, rechts daneben ein altmodischer Klingelzug. Jonas durfte zuerst den Türklopfer ausprobieren. Als sich niemand rührte, zog er ein paarmal kräftig an der Schnur. Es klingelte direkt hinter der Haustür. Aber auch noch weiter entfernt, irgendwo im Garten, läutete eine Glocke.

»Ich komme!«

Und dann kam Cécile um die Hausecke, in einem mit Farbe besprenkelten, ehemals weißen Kittel und mit einem Strohhut auf dem Kopf. Im Gehen wischte sie sich die Hände an einem Lappen ab.

»Alexandra! Wie schön, dass Sie uns besuchen kommen.« Sie schüttelte Alexandra herzlich die Hand. Dann wandte sie sich an Jonas. »Ich bin Cécile. Und wer bist du?«

Alexandra übersetzte.

»Jonas«, sagte er, und an seinem Lächeln war deutlich zu erkennen, dass er die alte Dame auf Anhieb mochte.

»Freut mich, dich kennenzulernen, Jonas. Wollt ihr nicht in den Garten kommen? Wir sind gerade draußen. In unserem Alter muss man die Stunden vor der Mittagshitze nutzen.«

Alexandra schüttelte den Kopf. »Wir möchten keine Umstände machen und Sie auch nicht aufhalten. Wir sind auf dem Weg zum Markt in Saint-Thibéry. Ich wollte nur fragen, ob wir Ihnen etwas mitbringen können.«

»Ah, ich vermute, dass Marguerite mal wieder geplaudert hat.« Sie zwinkerte. »Das sieht ihr ähnlich. Vielen Dank, Alexandra. Tatsächlich wäre es schön, wenn Sie mir ein paar Kleinigkeiten besorgen könnten. Gemüse und Obst haben wir selbst in Hülle und Fülle, dafür sorgt Patrice, aber Brot, Käse und Gewürze wachsen in unserem Garten nicht.«

»Das besorge ich Ihnen sehr gern. Schreiben Sie nur alles auf.«

»Bon! Einen Moment, ich muss Stift und Zettel holen.« Sie öffnete die Haustür. »Gehen Sie doch so lange ums Haus. Dort ist es schöner als hier vorne im Schatten, und außerdem können Sie ein Auge auf Patrice haben. Ich bin immer etwas unruhig, wenn ich ihn länger als eine Minute allein lassen muss.«

»Das machen wir doch gern.«

»Und nehmen Sie sich etwas zu trinken oder von den Pfirsichen. Die sind abgewaschen, also greifen Sie ruhig zu.«

Die Tür fiel hinter Cécile ins Schloss, und Alexandra ging mit Jonas ums Haus auf die kleine Terrasse, wo eine Staffelei davon zeugte, dass Cécile gerade arbeitete.

Auf dem Tisch standen ein paar Gläser, eine mit Wasser und geviertelten Zitronen gefüllte Karaffe und ein Korb mit rosenfarbigen Pfirsichen, denen man ihr goldgelbes Inneres ansehen konnte. Bienen summten, Grillen zirpten, das Sonnenlicht brach sich im Glas und verteilte kleine Regenbogen auf Tisch und Terrasse, und die Pfirsiche dufteten köstlich nach Saft, Süden und Sonne. Alexandra bekam augenblicklich Appetit.

»Möchtest du etwas trinken, Jonas?«

Der Junge schüttelte den Kopf. »Nein, aber ob ich wohl einen Pfirsich essen darf?«

»Ich denke schon. Cécile hat es uns erlaubt.«

Sie wählte einen kleinen Pfirsich für Jonas aus und nahm sich selbst einen. Die Haut der Frucht fühlte sich an wie Samt, weicher, von der Sonne gewärmter Samt. Und dann biss sie hinein. Süß und klebrig lief ihr der Saft über Kinn und Finger und tropfte auf die Sandsteinfliesen. Fühlen, riechen, schmecken – wann hatte sie zuletzt etwas so bewusst wahrgenommen?

»Hmm!« Jonas verdrehte genüsslich die Augen und lachte. »Mama, du kleckerst ja!«

»Du etwa nicht? Guck dir mal dein T-Shirt an!«

Er schaute auf die Spuren, die der Pfirsichsaft auf dem Raumschiff auf seinem T-Shirt hinterlassen hatte, und zuckte gleichmütig mit den Schultern. »Kann man waschen.«

Alexandra lachte, wischte sich die Finger und den Mund notdürftig mit einem Papiertaschentuch ab und schlenderte zu der Staffelei, um sich das Bild anzusehen.

Viel war noch nicht darauf zu erkennen, nur etliche Punkte in Rosa, Rot, Weiß, Orange und Grün. Und mittendrin eine leuchtend gelbe Sonne.

Sie ließ ihren Blick schweifen und versuchte zu erraten, welches Motiv Cécile beim Malen im Auge hatte. Bei Tag war der Garten nicht mehr so still, geheimnisvoll und beruhigend wie in der Nacht. Überall summten Bienen und Hummeln, Fliegen schwirrten durch die Luft und sammelten sich auf den Saftflecken auf dem Sandstein. In den Bäumen zwitscherten die Vögel zwischen reifen Zitronen, Orangen und Pfirsichen. Und dann sah sie es. Mitten zwischen einigen Rosensträuchern leuchtete ein hellgelber Strohhut hervor wie eine Sonne zwischen Tupfern aus Weiß, Rosa und Grün.

Cécile kam auf die Terrasse.

»Es geht nicht mehr so schnell wie früher, muss ich immer wieder feststellen.« Ihr Lachen ließ sie aussehen wie einer der Pfirsiche. »Aber hier ist die Liste. Ich hoffe, ich mache Ihnen damit wirklich keine Umstände. Und wenn Sie nicht alles bekommen, ist es auch nicht schlimm.« Sie reichte Alexandra einen Zettel.

»Nein, überhaupt nicht.« Alexandra überflog die wenigen Dinge, die dort standen: je zwei Baguette und Pain au Chocolat, Curry, Chili und ganze Pfefferkörner sowie einen Camembert von Thérèse Forquignon. Diesen Käsestand wollte sie ohnehin aufsuchen. »Ein schönes Bild.« Sie deutete auf das unfertige Gemälde. »Ich mag die Farben.«

»Ach, darauf ist noch nicht viel zu sehen. Ich habe erst heute früh damit angefangen.« Cécile lächelte und schaute in den Garten zu der Stelle, wo ihr Mann stand und bedächtig Rosen schnitt. »Heute Morgen ist mir eingefallen, dass ich nicht weiß, wie lange wir noch haben.«

Alexandra musste schlucken. »Das tut mir leid.«

Cécile wandte sich ihr zu und sah sie überrascht an. »Leid? Warum sollte es Ihnen leidtun? Ja, der Gedanke ist traurig, und manchmal muss ich deswegen weinen. Aber wir wissen darum. Ich weiß, dass ich Patrice in absehbarer Zeit gehen lassen muss. Vielleicht schon heute, vielleicht morgen, vielleicht aber auch erst in einem Jahr. Doch der Abschied kommt. Dadurch wird jeder Tag, jede Stunde, jede Minute zu einem Geschenk. Selbst wenn er morgens zu früh aufwacht und eigenständig aufsteht, sodass ich ihn erst in Haus und Garten suchen muss. Wenn er sein Glas umstößt, sich mit Soße oder Schokolade bekleckert und aussieht wie unsere Kinder, als sie klein waren. Wenn ich seine Kleidung waschen muss, weil die

Vorlagen undicht waren oder er vergessen hat, Bescheid zu sagen. Ich empfinde das nicht als Last. Im Gegenteil, ich bin dankbar, dass ich es tun darf, dass ich es *noch* tun darf, weil es immerhin bedeutet, dass er noch bei mir ist, dass ich immer noch etwas mit ihm erleben kann, Lustiges, Trauriges, Schmerzvolles, aber auch viel Schönes. Unsere gemeinsame Zeit ist, vielleicht gerade weil sie so knapp bemessen ist, eine Kostbarkeit. Eine Kostbarkeit, die ich hier und jetzt genießen darf. Hinterher, wenn es so weit ist, werde ich dann um *ihn* weinen, nicht um verpasste Gelegenheiten. Die nutze ich jetzt. Wie zum Beispiel diesen wunderbaren Tag und dieses Licht auf seinem Strohhut beim Schneiden seiner geliebten Rosen.«

Den ganzen Weg nach Saint-Thibéry hallten Céciles Worte in Alexandras Kopf nach, und sie merkte, dass sie die Künstlerin um die Fähigkeit beneidete, die verbliebene Zeit zu genießen, statt lediglich den Tod zu fürchten. Ihr und Arne war das nicht geglückt. Sie hatten das bittere und unausweichliche Ende vom Zeitpunkt der Diagnosestellung an kommen sehen. Sie hatten beide schließlich genug über die Krankheit gewusst, als dass sie ihre Augen hätten verschließen können. Aber hatten sie die ihnen verbliebene Zeit genutzt und genossen, so wie Cécile? Oder hatten sie sie mit purem Aktionismus angefüllt und erstickt, nur um der bitteren Wahrheit so selten wie möglich ins Gesicht sehen zu müssen?

Alexandra schluckte. Nein, sie hatten sich die ganze Zeit gegen das Schicksal gestemmt. Sie hatten um jede Sekunde Leben gekämpft, ohne zu merken, dass sie ihnen gleichzeitig durch die Finger rannen. Ihre Angst war einfach zu groß gewesen.

Wenn sie die Möglichkeit gehabt hätte, wie hätte sie Arne gemalt, was hätte sie für sich festhalten wollen? Welche Szene, die ihn so charakterisierte wie keine andere? Arne, der Gourmet, beim Essen? Am Patientenbett im weißen Kittel? Beim Spielen mit den Kindern im Garten? Nein. Arne mit Kopfhörern in seinem Lieblingssessel, die Augen geschlossen, konzentriert und entspannt zugleich, beim Hören einer seiner Lieblingsopern. In diesen Stunden war er nicht der Arzt, Ehemann oder Vater, sondern ganz er selbst, Arne.

O Arne, ich wünschte, du wärst jetzt hier. Ich liebe dich so sehr. Immer noch.

21

Henri steuerte seinen Pritschenwagen durch ein offen stehendes ramponiertes Holztor und hielt auf einem staubigen Platz. Ihr erstes Ziel an diesem Vormittag hatten sie erreicht, den Schrottplatz. Auf der Ladefläche lag ein Haufen Alteisen – Felgen, Motorteile, Auspuffrohre. Beim Schrotthändler ließen sich da durchaus noch ein paar Euro rausschlagen. Und bei der Gelegenheit hatte Julie Nick gleich eine lange Einkaufsliste in die Hand gedrückt.

»Wir sind da!« Henri klopfte gegen die Tür. »Wer aussteigen will, darf aussteigen! Aufenthalt eine halbe Stunde.«

Nick holte seine Kamera aus dem Rucksack, stieg aus und öffnete die hintere Tür der Fahrerkabine. Tim und Sophie sprangen heraus.

Ein Schrottplatz war für Kinder immer spannend, das wusste er noch aus eigener Erfahrung. Und das galt auch für kleine Glitzereinhorn-Prinzessinnen.

»Bonjour, Henri!« Ein schmächtiger, braun gebrannter Mann mit einer Pfeife im Mundwinkel trat aus einer klapprig aussehenden Bretterbude und schlenderte gemächlich auf sie zu. Auf einem Schrottplatz hatte man Zeit. Eisen rostet zwar, aber nicht innerhalb weniger Minuten.

»Bonjour, Pierre!« Henri drückte dem Mann die Hand und holte eine zerknautschte Zigarettenpackung aus der Brusttasche seines Blaumanns. Nachdem er sich selbst eine Zigarette angezündet hatte, reichte er Packung und Feuerzeug an Nick weiter. »Wie geht's?«

»Ah, mal so, mal so. Heute ist es das rechte Knie, das mir zu schaffen macht. Man ist eben keine siebzehn mehr, das spüre ich immer wieder. Was bringst du mir heute?«

»Stoßstangen, Felgen, gebrochene Motorradrahmen und Motorteile.«

Pierre trat an den Pritschenwagen und warf einen fachmännischen Blick auf die Ladefläche. Während Henri mit dem Schrotthändler verhandelte, zündete sich Nick ebenfalls eine Zigarette an.

»Ich sehe mich mal ein bisschen um«, sagte er und warf Henri Zigaretten und Feuerzeug zu, die augenblicklich wieder in dessen geräumiger Brusttasche verschwanden. Sophie drehte sich in der Sonne im Kreis und sang dabei vor sich hin. Nick lächelte. Sein Herz wurde immer weich, wenn er seine Tochter ansah.

Mitten zwischen den aufgestapelten Autowracks, Stoßstangen und Kotflügeln, rostigen Fahrrädern und Rohren stand ein alter Traktor, der aussah, als wäre er ausgebrannt. Tim hatte ihn bereits entdeckt. Und seinem Blick nach zu urteilen, wollte er raufklettern.

»Das lässt du lieber bleiben.«

Tim drehte sich zu seinem Vater um und sah ihn mit großen Augen an. »Was? Aber ich habe doch gar nicht …«

»Gib zu, du wolltest eben raufklettern.«

»Ja, aber woher …«

»Hey, ich kenne dich, schließlich bin ich dein Vater.« Nick knuffte ihn freundschaftlich in die Seite. »Ich will dir nicht den Spaß verderben, aber auf so einem Wrack herumzuklettern kann gefährlich sein. Glaube mir, du willst nicht, dass das

Blech unter dir nachgibt und du von einem der Holme aufgespießt wirst. Und ich schon gar nicht. Okay?«

Tim nickte. »Okay.«

»Ich kann mich also auf dich verlassen? Keine Klettertouren?«

»Klar.«

»Super. Dann kann ich mich auch umsehen und ein paar Fotos machen. Und … Schau mal!« Hinter dem Traktor war eine helle Hundeschnauze zu sehen. Nick ging in die Hocke und streckte seine Hand aus. »Hey, Kumpel, komm mal her!«

Das Tier schaute um die Ecke, zögerte und kam schließlich näher. Langsam und geduckt, schien der Hund mit jedem Schritt kleiner zu werden, bis er schließlich fast auf dem Bauch und leise winselnd auf ihn zukroch.

Nick runzelte die Stirn. Das war nicht das Verhalten eines Hundes, dem es gut ging. Ein Streuner? War das Tier verletzt?

»Alles gut. Hab keine Angst, ich tu dir nichts.« Er hielt seine Hand immer noch ausgestreckt, und schließlich war der Hund bei ihm. Vorsichtig schnupperte er an seiner offenen Handfläche und leckte einmal darüber. Das wertete Nick als Erlaubnis, ihm den Kopf streicheln zu dürfen. »Na, hast du harte Zeiten erlebt, Bursche?« Er kraulte das sandfarbene, struppige Fell und schaute in braune Hundeaugen, deren Blick ihn fast zerriss.

Vorsicht, Nick, ermahnte er sich selbst. Denk nicht mal dran. Außerdem gehört er doch bestimmt hier zum Schrottplatz. Also stand er auf und klopfte sich den Staub von der Jeans.

»Ich schaue mich noch ein bisschen um«, sagte er zu Tim. »Und du machst keine Dummheiten, okay?«

»Ehrenwort!«

Gefolgt von dem Hund, schlenderte er über den Platz und

fotografierte den Pritschenwagen und die aufgestapelten Autowracks und Reifen. Mal drängte sich der Hund dicht an ihn, dann wieder lief er ein paar Schritte voraus. Schließlich sprang er laut bellend in eine Ecke des Schrottplatzes, die auch Nick magisch anzog. Die Formen der Metallteile, die dort lagen, sahen verdächtig nach alten Motorrädern aus.

»Na, da haben wir wohl denselben Geschmack, was? Hast du gut gemacht.« Er tätschelte dem Hund den Kopf. Vor ihm lagen tatsächlich Rahmen, Motorradrahmen, zum Teil sogar erstaunlich gut erhalten. Und dann …

Zuerst sah er den schwarzen Kreis mit den blau-weißen Vierteln in der Mitte, staubig und verschlammt, aber trotzdem unverkennbar. Dieses Zeichen prangte auf einer Form, die ein Tank sein musste. Nick schaute genauer hin, traute seinen Augen kaum, ging näher und bückte sich, um besser durch den aufgestapelten Schrott hindurchsehen zu können. Tatsächlich, da stand eine BMW R75, noch dazu mit Beiwagen.

»Das gibt's doch nicht. Henri!« Der Hund sah zu ihm auf und wedelte mit dem Schwanz. Er hätte schwören können, dass das Tier triumphierend grinste. »Henri!«

»Was denn?«

»Komm! Komm her!«

»O no, Nick! Nicht in diese Ecke! Die ist gefährlich. Wenn ich mich da umsehe, fahre ich am Ende mit mehr auf der Ladefläche wieder weg, als ich hergekommen bin.«

»Ja, kann schon sein. Aber das hier musst du dir ansehen!«

»Nein. Julie wird …«

»Henri, du wirst dir ein zweites Loch in den Bauch ärgern, wenn du jetzt nicht kommst!«

Henri seufzte übertrieben, doch er kam, gefolgt von Pierre, dem Schrotthändler.

»Was gibt's denn?«

»Lass deinen Blick mal über dieses Schätzchen da schweifen.«

Henri fiel vor Überraschung die Zigarette aus dem Mund.

»Ich glaub es nicht. Ein BMW-Gespann! Seit wann hast du die hier stehen, Pierre?«

Der Schrotthändler zuckte mit den Schultern. »Seit zwei Jahren, schätze ich. Ein Bauer aus der Nähe von Nézignan hat sie vorbeigebracht. Er hat sie in einer alten Scheune gefunden, die er abreißen wollte.«

»Und du sagst mir nicht Bescheid? Mir, deinem alten treuen Freund? Was ist los mit dir?«

»Du hast gesagt, dass ich dir nicht erzählen soll, wenn mir alte Motorräder gebracht werden. Deine Worte.« Pierre steckte die Hände in die Taschen seiner Latzhose und grinste breit. »Interesse?«

»Was willst du denn dafür haben?«

»Was du heute gebracht hast und fünfhundert Euro, weil du mein Freund bist.«

Henri strich sich durch den Bart. »Nein. Nein, nein, nein, ich kann dieses Schätzchen nicht einfach hier stehen und vor sich hin rotten lassen. Das wird sogar Julie verstehen.« Er streckte Pierre die Hand entgegen. »Also abgemacht.«

Pierre schlug ein. »Wollt ihr sie gleich mitnehmen?«

»Ja, dann habe ich es hinter mir. Plane und Gurte liegen sogar hinten auf der Pritsche. Aber du, mein Freund, bist dafür verantwortlich.« Henri deutete auf Nick. »Du wirst mir helfen, die Kleine auf den Wagen zu laden. Und du wirst Julie nachher alles erklären, hörst du?«

Nick lachte. »Das mache ich doch gern. Und solange ich hier bin, werde ich dir sogar beim Aufbau helfen.«

22

Alexandra schlenderte mit Paula und Jonas durch die Gassen von Saint-Thibéry. Die Geschäfte hatten geöffnet – ein Schuhgeschäft, ein Laden für Damen-, Herren- und Kinderbekleidung, ein Gemischtwarenladen, eine Buchhandlung. Jonas blieb lange vor dem Schaufenster des einzigen Spielwarengeschäfts stehen, in dem neben einer Ritterburg aus Holz eine vollständige Star-Wars-Flotte aus Legosteinen aufgebaut war. Erst als Paula ihn ungeduldig in die Seite knuffte, ließ er sich dazu bewegen weiterzugehen.

Frauen in bunten Kittelschürzen schleppten Obst und Gemüse in großen Körben. Auf einer Bank im Schatten saßen drei alte Männer, rauchten und unterhielten sich. Autos quetschten sich durch die schmalen Straßen, sogar ein Pritschenwagen kam ihnen entgegen. Alexandra war froh, dass sie den Wagen auf dem kleinen Parkplatz am Rand der Stadt parkte. Heute wäre die Suche nach einer freien Parklücke zur Tortur geworden.

Schließlich erreichten sie den Marktplatz. Sie ließen sich treiben und schlenderten vorbei an Obstständen, auf deren Tischen die Orangen, Zitronen und Pfirsiche zu Pyramiden aufgehäuft waren. Obst, das nicht erst zu Hause nachreifen musste, um wirklich zu schmecken, sondern das bis gestern noch am Baum gehangen hatte. Bei den Gemüsehändlern gab es Artischocken, Auberginen, Zucchini, Paprika in allen Farben und Formen und Tomaten in allen Größen und Variationen, von hellem Gelb über grün und rot bis hin zu fast schwarz. Und es gab Blumenstände, die mit jedem edlen Floristen in Hamburg konkurrieren konnten, Metzger mit Räucherwaren aus eigener Herstellung und Käse. Alexandra genoss die Düfte und spürte nun endlich, dass sie wirklich in Frankreich war, ganz und gar.

Arne hätte dieser Markt gefallen. Sie hätten gemeinsam Gemüse für eine Tarte ausgesucht, einen passenden Käse gewählt, Salami gekauft und eine Flasche Wein, um abends nebeneinander am Herd zu stehen, Gemüse zu putzen, abzuschmecken, zu reden und zu lachen. Er hatte gern gekocht und ebenso gern gegessen. Und es war eine der großen Gemeinheiten gewesen, das ihm der Krebs selbst das zunehmend verweigert hatte.

»Wohin wollen wir zuerst?« Paula hatte die Sonnenbrille auf ihr Haar geschoben und genoss sichtlich die Wärme und das lebhafte Treiben um sie herum.

Alexandra warf einen Blick auf Céciles Zettel und ihre eigene Einkaufsliste, dann sah sie sich um. »Wie wäre es, wenn wir zuerst Obst und Gemüse kaufen, dann Brot und Wurst und zum Schluss den Käse? Der Stand von Madame Forquignon ist da vorne, da müssen wir auf dem Weg zum Auto sowieso vorbei. Und bevor wir wieder fahren, gibt es noch ein Eis in dem Bistro, wo wir auch gestern waren.«

»Ja!« Jonas reckte die Faust in die Luft.

Paula verdrehte die Augen. »Lass das, Jonas, das ist peinlich.«

Alexandra war froh, dass sie nicht sah, wie ihr Bruder ihr hinter ihrem Rücken die Zunge herausstreckte. Paulas Stimmungen waren äußerst labil. Sie schwankten in wenigen Sekunden von einem Extrem ins nächste. Und auf die Idee, dass einer Mutter die in die Luft gereckte Faust eines Neunjährigen deutlich weniger peinlich sein könnte als permanent herabhängende Mundwinkel, lautstarkes Genörgel, Besserwisserei und Gezanke einer Dreizehnjährigen, kam sie schon gar nicht.

Etwa eine Stunde später waren die beiden Körbe vollgepackt mit Köstlichkeiten: Obst und Gemüse, so frisch, dass man den Eindruck hatte, es würde noch weiterwachsen, knuspriges Baguette, Croissants und frische Macarons für den Nachmittagskaffee, dazu eine Salami, deren Duft Alexandra den Mund wässrig machte. Fehlte nur noch der Käse.

Am Stand von Madame Forquignon war es gerade etwas ruhiger. Vor Alexandra stand nur eine Frau, die bedient wurde und nebenbei noch ein paar Neuigkeiten mit Madame Forquignon austauschte. Genug Zeit, um sich die Auslagen anzusehen und bereits im Geist eine Auswahl zu treffen.

»Bonjour, Madame!« Die Frau mit dem grauen Haarknoten und den freundlichen braunen Augen lächelte sie an. »Was kann ich für Sie tun?«

»Zwei Stück von dem Camembert dort, bitte.«

»Sehr wohl, Madame.« Die Verkäuferin nahm zwei Stücke aus der Auslage, legte sie auf eine Waage und wickelte sie anschließend in Fettpapier. »Haben Sie noch einen Wunsch?«

»Hallo, Alex!«

Alexandra drehte sich um. Vor ihr stand Nick und lächelte.

»So schnell sieht man sich wieder.«

»Tatsächlich.« Alexandra strich sich ihr Haar aus dem Gesicht. »Was macht ihr …«

»Madame, haben Sie noch einen Wunsch?«

Die Frau hinter dem Tresen war zwar freundlich, aber man merkte ihr die aufkommende Ungeduld an.

Hastig deutete Alexandra auf einen Laib Roquefort. »Davon bitte ein Stück.« Sie zeigte mit Daumen und Zeigefinger, wie viel sie haben wollte. »Das ist dann alles.«

»Gerne, Madame.«

Alexandra reichte der Frau das Geld über die Theke und nahm ihr erstaunlich großes Paket entgegen. Was hatte sie nur alles gekauft?

»Wartest du noch einen Moment?«, fragte Nick.

»Ja, natürlich.« Alexandra trat einen Schritt zur Seite und hörte zu, wie Nick seine Wünsche äußerte und mit der Frau hinter dem Tresen scherzte und plauderte. Wäre er nicht blond gewesen, man hätte ihn für einen Einheimischen halten können.

Unterdessen stand Jonas vor Nicks Tochter mit rosigen Wangen und glühenden Ohren. Ausnahmsweise stand sein Mund still. Dafür leuchteten seine Augen ebenso wie die des kleinen Mädchens. Da hatten sich offenbar zwei gefunden. Paula hingegen stand neben ihr, als wäre sie gänzlich unbeteiligt. Doch Alexandra fiel auf, wie auch sie Nicks Sohn immer mal wieder einen verstohlenen Blick zuwarf. Alexandra konnte es ihr nicht verdenken. Tim stand da, die Hände in den Taschen seiner locker sitzenden Jeans, das Skateboard unterm Arm, in dieser hinreißenden Mischung aus Coolness und Schüchternheit.

»Merci, Madame.« Nick nahm die Tüte mit seinen Einkäufen entgegen und wandte sich wieder Alexandra zu. »Was haltet ihr davon, wenn wir zusammen ein Eis essen?«

»Eine gute Idee, das hatten wir sowieso noch vor. Da vorne auf dem Platz ist ein kleines Bistro. Da waren wir schon gestern. Das Eis ist lecker. Jonas?«

Jonas und Sophie nickten und strahlten um die Wette, Paula und Tim ließen sich zu einem gnädigen Schulterzucken und einem »Von mir aus« und »Warum nicht« herab.

Nick verdrehte die Augen. »Ich hasse die Pubertät«, flüsterte er Alexandra zu, während sie sich ihren Weg über den Marktplatz bahnten. »Ich habe sie schon früher gehasst, aber als Vater finde ich diese Phase noch viel schlimmer.«

»Geht mir auch so. Doch sind Jungs nicht leichter zu händeln?«

Er zuckte mit den Schultern. »Keine Ahnung. Mir kommt es gerade schlimm genug vor. Aber frag mich in vier oder fünf Jahren noch mal, dann habe ich ja mit Sophie das Vergnügen.«

»Und ich mit Jonas.« Alexandra lachte. »Wir können unsere Erfahrungen dann ja gern austauschen.«

23

Auf der Rückfahrt war es still in der Fahrerkabine. Sophie lächelte glücklich vor sich hin. Tim schmollte, warum auch immer. Nick hatte längst aufgehört, Gründe für diese Stimmungsschwankungen zu suchen oder sich deswegen schuldig zu fühlen. Henri war anzusehen, dass er sich zunehmend Gedanken darüber machte, wie er die alte BMW auf der Ladefläche seiner Frau erklären sollte. Je näher sie seinem Haus kamen, umso dumpfer brütete er vor sich hin. Nick ließ seine Gedanken frei umherstreifen. Sie wanderten von Sophie und Tim zu Henri, streiften über die Olivenhaine und Weinhänge, die an ihnen vorbeizogen, verweilten kurz beim Leben hier im Süden allgemein, das sich immer um etliche Kilo leichter auf den Schultern anfühlte, machten einen kurzen Stopp bei der Frage, warum er eigentlich nicht hier lebte, sondern im kühlen, nassen Hamburg, und kehrten schließlich zu dem alten Gespann auf der Ladefläche zurück. Allein aus dem Wiederaufbau dieses Bikes in den kommenden Wochen konnte er einen großartigen Artikel machen, den er nicht nur einer der üblichen Motorradzeitschriften anbieten konnte. Dafür interessierten sich bestimmt auch die Oldtimer-Zeitschriften. Extraeinnahmen, die er gut brauchen konnte für den Winter, wenn man nicht mehr uneingeschränkt auf dem Bike unterwegs sein konnte und es daher mit geeigneten Themen für Artikel knapper wurde. Womit er wieder bei der Frage war, warum zur Hölle er überhaupt in Norddeutschland wohnte, wo es doch Gegenden gab, in denen es möglich war, das ganze Jahr über ohne Einschränkungen Motorrad zu fahren.

»Gleich ist es so weit.« Henri bog auf den Weg zu seinem Haus ein. Seine Stimme klang heiser. »Hör mal, wir machen es so: Du erklärst Julie das mit dem Gespann ganz langsam und behutsam, noch bevor sie es gesehen hat. Ja? Wenn du es machst ... Sie kann dir nichts abschlagen, weißt du.«

Nick lächelte. Julie wog nicht einmal die Hälfte ihres Mannes und reichte ihm gerade eben bis zur Brust, aber in diesem zierlichen Persönchen schlummerte das Temperament eines ausgewachsenen Feuerdrachens.

»Klar, habe ich dir doch versprochen. Ich rede mit ihr.«

Henri drosselte den Motor, und sie stiegen aus. Schwanzwedelnd und bellend kamen die Hunde angelaufen, der schwarze Retriever, der Rottweiler und ihnen voran und am lautesten bellend die kleine Mischlingshündin, die Nick mit ihren kurzen Beinen und dem lang gestreckten Körper an eine Salami erinnerte. Sie begrüßten erst Henri als Rudelführer, dann stürzten sie sich begeistert auf Nick, sprangen um ihn herum, leckten ihm Hände und Gesicht und ließen sich von ihm kraulen. Und gleich darauf öffnete sich die Tür des Wohnhauses.

»Ah, da seid ihr ja endlich. Hat heute aber lange gedauert.« Julie trat auf den Hof, ein Geschirrtuch in der Hand, das sie hin und her schwang. Der schmale goldene Ring in ihrem linken Nasenflügel blitzte in der Sonne auf, als sie sich auf die Zehenspitzen stellte, um Henri einen Kuss zu geben. »Habt ihr alles bekommen, was ich euch aufgeschrieben habe?«

»Ja.« Henri hustete und drehte sich schnell um, um die Taschen mit dem Obst und dem Gemüse aus dem Fahrerhaus zu holen.

»Und nicht nur das, wie es aussieht. Was ist das da auf der Ladefläche?« Julie deutete auf die Plane, die nur unzureichend die verräterischen Konturen der alten BMW verdecken konnte.

»Das? Ach …«

»Drucks nicht so rum, Henri Fouchard.« Ein grüngold lackierter Fingernagel bohrte sich in Henris Bauch. »Du solltest Schrott wegbringen und mit leerer Ladefläche und ein paar Scheinen in deiner Tasche wiederkommen. Nennst du das da etwa leer?«

Henri schaute Nick Hilfe suchend an. »Wir …«

»Julie, lass mich das erklären. Wir …«

»Ah, mein Mann meint also, wenn du mir seine Spinnereien verkaufst, bin ich gnädiger gestimmt und lasse ihn davonkommen.« Sie stemmte die Hände in die Hüften, ihre dunklen Augen funkelten. »Wie teuer?«

Henri nahm seine Kappe ab und kratzte sich am Kopf. »Fünfhundert. Zusätzlich zu dem, was ich zu Pierre gefahren habe.«

»Fünfhundert? Bist du wahnsinnig? Du hast fünf Kinder, du dummer Mann! Was sollen die denn essen? Rost und Sand?«

»Julie, bitte lass mich erklären.« Nick hob beschwichtigend die Hände und war gleichzeitig heilfroh, nicht in Henris Haut zu stecken. »Ich bin daran nicht ganz unschuldig.«

»Na, da bin ich aber gespannt.« Sie verschränkte die Arme vor der Brust und funkelte ihn böse an.

Nick schluckte. »Als Henri mit Pierre über die Ladung verhandelt hat, habe ich mir den Schrottplatz angesehen. Und dabei bin ich in der Ecke gewesen, wo Pierre seine Motorradteile lagert. Und da stand sie mitten unter einem Berg alter, verrosteter Rahmen, Gabeln und Fender.«

»Du willst mir doch nicht etwa sagen, dass das da …«, sie deutete auf die Ladefläche, »nicht halb verrostet ist? Der alte Pierre hat auf seinem Gelände nichts anderes als rostiges Metall!«

»Ja, du hast recht. Trotzdem ist das etwas Besonderes. Und auch nicht hoffnungslos.« Er machte eine Pause. »Es ist ein Gespann aus dem Zweiten Weltkrieg, eine BMW R75. Komplett erhalten. Ein Scheunenfund. Das Schätzchen braucht nur ein bisschen Pflege und Zuwendung. Man kann sie wieder auf die Räder stellen und verkaufen.«

Julie runzelte die Stirn. »Verkaufen? Was bringt so eine Maschine?«

»Das ist ein Sammlerstück. Fünfundzwanzig-, vielleicht dreißigtausend Euro.« Nick lächelte. »Es war ein Schnäppchen, Julie, eine einmalige Chance. So etwas fällt einem nicht oft vor die Füße. Als guter Geschäftsmann musste Henri zugreifen.«

Julie neigte den Kopf zur Seite. »Sicher? Du nimmst mich nicht auf den Arm? Fünfundzwanzigtausend?«

»Ja, locker. Ich schreibe ja manchmal auch für Oldtimer-Zeitschriften, daher kenne ich mich ein bisschen aus. Die fünfhundert Euro sind keinesfalls verloren. Henri hat das Geld gut investiert.«

Ihre Brust hob und senkte sich, dann ruckte ihr Kinn zur Ladefläche. »Lasst mal sehen.«

Henri gab Nick einen erleichterten Klaps auf die Schulter und ging zur Ladefläche. Er hatte die Plane kaum zurückgezogen, als etwas Pelziges darunter hervorsprang. Das sandfarbene Fellbündel sprang Julie gegen die Brust, warf sie dabei um und flitzte dann panisch über den Hof, gejagt von Henris Hunden, deren Bellen nun alles andere als freundlich klang.

»Mon dieu, was ist das?« Julie rappelte sich mühsam wieder auf. »Ein Hund? Warum zur Hölle habt ihr einen Hund mitgebracht?«

»Pitú! Muscat! Pepper! Hierher, sofort!«

Sichtlich widerwillig gehorchten die Hunde und versammelten sich um Henri, während Nick versuchte, den völlig verängstigten Streuner unter Julies Citroën hervorzulocken.

»Wie kommt dieses Vieh auf den Wagen?«

Endlich hatte Nick es geschafft. Das Tier schmiegte sich zitternd an sein Bein, während die anderen Hunde ihre Zähne fletschten und zu knurren begannen, sodass Henri sich die kleine Pitú kurzerhand unter den Arm klemmte und die anderen beiden an ihren Halsbändern gepackt hielt.

»Das ist ein Streuner vom Schrottplatz. Ich habe mich ein bisschen mit ihm beschäftigt«, erklärte Nick kleinlaut und streichelte den Hund beruhigend. Staubwolken stoben aus dem Fell, und er musste husten. »Als wir uns von Pierre verabschiedet haben, muss er auf den Wagen gesprungen sein und sich unter der Plane versteckt haben. Wir sind losgefahren, ohne es zu bemerken.«

»Ein Streuner. Mon dieu!« Julie verdrehte die Augen. »Nick, du bist dafür verantwortlich, dass diese Flohschleuder nicht ins Haus kommt. Und du …«, sie klatschte Henri ihr Geschirrtuch vor den Bauch, »du sorgst dafür, dass die Hunde ruhig sind. Und nun kommt rein, das Essen ist fertig.«

»Was gibt es denn?«

»Mafé. Ohne Fleisch.« Sie ließ ihre weißen Zähne aufblitzen. »Gewöhnt euch schon mal dran. Das wird es in der nächsten Zeit wohl häufiger geben. Jedenfalls so lange, bis dieses Gespann da verkauft ist und wir wieder Geld in der Kasse haben.« Sie drehte sich um und stapfte zur Haustür. »Männer! Man schickt sie los, um Obst und Gemüse zu kaufen, und was bringen sie mit? Einen verwahrlosten Hund und ein rostiges Motorrad.«

24

Alexandra saß ausgestreckt auf dem Liegestuhl auf der Terrasse. Das Polster in ihrem Rücken und unter ihren Beinen war noch warm von der Sonne des Tages. Mit geschlossenen Augen lauschte sie dem Wind in den Pinien, dem Flattern eines Vogels und den Grillen. Grillenzirpen – das Hintergrundrauschen eines späten Abends am Mittelmeer.

In Gedanken ließ sie den Tag Revue passieren: Cécile und Patrice in ihrem Garten, die Staffelei mit dem begonnenen Gemälde, die köstlichen reifen Pfirsiche. Der Marktbesuch in Saint-Thibéry, das erneute Treffen mit Nick und seinen Kindern. Das Eis auf dem kleinen Platz. Jonas und Sophie dicht nebeneinander auf den Stufen des Brunnens. Lachen. Fröhlichkeit. Ein erneuter kurzer Besuch bei Cécile, um die Einkäufe abzugeben. Ein leckeres Abendessen auf der Terrasse. Danach ein paar ruhige Bahnen im Pool, um ihren Körper, ihre Muskeln zu spüren und dieses herrliche Gefühl des Wassers zu genießen, während Paula und Jonas sich für die Nacht fertig machten. Sie hatte sich gut gefühlt, leichter, freier. Dann hatte sie sich – um diesen Tag angemessen abzuschließen – die Flasche Rosenwein von Cécile aus dem Kühlschrank holen wollen, dort den Roquefort liegen gesehen und war bei seinem Anblick tränenüberströmt in die Knie gegangen.

Jetzt saß sie hier auf der Terrasse, erschöpft und allein. Im Kühlschrank lag ein Stück Blauschimmelkäse, den weder Paula noch Jonas noch sie selbst jemals essen würden, weil ihn keiner von ihnen mochte. Warum hatte sie ihn trotzdem gekauft? Nicks plötzliches Erscheinen auf dem Markt hatte sie durcheinandergebracht und so abgelenkt, dass sie ganz nach alter Gewohnheit eingekauft hatte, so wie früher, bis vor einem Jahr. Weil sie in diesem winzigen Moment vergessen hatte, dass Arne nicht mehr da war, um den Roquefort zu essen. Sie hatte sich zwar oft über den Gestank im Kühlschrank geärgert, den Käse aber trotzdem immer wieder gekauft, weil Arne ihn so liebte. Jetzt würde sie ihn wegwerfen müssen.

Was gäbe ich darum, wenn ich dir den Käse jetzt, in diesem Augenblick, servieren könnte! So wie du ihn magst, mit Baguette, einer halben Birne und einem Glas Rotwein oder Port.

Und dann ertappte sie sich bei dem Wunsch, einfach ein Paket packen und Arne seinen geliebten Roquefort schicken zu können, so als wäre er lediglich für unbestimmte Zeit im Ausland.

Bei dem Gedanken musste sie lachen, und gleichzeitig liefen ihr wieder die Tränen über die Wangen. Warum? Warum tat es so weh? Und warum mussten sie ständig irgendwelche Kleinigkeiten an dieses Loch erinnern, das die Krankheit in ihr Leben gerissen hatte? Aber genauso konnte man sich die Frage stellen, warum man immer mit dem frisch gebrochenen Bein gegen Tischkanten und Türzargen stieß. Es war einfach so. Und vielleicht gehörte das zu irgendeinem Plan, den sie nur in ihrer kleinen menschlichen Dummheit nicht verstand. Immer wieder daran erinnert zu werden, dass eben noch nicht alles in Ordnung war. Dass es eine Wunde gab, die heilen musste, und dass sie so tief war, dass das auch nicht schnell geschehen konnte. Nicht von heute auf morgen jedenfalls. Und manchmal auch nicht in einem Jahr.

Sie griff nach der Flasche, die auf dem niedrigen Tisch stand, und betrachtete sie. Das Etikett hatte Cécile liebevoll gestaltet – kräftig rosafarbene und weiße Damaszener-Rosen umrankten einen römischen Helm mit Federbusch. Von ihr hatte Alexandra auch erfahren, dass Patrice Professor für Römische Geschichte an der Sorbonne gewesen war. Nach seiner Pensionierung war es ihm ein Anliegen gewesen, einige der überlieferten Rezepte aus römischer Zeit nicht in Vergessenheit geraten zu lassen, wie auch den Rosenwein, den er jedes Jahr selbst herstellte. »Wir trinken jeden Abend ein Gläschen davon«, hatte Cécile gesagt, als sie ihr die Flasche zum Dank für die Einkäufe überreicht hatte. »Der Geschmack von Rosenwein ist etwas speziell. Aber er ist sehr wohltuend, fast wie ein Heilmittel. Vielleicht mögen Sie ihn ja auch.«

Alexandra öffnete die Flasche, schenkte sich ein Glas ein und schnupperte.

Der Geruch des Weißweins wurde von feinem Rosenduft überlagert. Sie nippte vorsichtig. Rosen standen eigentlich im Garten oder in der Vase, aber essen und trinken? Das war doch eher ungewöhnlich. Doch es schmeckte ausgesprochen gut – fein, duftig, leicht, ätherisch. Sie nahm einen etwas größeren Schluck, schloss die Augen und ließ den Wein in ihrem Mund kreisen. Er umschmeichelte den Gaumen, als würde sie nicht einfach aromatisierten Wein trinken, sondern Sonnenschein und Wärme und Geborgenheit.

Sie trank das Glas in kleinen Schlucken leer, stand schließlich auf und ging ins Haus. Sie war müde, aber nicht auf diese erschöpfte, bleierne Weise wie sonst, sondern entspannter. Sie merkte, dass ihre Schultern lockerer waren, ihre Nackenmuskulatur sich weicher anfühlte. Das Schwimmen hatte ihr offenbar gutgetan. Es war richtig gewesen, in den Urlaub zu fahren. Und es war richtig gewesen, genau hierher zu fahren. Vielleicht würde sie heute sogar ein bisschen besser schlafen können.

25

»Papa! Ich möchte schlafen!«

Sophies Stimme schallte aus dem von einer Taschenlampe erleuchteten Zelt bis zur Terrasse, wo er noch mit Henri, Steve und Duke bei einem Bier zusammensaß. Die Kleine war schon müde gewesen, während ihr Bruder noch mit Davide, dem vierzehnjährigen Sohn von Henri und Julie, an der Spielkonsole versuchte, das Imperium zu besiegen. Die beiden Jungs verstanden sich sogar trotz der Sprachschwierigkeiten so gut, dass Davide Tim eingeladen hatte, bei ihm im Zimmer zu schlafen. Ein ideales Arrangement, um den Dreizehnjährigen bei Laune zu halten. Und nebenbei rettete es Nick. Er musste jetzt nicht zu Sophie ins Zelt ziehen, sondern konnte abends noch ein bisschen arbeiten, wenn ihm danach war. Manchmal hatte man eben Glück, und die Dinge fügten sich von selbst.

»Ich komme.«

Nick stand auf, ging zum Zelt, und der Hund folgte ihm. Er war ihm den ganzen Tag lang nicht von der Seite gewichen, sodass er schon den Eindruck hatte, einen vierbeinigen Schatten zu haben. Sogar in das Zelt wollte er mit rein.

»Nein! Bleib!« Nick ließ seine Stimme streng klingen und deutete auf den Platz vor dem Zelteingang. Der Hund gehorchte und setzte sich, und Nick kroch hinein.

Sophie saß auf ihrer Luftmatratze. Ihr blondes Haar fiel ihr über die Schultern und verdeckte den gestickten Einhornkopf auf ihrem Nachthemd. Sie wirkte nachdenklich. Und waren das etwa Tränen, die unter ihren Augen schimmerten?

»Prinzessin, was ist los?«

Sie schlang ihre Arme um seinen Hals und drückte ihn so fest, dass ihm beinahe die Luft wegblieb.

»Ich bin so froh, dass du da bist, Papa. Dass du lebst!«

Nick erwiderte die Umarmung und war nicht sicher, ob er amüsiert oder schockiert sein sollte. Und wieder einmal konnte er nur darüber staunen, was im Kopf einer Achtjährigen vor sich ging.

»Darüber bin ich auch froh. Aber wie kommst du darauf?«

»Jonas hat mir erzählt, dass sein Papa tot ist. Er meinte, das ist eigentlich nicht so schlimm, weil sein Papa sehr krank war, obwohl er ihn vermisst und manchmal deswegen traurig ist. Aber jetzt ist er ja im Himmel, und da geht es ihm bestimmt besser, weil er keine Schmerzen mehr haben muss. Und auch keine Angst vor dem Krankenhaus. Aber seine Mama ist immer so traurig. Und er kann gar nichts tun, damit sie wieder lacht und fröhlich ist. Nur heute, da hat sie gelacht. Sie hat sich bekleckert, weißt du.«

»Bekleckert?« Nick war bestürzt und verwirrt.

»Ja, beim Pfirsichessen. Das war lustig, hat Jonas gesagt. Er hat sich richtig darüber gefreut. Er meinte, manchmal weiß er gar nicht, was er sagen oder tun soll, weil seine Mama dann immer so aussieht, als ob sie so traurig ist, dass sie eigentlich selbst am liebsten sterben möchte. Und als er mir das so erzählte, da am Brunnen beim Eisessen, da habe ich gedacht, wie gut ich es doch habe. Dass du lebst und nicht so schrecklich krank bist, dass du ständig ins Krankenhaus musst. Und dass du so oft mit uns lachst. Auch wenn du manchmal ziemlich schimpfen kannst. Aber nur, wenn es sein muss. Und

Mama lebt ja auch noch. Zwar in München, aber ich könnte sie besuchen, wenn ich will. Jonas kann nicht einfach mit dem Bus in den Himmel fahren. Aber er spricht immer mit seinem Papa, jeden Abend und manchmal auch tagsüber. Aber nur, wenn seine Mama es nicht merkt, damit sie nicht noch trauriger wird.« Sophie runzelte ihre feine Stirn. »Papa, was ist eigentlich Schemipartie?«

»Schemiwas?« Nick versuchte den Kloß loszuwerden, der in seiner Kehle steckte.

»Jonas sagte, bei seinem Papa haben das die Ärzte immer gemacht. Weil er doch Krebs hatte.«

»Oh, meinst du Chemotherapie?«

»Ja! Das war das Wort. Was ist das?«

»Das ist eine Behandlung, mit der man versucht, Leute, die ziemlich schlimm krank sind, gesund zu machen.«

»Tut das sehr weh?«

»Nein, ich glaube nicht. Aber man muss danach ständig spucken und ist sehr müde. Und man bekommt eine Glatze, weil einem die Haare ausfallen.«

»Und wird man davon wieder gesund?«

»Leider nicht immer.«

»Wie der Papa von Jonas.« Sophie nickte mit einem tiefen Seufzer, umschlang ihre Knie mit beiden Armen und kaute auf ihrer Unterlippe. »Ich habe überlegt, dass ich gern etwas für Jonas und seine Schwester und seine Mama tun würde.«

»Ja? Das wäre super. Hast du auch schon eine Idee?«

Sie hob den Kopf. »Könnten wir nicht in den Ferien etwas mit ihnen zusammen machen? Irgendetwas ganz Tolles? Würstchen am Lagerfeuer grillen oder so? Vielleicht kann er auch hier übernachten und mit uns zelten und mit den Hunden spielen. Damit Jonas sich wieder mal richtig freuen und

Spaß haben kann. Und vielleicht lacht dann auch seine Mama mal wieder. Du schaffst das bestimmt, Papa. Du bringst doch immer alle zum Lachen.«

In ihrem Blick lag so viel Vertrauen in seine Fähigkeiten, dass er schlucken musste.

»Weinst du, Papa?«

Er schüttelte den Kopf. »Nein. Das ist nur, weil ich dich so lieb habe, dass hier drin«, er legte seine Hand auf seine linke Brust, »kaum genug Platz dafür ist. Das ist ein großartiger Vorschlag. Ich werde Alexandra morgen anrufen und sie fragen, was sie davon hält.«

»Warum nicht gleich jetzt? Sofort?«

»Weil es schon spät ist, Prinzessin. Alexandra schläft vielleicht schon. Und du solltest das jetzt auch tun.«

Er gab ihr einen Kuss auf das Haar, wartete, bis sie in den Schlafsack gekrochen war, und reichte ihr dann das Kuscheltier, das gerade ihr Favorit war. Sie klemmte sich das Einhorn aus weißem Plüsch unter den Arm und drehte sich auf die Seite.

»Komisch«, sagte sie leise, »Eichhörnchen sterben manchmal, wenn sie überfahren werden. Und Goldfische und Meerschweinchen sterben auch. Aber ich wusste nicht, dass Mamas und Papas auch sterben können.«

Nick blinzelte. »Tja, weißt du, Prinzessin, das ist leider so. Kleine Tiere, große Tiere, Menschen – jeder muss sterben, irgendwann. Das gehört zum Leben dazu.« Er strich ihr über das Haar. »Aber wir lassen uns noch ganz viel Zeit damit, okay?«

»Ja, unbedingt.«

»Und, wirst du jetzt gut schlafen können, oder bist du sehr traurig?«

»Nö, ich habe ja dich und Tim. Und für den Jonas und seine Mama werden wir auch noch etwas machen. Das haben wir ja gerade geklärt. Also alles im grünen Bereich.«

Nick musste schmunzeln, als er Larrys Spruch aus Sophies Mund hörte.

»Dann gute Nacht, Prinzessin. Und süße Träume.«

»Dir auch.«

Er schaltete die Taschenlampe aus und legte sie so neben Sophies Kopf, dass sie sie auch im Dunkeln nicht verfehlen konnte, dann kroch er aus dem Zelt und zog den Reißverschluss hinter sich zu.

Auf der Terrasse hörte er die Stimmen und das Lachen von Henri und den beiden Wizards. Das Flackern des Lagerfeuers beschien die Gesichter der drei. Doch er mochte noch nicht zurückgehen. Er brauchte ein paar Minuten für sich und seine Gedanken.

Er setzte sich auf den Rest einer Mauer, die möglicherweise mal ein Hochbeet eingefasst hatte, und zündete sich eine Zigarette an.

Der Streuner näherte sich ihm auf leisen Pfoten und legte seinen Kopf auf sein Knie. Es war, als würde das Tier spüren, was gerade in ihm vorging – Liebe, Dankbarkeit, Traurigkeit. Nachdenklich streichelte er dem Hund den Kopf.

Was Sophie gerade erzählt hatte, machte ihn betroffen. Er hatte sich schon gestern gefragt, was mit dem Vater von Paula und Jonas war, warum er diesen Urlaub nicht mit seiner Familie verbrachte. Aber er war von dem Üblichen ausgegangen – Trennung, Scheidung oder berufliche Gründe. Dass ihr Mann gestorben war, hatte Alexandra mit keiner Silbe erwähnt.

In der Schule hatten sie selten miteinander zu tun gehabt – andere Interessen, andere Freunde, unterschiedliche Gesellschaftsschichten. Aber natürlich hatte er sie immer im Blick gehabt, nicht nur, weil sie in vielen Fächern die Beste ihres Jahrgangs gewesen war. Allein ihr rotes Haar und diese wahnsinnig hellblauen Augen waren auffällig genug, um sie nicht übersehen zu können. Sie hatte bei vielen Jungs Interesse geweckt. Trotzdem hatte er nicht zu ihnen gehört.

Warum eigentlich nicht? Was hatte ihn damals davon abgehalten, sich in die Schlange ihrer Verehrer einzureihen? Sie war vielleicht nicht gerade die Klassenschönheit und die Partybombe gewesen, aber ansehnlich. Und natürlich klug. Lag es daran, dass die meisten Jungs sich für das Geld ihrer Eltern interessierten? Oder weil sie für einen Jungen wie ihn ohnehin unerreichbar gewesen war?

Jetzt war sie attraktiver als zu Schulzeiten, wirkte nicht mehr so unnahbar, dafür selbstbewusster. Dennoch … Er hatte gemerkt, dass etwas mit ihr nicht stimmte. Da war etwas Dunkles um sie herum, wie ein Schatten, der über ihrer Stirn hing. Jetzt wusste er, was es war.

Es stimmte ihn traurig, schnürte ihm die Kehle zu. Er konnte Sophie sehr gut verstehen. Auch er hatte das Bedürfnis, sie zu trösten, warum auch immer. Wie den Hund. Streicheln, füttern und dafür sorgen, dass die Traurigkeit aus diesen Augen verschwand.

Ich rufe sie gleich morgen früh an.

26

Ein seltsames Geräusch weckte sie. Es klang wie ein tiefes Grollen und Donnern, das sich näherte. Ein Gewitter? Alexandra setzte sich im Bett auf und wunderte sich, wie hell es in ihrem Zimmer war. Dann warf sie einen Blick auf ihre Uhr. Schon halb elf! Sie blinzelte und schaute noch mal, doch die Zeiger auf dem Zifferblatt zeigten immer noch dieselbe Uhrzeit an. Mit einem Satz sprang sie aus dem Bett.

Unten in der Halle hörte sie den Türklopfer, dann Schritte und Stimmen. War das Madame Bouchard? Hastig zog sie sich Unterwäsche, ein T-Shirt und ihre Jeans an, lockerte mit beiden Händen das Haar und lief die Treppe hinunter. Doch es war nicht die Haushälterin. In der Eingangshalle stand Jonas und unterhielt sich mit Nick.

»Jonas! Nick!«

»Ah, guten Morgen, Alex!«

»Wo … Guten Morgen. Ich …«

»Entschuldige, dass ich dich so überfalle. Ich habe vorhin angerufen, aber statt deiner ist Jonas ans Handy gegangen.«

»Das Handy lag auf dem Flügel, Mama.« Jonas klang, als wollte er sich entschuldigen.

»Ist schon in Ordnung, Schatz«, murmelte Alexandra und legte einen Arm um seine Schultern.

»Jonas hat mir erzählt, dass du noch schläfst. Und da dachte ich, da ich sowieso eine Tour machen wollte, fahre ich einfach bei dir vorbei und überbringe die Einladung persönlich.«

»Einladung?« Alexandra strich sich das Haar aus dem Gesicht. Sie hatte den Eindruck, immer noch zu schlafen, und fühlte sich zerknittert und ungewaschen. Sie schüttelte den Kopf. »Entschuldige, ich glaube, mein Hirn liegt noch oben auf dem Kopfkissen. Es ist halb elf! Leute, warum habt ihr mich denn nicht geweckt?« Sie knuffte Jonas leicht in die Seite.

»Wir dachten, du sollst auch mal so lange schlafen, wie du magst.« Er lächelte sie an. »Sagst du doch zu uns auch immer am Wochenende.«

»Ja, aber zu Hause, wenn wir nichts vorhaben. Wir wollten doch heute den Ausflug nach Montpellier machen.«

»Och …« Jonas dehnte das Wort. »Das ist doch auch wieder bloß eine Stadt, in der es nur ums Shoppen oder Kirchen oder Museen geht. Da können wir immer noch hin.«

Alexandra musste lachen. »Und was ist mit dem Frühstück? Habt ihr denn gar keinen Hunger?«

»Schon alles erledigt.« Paula kam durch die Terrassentür herein und begrüßte Nick. »Frühstück steht auf der Terrasse bereit. Möchten Sie mit uns essen?«

Nick lächelte. »Also wenn ich so freundlich gefragt werde, kann ich schlecht Nein sagen. Sehr gerne.«

Alexandra war sprachlos. War das ihre mürrische Tochter, die mit fast an Herzlichkeit grenzender Freundlichkeit Nick den Weg zur Terrasse wies?

»Nun komm, Mama, sonst wird noch alles kalt!«

Jonas griff ihre Hand und zog sie auf die Terrasse zu einem Frühstückstisch, der locker mit einem Fünfsternehotel hätte mithalten können – Aufschnitt, Käse, Marmelade und Honig,

Joghurt, ein selbst gemachter Obstsalat, Rührei, dazu Croissants und Baguette, frisch gepresster Orangensaft und Kaffee. Und das alles geschmackvoll dekoriert und auf hübschem Porzellan serviert.

»Kinder, ich bin sprachlos.« Alexandra sank auf einen Stuhl und ließ ihren Blick wieder und wieder über den Tisch wandern. »Ich träume wohl noch!«

»Ja, gelegentlich überrascht einen die Brut auch positiv!« Nick zwinkerte ihr zu und ließ sich von Paula Rührei auf den Teller legen.

»He, was soll das denn heißen?«

»Dass ihr beide das großartig gemacht habt«, entgegnete Nick und schob sich die Gabel in den Mund. »Und dasch dasch Rührei köschtlich ischt.«

»Mit vollem Mund spricht man nicht!«, erklärte Jonas mit breitem Grinsen.

Nick schluckte. »Richtig, aber manchmal muss man einfach. Du magst nicht zufällig bei Henri vorbeikommen und mir morgen auch so ein Frühstück zaubern, Paula?« Die Wangen der Dreizehnjährigen röteten sich vor Freude. »Apropos, deshalb bin ich ja eigentlich hier. Heute Abend findet bei Henri ein Grillfest statt. Es kommen ein paar Freunde aus der Umgebung. Und ich soll euch herzlich einladen, ebenfalls zu erscheinen. Beginn ist um sieben.«

»Oh, das ist aber freundlich von Henri. Wie kommen wir zu der Ehre?«

Nick zuckte mit den Schultern und trank einen Schluck Kaffee.

»Ich hab so viel von euch erzählt, und er und Julie sind einfach so, sie haben gern viele Leute um sich. Also …«

Alexandra zögerte. Einfach so bei Fremden eingeladen zu

sein war schon seltsam. Dann fiel ihr auf, wie flehend Jonas sie ansah, während Paula zwar offensichtlich unbeteiligt erscheinen wollte, aber aufgehört hatte zu kauen.

»Bitte, Mama«, sagte Jonas leise, »lass uns hingehen.« Sie konnte sich vorstellen, zu wem es ihn hinzog.

»Na gut. Dann richte Henri und seiner Familie unseren herzlichen Dank für die Einladung aus. Wir kommen gerne. Sollen wir etwas mitbringen?«

»Nö.« Nick schüttelte den Kopf. »Abgesehen von euch selbst, guter Laune und gutem Appetit. Julie bereitet einen ganzen Berg Essen vor. Das muss alles weg!« Nick trank seine Tasse leer und stand auf. »Ich will euch nicht länger stören. Außerdem habe ich noch zu arbeiten.«

»Arbeiten?«

»Ja. Klingt irgendwie seriöser als durch die Landschaft cruisen. Aber letztlich kommt es aufs Gleiche hinaus. Tschüs! Und danke für dieses wunderbare Frühstück!«

Paula errötete wieder und lächelte dabei.

»Warte, ich bring dich noch nach vorne.« Alexandra stand auf und ging mit ihm ums Haus auf den Hof, wo das große schwarze Motorrad parkte, das sie vor zwei Tagen noch auf dem Anhänger hatte stehen sehen.

Nick nahm seine Lederjacke vom Sitz und zog sie an, dann setzte er den Helm auf, der am Lenker gebaumelt hatte. Die Lederkluft stand ihm extrem gut.

»Tschüs.« Alexandra reichte ihm die Hand und ärgerte sich sogleich über ihre Förmlichkeit. Kannst du nicht einmal locker sein? »Und danke für die Einladung. Wir freuen uns auf heute Abend.«

»Wir auch.« Er sah ihr ins Gesicht. Waren seine Augen schon früher so blau gewesen, oder lag es nur am Licht der südfranzösischen Sonne? »Dann bis heute Abend. Ich schick dir noch eine SMS mit der genauen Adresse, okay?«

»Ja, in Ordnung.«

Er startete die Maschine. Das Donnern und Dröhnen des Motors erfüllte die Luft, sodass Alexandra es in ihrem Bauch spüren konnte. Dann rollte er los, nickte ihr noch einmal zu und gab Gas. In einer Staubwolke fuhr Nick davon. Und Alexandra sah ihm nach, bis er hinter der nächsten Wegbiegung verschwunden war.

27

Als Nick am frühen Nachmittag wieder bei Henri ankam – rundum zufrieden mit dem Tag –, war der Erste, der ihn begrüßte, der Streuner. Er sprang so um seine Harley herum, dass er Sorge hatte, ihn beim Parken der Maschine zu verletzen. Und als er das Bike endlich abgestellt hatte, sprang der Hund schwanzwedelnd an ihm hoch und legte die Pfoten auf seinen Oberschenkel, als hätte er in diesem Leben nicht mehr mit einem Wiedersehen gerechnet.

»Wie war die Tour?« Henri kam aus seiner Werkstatt. Die Tür stand offen, und Nick konnte erkennen, dass er die alte BMW bereits aufgebockt hatte.

»Fantastisch.« Nick kraulte dem Hund den Kopf. »Einfach fantastisch. Ich war im Nationalpark bei Lacune. Ein Traum. Kurvige Straßen, erstaunlich wenig Leute und eine Landschaft …«

»Oui, da oben ist es wirklich schön.«

»Lustigerweise erinnerte mich die Gegend an Schottland, die Bergformationen und Hügel, die Flüsse und Schluchten. Aber das Wetter ist eindeutig besser.« Er lachte. »Das ist schon eine tolle Gegend hier. Wundert mich, dass es nicht schon längst ausgearbeitete Touren für Biker gibt.«

»Wirklich?«

»Nein, es gibt Touren an der Küste entlang oder rauf in die Pyrenäen, aber dieser Teil des Languedoc ist sozusagen ein weißer Fleck. Deshalb bin ich ja hier.« Nick schob den Hund zur Seite, stieg vom Bike und deutete zur Werkstatt, aus der Stimmen zu hören waren. »Du hast schon angefangen?«

»Nur gesichtet, zusammen mit Duke und Steve.«

»Und?«

»Eine Menge Arbeit kommt da auf mich zu. Viel Rost, ein Mäusenest im Polster der Sitzbank, ein faustgroßes Loch im Tank. Aber Rahmen und Gabel sind sehr gut erhalten, was ich ehrlich gesagt kaum zu hoffen gewagt habe. Ob das allerdings auch auf den Motor zutrifft, wird sich erst zeigen, wenn wir ihn auseinandergenommen haben.«

»Und was sagt Julie jetzt dazu?«

»Dass ihr zwei doch nicht ganz so hohlköpfig seid, wie es mir gestern vorkam.« Sie trat aus der Werkstatt und wischte sich die öligen Finger an einem Tuch ab. Sie hatte ihre langen Zöpfe hochgebunden, und die eingeflochtenen Perlen klimperten leise, während sie näher kam. »Aus dem Bike lässt sich etwas machen, der Ansicht sind auch Duke und Steve. Und für die Lackierung habe ich auch schon ein paar Ideen. Ich zeige dir nachher mal meine Skizzen.«

»Also bist du nicht mehr sauer?«, fragte Nick.

»Nein.« Sie beugte sich zu dem Hund hinunter und kraulte ihm den Kopf. »Der Bursche hat auf dich gewartet. Die ganze Zeit saß er vorne am Tor in der prallen Sonne und hat sich nicht vom Fleck gerührt. Er ließ sich nicht weglocken, nicht einmal mit Futter. Ich habe ihm Wasser hingestellt und einen Napf, aber er hat nichts davon angerührt.« Julie sah Nick ernst an. »Du musst dich entscheiden. Entweder bringst du ihn so schnell es geht so weit weg wie möglich, oder du nimmst ihn mit nach Hause.«

»Könnt ihr ihn nicht …«

»Wir haben bereits drei Hunde, schon vergessen?«

Nick seufzte. »Ich weiß«, sagte er leise. »Ich denke darüber nach.«

»Schieb es nicht zu lange hinaus, sonst brichst du dem Tier endgültig das Herz. Nicht wahr, du kleine Flohschleuder?« Julie wandte sich ab und ging Richtung Haus. »Ich brauche übrigens noch starke Hände für die Tische und Stühle!«

»Wird erledigt! Ich ziehe mir nur die Lederklamotten aus.«

Nick schaute dem Hund in die Augen. Ihn traf ein Blick voller Hoffnung und Vertrauen. Es schnürte ihm die Kehle zu. Wie sollte er sich da entscheiden? Wie? Morgen, dachte er. Morgen denke ich darüber nach.

28

Nick hatte vor einer Stunde angerufen und ihr die Adresse von Henri genannt. Sie hatte sie gleich ins Navi eingegeben. Es war tatsächlich nicht weit, höchstens zwanzig Minuten Autofahrt. Sie hatte immer noch sein Lachen im Ohr, als sie nach dem Dresscode für den Abend gefragt hatte.

»Dresscode?«, hatte er gerufen. »Hey, das ist kein Staatsakt, sondern ein Grillen unter Freunden! Da kommen Biker! Zieh dich so an, dass du dich wohlfühlst. Gut aussehen wirst du in jedem Fall.«

Trotzdem stand sie seit geraumer Zeit in Unterwäsche und völlig ratlos vor dem Kleiderschrank. Was sollte sie anziehen? Das luftige hellblaue Sommerkleid mit den weißen Punkten? Das grüne Etuikleid? Oder …

»Mama?« Paula klopfte und trat gleichzeitig ein, ohne auf eine Antwort zu warten. »Kann ich so gehen?«

Ihre Tochter stand in ihrer verwaschenen Jeans vor ihr, den Saum ein paar Zentimeter höher als sonst gekrempelt, und trug ein schwarz-weiß gestreiftes bauchfreies Top. Egal, ob für eine Shopping-Tour, ein Treffen mit Freunden am Strand, ein Konzert, einen Besuch einer Galerie oder eben ein Grillfest, das Outfit passte.

»Ja. Welche Schuhe willst du anziehen?«

»Die schwarzen Espadrilles«, kam es wie aus der Pistole geschossen.

Wow, so schnell und einfach und stilsicher. Es war das erste Mal, dass Alexandra ihre Tochter beneidete.

»Du siehst toll aus.«

»Ehrlich?«

»Ja.« Alexandra nahm Paula in die Arme und drückte sie an sich. »Du kannst mir nicht zufällig einen Rat geben, was ich anziehen soll?«

Paula löste sich von ihr und begutachtete mit gerunzelter Stirn den Inhalt des Kleiderschranks.

»Hm. Kleid, nein. Das ist ja nur ein Grillen. Da geht's bestimmt nicht fein zu. Nimm die Jeans und dieses Top.« Sie zog ein schlichtes hellblaues Baumwolltop aus dem Schrank und eine Bluse vom Bügel. »Darüber die weiße Bluse. Fertig.«

»Und welche Schuhe?«

»Die Baumwollsandalen mit dem Keilabsatz. Die passen farblich zum Top und machen dich größer. Außerdem sehen deine Beine mit denen immer aus, als wären sie drei Meter lang. Und bequem sind sie doch auch, oder?« Alexandra nickte. »Na bitte, perfekt. Das Haar solltest du übrigens offen tragen. Sonst noch Fragen oder Wünsche?«

»Nein.«

»Wann fahren wir los?«

»In einer halben Stunde.«

»Oh, dann muss ich mich beeilen. Ich muss mich noch schminken.«

Und mit diesen Worten rauschte Paula aus dem Zimmer. Alexandra sah ihr verblüfft nach. Wann war es passiert, dass sie ihre dreizehnjährige Tochter um Stilberatung bat und diese sicher und kompetent antwortete? Über Nacht, dachte sie, während sie das Top anzog und die Jeans überstreifte, irgendwann zwischen gestern Abend und heute Morgen.

Dass es für Jonas ein besonderer Abend und Anlass war, konnte Alexandra daran erkennen, dass er sich ohne ihr Zutun eine saubere Hose und ein frisches T-Shirt angezogen hatte. Er hatte sich sogar freiwillig gekämmt, was ungefähr dreimal im Jahr vorkam – zu Weihnachten, zum Geburtstag und zum Muttertag. Sie musste schmunzeln, als sie ihn im Rückspiegel beobachtete, wie er sichtlich aufgeregt auf seinem Sitz hin und her rutschte.

Als sie von der Hauptstraße abbog, wurde sie von einem Pulk Motorräder überholt. Es waren schwere schwarze Maschinen, deren Motoren schon von Weitem zu hören gewesen waren. Die Fahrer trugen Westen mit einem Totenkopf und einer Aufschrift darüber, die Alexandra nicht lesen konnte, als sie mit hoher Geschwindigkeit an ihrem Wagen vorbeidonnerten. Zur Sicherheit lenkte sie den Wagen näher an den Straßenrand und war froh, als die Biker endlich hinter der nächsten Biegung verschwunden waren. Mit solchen Leuten wollte sie keinen Ärger riskieren. Und wenn die Kinder dabei waren, schon gar nicht. Umso entsetzter war sie, als sie die Biker wieder einholte und feststellen musste, dass die offensichtlich dasselbe Ziel hatten wie sie. Jetzt konnte sie auch die Aufschrift über den Totenköpfen lesen: Wizards of Doom. Einer der berüchtigtsten Rockerclubs der Welt.

Einen Augenblick dachte sie daran, einfach zu wenden und wieder nach Hause zu fahren. Dann sah sie Nick. Er stand in der Toreinfahrt, begrüßte einige der Biker und lachte. Schließlich fiel sein Blick auf sie. Er winkte ihr zu, kam zu ihrem Wagen und klopfte gegen die Scheibe. Sie ließ das Fenster heruntergleiten.

»Hi! Schön, dass ihr da seid.« Sein Lächeln entfaltete die Wirkung von Sonnenstrahlen, und Alexandra wurde warm.

»Der Hof ist leider voll, da kannst du nicht parken. Aber ein Stück weiter kannst du dich rechts einfach zu den anderen Autos an den Straßenrand stellen.«

»Okay.«

»Bis gleich. Ich warte hier auf euch.«

Alexandra ließ die Scheibe wieder hochfahren und fuhr langsam die Straße entlang. Es parkten bereits eine ganze Reihe Wagen auf dem sandigen Seitenstreifen, und sie schloss sich ihnen einfach an. Als sie den Motor abgeschaltet hatte, blieb sie sitzen und atmete tief durch.

»Stimmt etwas nicht?«, fragte Paula.

»Ich weiß nicht …« Alexandra holte tief Luft. »Habt ihr die Rocker nicht gesehen?«

»Na und?« Paula schnallte sich ab und half Jonas, der sich in seiner Aufregung tatsächlich im Gurt verheddert hatte.

»Ich glaube, wir sollten wieder nach Hause fahren«, sagte Alexandra und dachte an die Schlagzeilen im Zusammenhang mit dem Rockerclub – Drogen, Zwangsprostitution, Schlägereien, Mord. »Das gefällt mir nicht. Ich glaube, die Gefahr ist zu groß, dass das heute in irgendeiner Form eskaliert.«

Paula rutschte auf ihrem Sitz nach vorne. »Bist nicht du immer diejenige, die uns einbläut, dass man keine Vorurteile haben sollte, gegen niemanden?«

»Das ist doch etwas ganz anderes.«

»Ach ja? Und warum, wenn ich fragen darf? Wie viele Rocker kennst du denn persönlich? Also wenn das kein klassisches Vorurteil ist, dann weiß ich nicht.« Paula lächelte süffisant. »Aber weißt du was? Ich glaube, dass du die Rocker nur vorschiebst. In Wirklichkeit willst du am liebsten kneifen, weil Nick ein netter, gut aussehender Mann ist und du Angst hast, dass du dich heute amüsieren könntest.«

»Was fällt dir ein! Ich …«

»Ich habe doch gesehen, wie du ihn ansiehst. Und deine Reaktion zeigt mir eindeutig, dass ich recht habe.«

Es war still im Wagen, während Alexandra verdauen musste, was ihre Tochter ihr gerade an den Kopf geworfen hatte. Ihre Wangen waren heiß. Vorurteile hatte sie also. Und Nick. Wie sollte sie ihn denn angesehen haben? Und was war das noch? Angst? Hatte sie Angst vor der Lebensfreude? Vor Nick? Vor dem Leben selbst? Unsinn! Nick war ein netter Kerl, mehr nicht. Und natürlich konnte sie sich amüsieren, immer und überall. Nur eben gerade dann nicht, wenn sie ihre Kinder der Gefahr aussetzte, verletzt zu werden, weil ein paar betrunkene und zugekiffte Rocker in Streit gerieten und sich prügelten oder Schlimmeres.

Sie schaute in den Rückspiegel. Ihr Gesicht war so rot, als hätte sie stundenlang ohne Schutz in der Sonne gelegen. Rasch wandte sie den Blick wieder ab. Doch in diesem kurzen Moment wurde ihr bewusst, dass sie sich selbst belog.

»Mama, du musst dir kein schlechtes Gewissen machen.« Paulas Stimme klang sanft, und ihre Hand legte sich auf Alexandras Schulter. »Es ist in Ordnung.«

Paula, das Mädchen mit den feinen Antennen, hatte sie durchschaut. Alexandra holte tief Luft.

»Also gut, du hast recht. Wir gehen zu dieser Grillparty, und ich werde etwas gegen meine Vorurteile tun.«

»Schon klar.« Paula grinste wissend und knuffte Jonas in die Seite. »Los, aussteigen. Ich habe Hunger.«

29

Der Geruch von Lagerfeuer und lecker mariniertem Fleisch, Rockmusik aus den Lautsprechern, viel zu trinken und lauter Gäste, die alle miteinander locker drauf waren – was konnte man mehr von einer Grillparty erwarten?

Eigentlich nichts, dachte Nick und streichelte dem Streuner den Kopf, den er mittlerweile Puce nannte, was übersetzt Floh hieß. Dem Hund schien der Name zu gefallen. Er hörte, wenn Nick ihn rief, obwohl das selten nötig war, da er ihm kaum länger als eine Minute von der Seite wich.

Ja, diese Party war großartig. Trotzdem hatte er ein schlechtes Gewissen. Im Grunde hätte er es sich denken können, dass die von Henri angekündigte »kleine Party« zu einem Biker-Event ausarten würde, schließlich war seine Werkstatt im ganzen Languedoc eine Institution. Und er hätte Alexandra, die bestimmt mit allem gerechnet hatte, nur nicht mit so einem Andrang, darauf vorbereiten müssen. Sie schien mit der Situation überfordert zu sein. Sie wirkte angespannt wie ein Kaninchen im Wolfsgehege, hatte immer ein Auge auf Paula und Jonas und blieb in ihrer Nähe, abseits von den anderen Erwachsenen. Dabei waren die Wizards aus Toulouse schwer in Ordnung – wenn auch nicht gerade harmlos, wenn man ihnen dumm kam. Aber da er selbst oft am Grill stand oder anderweitig aushelfen musste, hatte er nicht genug Zeit, sich um Alexandra zu kümmern und sie einfach ein paar der Wizards, die er selbst kannte, vorzustellen. Während er das Fischernetz, mit dem im Pool die Bierflaschen gekühlt wurden, neu bestückte, sprach er mit Julie.

»Lass mich nur machen«, erwiderte sie nach einem kurzen Blick auf Alexandra und lächelte breit. »Sie braucht eine Aufgabe, ich jemanden, der mir beim Fleisch hilft.«

Dass Julie ins Schwarze getroffen hatte, konnte Nick feststellen, als er am Grill die letzten Fleischscheiben wendete und die beiden Frauen wieder aus dem Haus kamen. Sie schleppten ächzend die blaue Wanne, in der Julie an gewöhnlichen Tagen Wäsche einweichte. Jetzt war sie mit Steaks, Hähnchenkeulen und Lammkoteletts gefüllt, die mit einer köstlich duftenden braunen Marinade bedeckt waren.

»He, das scheint schwer zu sein. Sagt doch Bescheid!«

»Starke Frauen schaffen das allein. Sorg du lieber dafür, dass die Gäste nicht vor lauter Hunger das Fleisch roh essen müssen.« Julie ließ ihre weißen Zähne aufblitzen. »Danke für deine Hilfe, Alex.«

Alexandra lachte und strich sich mit dem Handrücken eine Strähne aus der Stirn. Und Nick fiel der erste Stein vom Herzen.

»Keine Ursache. Im Gegenteil, ich habe zu danken. Sonst hätte ich doch nie erfahren, wie du das Fleisch gewürzt hast. Kann ich dir noch helfen?«

Julie schüttelte den Kopf, und die Perlen in ihren Zöpfen klimperten wieder dabei. »Nein. Ich setze mich jetzt zu meinem Mann, trinke ein kühles Bier und bereite ihn darauf vor, dass er Nick am Grill ablöst.«

Sie verschwand zwischen den Leuten. Nick hob mehrere Hähnchenkeulen aus der Wanne und sortierte sie auf den Grillrost.

»Julie hat dir tatsächlich ihr geheimes Rezept für die Marinade verraten?«

»Ja.« Alexandra klopfte zufrieden auf die Gesäßtasche ihrer Jeans. »Ich habe es mir aufgeschrieben.«

»Womit kann ich dich bestechen, mir das Rezept zu geben? Ein senegalesisches Grillfest wäre genau das Richtige für meine Kneipe.«

Alexandra lachte. »Lass mich darüber nachdenken. Es soll sich für mich ja lohnen.«

Die Kohlen waren mittlerweile richtig gut durchgeglüht, und ihm war warm, sehr warm.

»Ablösung, Nick!« Henri drückte ihm zwei geöffnete Flaschen Bier in die Hand. »Eine kleine Erfrischung für euch beide.«

»Danke.« Nick reichte eine Flasche an Alexandra weiter.

»Es ist ziemlich warm hier«, sagte sie und trank einen Schluck. »Wo sind Jonas und Paula?«

»Paula ist da drüben mit Tim und Davide, die ganz offensichtlich beide um ihre Gunst ringen. Und Jonas?« Nick drehte sich auf dem Absatz um und schaute in die Runde. »Ah, auf dem Hof bei den Bikes.«

»Oh, hoffentlich macht er da nichts kaputt. Ich möchte nicht, dass es Ärger gibt.«

Ihm war sofort klar, wen sie damit meinte. Natürlich hätte er ihr jetzt einen langen Vortrag halten und über seine Erfahrungen mit Bikern der unterschiedlichsten Clubs berichten können, aber das Beste war, sie ihre eigenen Erfahrungen machen zu lassen.

»Komm«, sagte er deshalb und winkte sie mit sich, »wir gehen hin. Dann kannst du aufpassen, dass dein Sohn keine Dummheiten anstellt.«

»Ah ja, mein Sohn also. Und was ist mit deiner Tochter? Die ist ein Engel, oder was?« In gespielter Empörung stemmte sie die Hände in die Hüften.

»Sophie ist mit Motorrädern aufgewachsen. Sie weiß, Bikes sind wie Frauen.« Nick grinste. »Nie ohne Erlaubnis anfassen.«

Sie schlenderten zusammen auf den Hof. Jonas und Sophie standen vor einem Chopper mit deutlich verlängerter Gabel. Auf dem Tank des Motorrads prangte der Totenkopf der Wizards, und daneben stand Gitan, dem die Maschine gehörte.

»Ah, Nick, du kommst wie gerufen. Ich verstehe leider nicht, was die beiden von mir wollen.«

»Was möchtet ihr denn?«, fragte Nick auf Deutsch.

»Ich habe Jonas erklärt, dass das ein Chopper ist«, sagte Sophie nicht ohne Stolz. »Aber er will mir nicht glauben und möchte selbst fragen.«

Nick übersetzte ins Französische.

»Da wächst ja eine richtige Expertin heran!« Gitan lachte laut. »Aber ja, die kleine Lady hat recht. Das ist ein Chopper. Wollen die beiden mal draufsitzen?«

Nick übersetzte und brauchte nicht lange zu fragen, die Begeisterung der Kinder war unverkennbar. Nur Alexandra guckte skeptisch. Doch bevor sie Einwände machen konnte, hatte Gitan Jonas schon auf das Motorrad gehoben und setzte dann Sophie hinter ihm auf den Sozius.

»Nun greif nach vorne zum Lenker, als würdest du fahren«, sagte Gitan und kramte etwas aus der Satteltasche hervor, das sich als Kamera entpuppte. »Da kann gar nichts passieren«, erklärte er Alexandra. »Der Motor ist aus und steht ohnehin auf Leerlauf, die beiden können höchstens vom Sitz rutschen. Darf ich fotografieren?«

»Warum …«

»Ich bin Fotograf und arbeite gerade mit einem Journalisten an einem Buch über die Biker-Szene in Frankreich. Du bekommst selbstverständlich die Dateien.«

»Ja, wenn das so ist«, stimmte sie zu. Nick fiel auf, dass ihr Blick verstohlen über Gitans Kutte wanderte. Und offenbar nicht nur ihm.

»Wizards sind keine Zuhälter, Drogendealer und Mörder, jedenfalls nicht alle.« Er zwinkerte ihr zu und fotografierte weiter. Dann sah er sich die Fotos auf dem Display seiner Kamera an und nickte. »Wunderbar. Ihr zwei macht das großartig!«

»Dürfen wir die Fotos sehen?«

»Klar.« Gitan zeigte ihnen die Fotos, und Nick musste sich sehr beherrschen, um nicht laut zu lachen, denn beide Kinder wurden rot.

»Eine kleine Romanze?«, flüsterte Gitan ihm zu und lachte.

»Scheint so.«

Gitan zeigte die Fotos auch Alexandra.

»Die sind ausgesprochen gut!« Es klang überrascht, und wieder ruhte ihr Blick auf der Kutte. Ob sie geglaubt hatte, Gitan würde sie auf den Arm nehmen?

»Hat Henri deine E-Mail-Adresse?«, wandte sich Gitan an Nick.

»Klar.«

»Gut, dann schicke ich dir die Bilder zu, und ihr könnt sie untereinander austauschen.«

»Machen wir.« Nick schaute Alexandra an. Und ihm wurde bewusst, dass er dann ihre Mail-Adresse brauchen würde. Und das wiederum hieß, dass sie auch nach den Ferien noch in Kontakt bleiben würden. Lose zwar, aber …

Plötzlich wurde ihm wieder warm. Dabei war der Grill mit den glühenden Kohlen weit weg.

30

»Darf ich mich setzen?«

Alexandra hob überrascht den Kopf. Sie war so in ihre Gedanken und den Anblick der Leute vertieft gewesen, dass sie die zierliche Frau gar nicht bemerkt hatte.

»Ja, natürlich.« Sie rutschte auf der Mauer ein Stück zur Seite, und die Frau setzte sich.

»Ich bin Christina.«

»Alexandra.«

»Ich hätte dich ja schon längst angesprochen, wenn ich gewusst hätte, dass du Deutsche bist. Aber du sprichst so fließend Französisch, dass ich dich für eine Einheimische gehalten habe.«

»Ich?« Alexandra lachte. »Meine Großmutter hat das immer anders gesehen. Aber danke für das Kompliment.«

»Deine Großmutter ist Französin?«

»Nein, aber sie war Primaballerina und hat lange Zeit in Paris gelebt. Mit uns Kindern hat sie nur französisch gesprochen. Und abgesehen von dem Ballettunterricht, den ich bei ihr genossen habe, hat sie mir auch meinen zweiten Vornamen vermacht, Edith. Doch natürlich nicht so gewöhnlich ausgesprochen, sondern mit der Betonung auf dem i.« Sie verdrehte die Augen. »Keine leichte Bürde, so ein Name – Alexandra Edith Breitenbach.«

»Da kann ich ja wirklich froh sein. Ich heiße Christina

Martens, ganz schlicht und simpel. Du bist mit deinen Kindern in den Ferien hier?« Alexandra nickte. »Und woher kommst du?«

»Aus Hamburg.«

»Nein, wirklich? Ich auch! Jedenfalls ursprünglich. Allerdings lebe ich seit ein paar Jahren in Flensburg. Wir – also Janine, Steve, Duke und ich – sind hier, um das Magic Festival der Wizards zu besuchen. Duke und Steve sind Member des Flensburger Chapters.«

»Aha.«

Christina sah Alexandra von der Seite an und lächelte. »Zehn Cent für deine Gedanken.«

»Besser nicht.«

»Na, ich habe da eine Ahnung. Was machst du denn beruflich?«

»Ich bin Oberärztin in der Abteilung für Allgemeine Chirurgie im Marienkrankenhaus. Und du?«

»Oh, schon wieder eine Gemeinsamkeit! Ich arbeite auch im Krankenhaus.«

»Als Krankenschwester?«

Christina lächelte. »Nein, als Internistin. Hallo, Frau Kollegin!«

Alexandras Wangen brannten. Selten hatte sie so danebengelegen.

»Aber … Wie? Warum?«

Christina trank einen Schluck Bier aus der Flasche und wischte sich den Schaum von der Oberlippe.

»Glaube mir, wenn mir das jemand vor vier Jahren erzählt hätte, ich hätte genauso geguckt wie du eben. Ich hatte nichts mit Motorrädern am Hut, und mit Bikern schon gar nicht. Dann bin ich nach Flensburg gezogen, und zufällig wohnte

Duke im selben Haus. Anfangs hatte ich regelrecht Angst vor ihm. Dann habe ich ihn näher kennengelernt – wie, das ist eine lange Geschichte, die würde diesen Rahmen sprengen – und … Na ja, mittlerweile wohnen wir zusammen.«

Alexandra schüttelte den Kopf. »Aber … ist das nicht eine ganz andere Welt? Wenn ich mich hier umschaue, mir die Leute ansehe …«

»Jein. Anfangs habe ich es auch so empfunden. Aber letztlich sind die Menschen doch überall gleich. Das Einzige, was wirklich anders ist, ist die Geradlinigkeit und Ehrlichkeit. Ein Ja ist ein Ja, ein Nein ein Nein. Und mit der Vergangenheit, einmal getroffenen Entscheidungen wird nicht lange gehadert. Duke sagt immer: Die Straße liegt vor dir, der Rückspiegel dient nur der Orientierung. Und er hat recht damit, habe ich festgestellt. Wenn man diesen Grundsatz erst einmal verinnerlicht hat, lebt man sehr viel ruhiger und entspannter.«

Alexandra runzelte die Stirn. »Also hast du alles, was vorher war, einfach hinter dir gelassen? Freunde, Familie … da gab es doch bestimmt Schwierigkeiten, oder? Ich meine, nicht jeder mag Rocker in seiner Umgebung.«

»Ja, klar gab und gibt es Schwierigkeiten. Manche Leute glauben immer noch, ich sei völlig neben der Spur. Aber ich vergesse nicht, woher ich komme oder was hinter mir liegt, das wäre ja fatal. Ich räume ihm lediglich den richtigen Stellenwert ein. Das ist wie beim Motorradfahren. Der Rückspiegel ist wichtig. Man muss immer wieder hineinsehen, ob bei Überholmanövern oder in Kurven oder, oder, oder. Aber das wirklich Wichtige liegt vor mir. Wenn ich das aus den Augen verliere, weil ich mich nur auf den Rückspiegel konzentriere, baue ich einen Unfall. Und dann war's das.« Sie machte eine kurze Pause und trank ihre Flasche leer. »Ich glaube, diese Einstellung gilt für die meisten Biker, egal, ob sie in einem Club sind oder nicht.«

Alexandra nickte nachdenklich. Das würde manches erklären …

»Nun habe ich dich aber zugequatscht.« Christina lachte und stand auf. »Vielleicht treffen wir uns noch in den nächsten Tagen irgendwo. Nick will ja auch zum Magic Festival.«

»Ja, wäre schön.«

»Bis dann, Alex.«

»Bis dann, Christina.«

Sie mochte die Frau.

31

Es war bereits dunkel geworden. Nick und Alexandra saßen nebeneinander auf einer Bank nahe am Lagerfeuer. Ihm fiel auf, dass sie immer wieder verstohlen auf die Uhr sah. Ob sie sich hier nicht wohlfühlte? Dabei hatte er den Eindruck gehabt, dass sie sich durchaus amüsiert hatte. Sie wirkte insgesamt deutlich entspannter als zu Beginn.

»Alles in Ordnung?«, erkundigte er sich.

»Ja, warum?«

»Weil du ständig auf die Uhr schaust. Langweilst du dich?«

»Nein, überhaupt nicht. Aber es ist gleich elf.« Sie seufzte. »Wir müssen nach Hause.«

»Wirklich?« Nick stieß sie leicht mit der Schulter an. »Es sind doch Ferien.«

»Ja, aber Jonas ist normalerweise um neun im Bett. Und wir müssen ja noch fahren. Für ihn wird es wirklich höchste Zeit.« Sie stand auf und winkte ihrem Sohn zu.

Nick, sag was! So darfst du sie nicht gehen lassen! »Verstehe ich.« Er überlegte kurz. »Hättest du Lust, mich morgen auf der Harley zu begleiten? Ich wollte runter an die Küste, um dort ein paar Fotos zu machen.« Es würde dir bestimmt guttun, deinen Kopf frei blasen. Mir hilft es jedenfalls immer.«

Aber sie zögerte.

»Ich weiß nicht. Was ist mit Paula und Jonas? Die kann ich nicht einfach allein zu Hause lassen.«

»Das stimmt natürlich.« Er runzelte die Stirn und zupfte an einem der kleinen Pflaster über seiner Augenbraue. »Ich habe eine Idee. Nicht ich hole dich ab, sondern du kommst mit den beiden vorbei und lässt sie hier. Jonas und Sophie kannst du sowieso kaum noch trennen. Und ich glaube, deine Tochter genießt es, dass ihr gerade zwei Jungs nachlaufen. Und einen Pool gibt es auch. Julie wird die Kinder bestimmt nicht verhungern lassen, und ganz nebenbei gibt es noch kostenlosen Französischunterricht.« Innerlich klopfte er sich selbst anerkennend auf die Schulter für diesen genialen Schachzug. Frauen wie Alexandra legten immer besonderen Wert auf die Bildung ihrer Kinder. »Außerdem werden wir nicht den ganzen Tag unterwegs sein, lediglich ein paar Stunden die Landschaft genießen, irgendwo eine Kleinigkeit essen und einen Kaffee trinken. Na, was hältst du davon?«

Alexandra zögerte immer noch, dann nickte sie. »Also gut, machen wir es so. Wann soll ich morgen kommen?«

»Um elf?« Nick freute sich über das Lächeln auf ihrem Gesicht. »Super, ich freue mich darauf.«

»Ich mich auch.«

Und das klang tatsächlich ehrlich.

32

Lange lag Alexandra wach auf ihrem Bett und lauschte in die Dunkelheit. Die Deckenbalken über ihr knarzten und knackten leise, als wollten sie ihr etwas Wichtiges sagen.

Das war ein seltsamer Urlaub. Nein, nicht wirklich seltsam, aber ungewöhnlich. Jedenfalls für sie. Ein Urlaubstag sah normalerweise so aus: zeitig aufstehen, frühstücken und fertig machen, dann losfahren, um entweder die Natur zu genießen oder sich eine Sehenswürdigkeit der Region anzusehen oder zwei, wenn es gerade passte. Möglichst viel von Land und Umgebung mitnehmen, das war die Devise. So waren die Urlaube mit ihren Eltern abgelaufen, und so hatte sie es auch mit Arne gehandhabt. Allerdings hatten sie die Touren meistens so geplant, dass sie auf dem Weg auch noch an einem Restaurant vorbeikamen, das ihnen empfohlen worden war.

Jetzt lag sie hier in diesem herrlichen alten und aufwendig renovierten Haus und fragte sich, was sie überhaupt in diesem Urlaub bisher gemacht hatte, außer auf ihrer oder Céciles Terrasse zu sitzen, zu einem Grillfest zu gehen und in Saint-Thibéry auf dem Markt einzukaufen. Die Tage waren irgendwie vergangen, dahingeplätschert. Wenn es so weiterging – was würde sie auf die Frage ihrer Eltern antworten, was sie vom Languedoc gesehen hatte?

Interessanterweise fühlte sie sich nicht einmal schlecht dabei, nicht so, als hätte sie in den vergangenen Tagen etwas verpasst. Es war verwirrend. Aber morgen werde ich etwas von der Landschaft sehen, dachte sie, mit Nick auf dem Motorrad.

Die Frage, ob sie sich denn mehr auf die Landschaft oder auf Nick freute, tauchte so plötzlich in ihrem Kopf auf, dass sie erschrak.

Natürlich freute sie sich auch auf Nick. Es war nett, mit ihm zusammen zu sein, alte Zeiten wieder aufleben zu lassen. Aber vor allem freute sie sich darauf, endlich mehr vom Languedoc zu sehen als die Straße nach Saint-Thibéry. Schade nur, dass die Kinder nicht mitkommen konnten. Und du.

Sie nahm ihr Smartphone vom Nachttisch und rief Arnes Foto auf. Auf dem Bild saß er in einem Strandkorb in Shorts und T-Shirt, die Sonnenbrille in das Haar geschoben. Das war auf Sylt gewesen vor fünf Jahren. Zu dem Zeitpunkt hatten sie noch nicht gewusst, dass es ihr letzter unbeschwerter Urlaub sein würde. Immer wenn sie dieses Foto ansah, stellte sie sich die Frage, ob man – ob sie – eher hätte etwas bemerken können. Aber da war nichts. Seine Stirn war glatt, in die dunklen Haare mischten sich die ersten grauen. Überall hatte er Lachfalten, um den Mund, um die Augen. Und er wirkte so gesund, so glücklich, so lebendig.

Sanft fuhr ihr Finger über das Display, und sie sehnte sich nach dem Gefühl seiner Haut. Wenn er hier bei ihnen wäre, hätten sie bereits Carcassonne und Montpellier gesehen. Und vielleicht würden sie morgen nach Pézenas fahren oder in den Nationalpark. Alles andere wäre für ihn – wie auch für sie – Zeitverschwendung gewesen.

Dennoch hatte sie den Grillabend heute sehr genossen, die Gesellschaft von Menschen, die lockere Atmosphäre, die Musik. Es war schön. Ob Arne sich dort auch wohlgefühlt hätte? Vermutlich. Er war eigentlich mit jedem irgendwie klargekommen.

»Ich hoffe, es ist für dich in Ordnung, dass ich morgen mit Nick fahre. Weißt du, ich bin gerade dabei, in ein Leben hineinzufinden, das ich mir so nie vorgestellt habe. Ich wollte nicht ohne dich sein. Aber das Schicksal hat mich – uns – nicht gefragt. Wir wurden einfach vor vollendete Tatsachen gestellt. Und jetzt …« Sie seufzte tief. »Ich existiere immer noch und muss sehen, wie ich durch die übrige Zeit stolpere – auf Knien oder Krücken. Es fällt mir schwer. Du fehlst so sehr. Und wenn dann jemand wie Nick kommt und mich ein bisschen führt wie ein Physiotherapeut einen Patienten nach einer Trümmerfraktur, so ist das doch nicht schlimm, oder? Oder, Arne?«

Das Foto blieb stumm.

Alexandra wischte sich die Tränen von den Wangen und legte das Smartphone behutsam auf den Nachttisch zurück. Das blaue Leuchten des Displays erhellte die Dunkelheit.

Nick war ein alter Bekannter, der nie etwas mit Arne zu tun gehabt hatte. Und gerade dadurch half er ihr wieder auf die Beine. Es gab keine Erinnerungen.

»Ist es in Ordnung für dich?«

Das Display erlosch. Und in ihrer Fantasie hörte sie Arnes Stimme: »Ja, es ist in Ordnung. Und nun schlaf schön. Gute Nacht.«

»Gute Nacht, Arne.«

33

Als Alexandra zur verabredeten Zeit mit Jonas und Paula bei Henris Haus ankam, war von Nick weit und breit nichts zu sehen. Seine Harley stand zwar auf dem Hof, am Lenker baumelte der Helm, die Lederjacke lag auf der Sitzbank, aber wo war er?

Aus einem offen stehenden Tor drangen Hämmern, Zischen und Musik. Aus dem Haus hörte sie Töpfe klappern und Frauenstimmen, hinter dem Haus erklang das Lachen von Kindern.

Jonas wollte sofort losstürmen, doch Alexandra hielt ihn am Ärmel zurück.

»Warte, erst müssen wir Guten Tag sagen.«

Er nickte zwar, zappelte aber aufgeregt herum.

»Keine Sorge, du kommst schon noch zu deiner Geliebten!« Paula verdrehte die Augen, und Jonas wurde rot bis unter die Haarwurzeln.

Alexandra warf ihrer Tochter einen zornigen Blick zu.

»Was?«

»Du weißt genau, was ich meine. Also …« Sie fuhr mit Daumen und Zeigefinger über ihre Lippen, als wollte sie einen Reißverschluss zuziehen.

»Na gut, ich sage ja schon nichts mehr.«

Alexandra seufzte. Paulas Stimmung drohte zu kippen, schon wieder. Und erneut fragte sie sich, ob sie selbst mit dreizehn auch so anstrengend gewesen war.

Sie ging zu dem Tor und klopfte gegen das Holz, von dem die blassblaue Farbe abzublättern begann.

»Hallo? Bonjour!«

Henri und Nick waren mit einem ziemlich rostig aussehenden Metallgestell beschäftigt, das in der Mitte der Werkstatt auf einer Art Hebebühne stand. Keiner von ihnen schien sie zu hören.

»Ich löse jetzt die Schraube«, sagte Henri gerade. »Hältst du ihn?«

»Leg los.«

Alexandra trat ein. In der Werkstatt roch es nach Metall, Öl und Farben. An den Wänden standen Regale, vollgestopft mit Werkzeugen, Kanistern und irgendwelchen Metallteilen, von denen sie nicht einmal ahnte, wozu sie gebraucht wurden. Aus einer Hi-Fi-Anlage, die eigentlich viel zu klein für diese Lautstärke wirkte, drangen hämmernde Bässe und rasantes Schlagzeug.

»Bonjour, die Herren!«

Nick hob den Kopf, und sein Lächeln ließ seine Augen leuchten.

»Hallo! Ihr seid schon da? Ich habe euch gar nicht kommen hören.«

Alexandra verkniff sich den Hinweis auf die ohrenbetäubende Musik.

»Ich parke auch nicht auf dem Hof, sondern an der Straße.«

»Hast du bitte noch einen Moment Geduld? Wir sind hier gleich so weit.«

Sie sah zu, wie Henri mit einem riesigen Schraubenschlüssel an einer Schraube drehte. Ein großes, schwer aussehendes Teil löste sich, und die beiden Männer trugen das Ding zu einer Werkbank.

»Kommst du jetzt allein klar?«

Henri nickte. »Fahr ruhig. Ich bin jetzt erst mal damit beschäftigt, den Motor auseinanderzunehmen und zu reinigen. Außerdem kommen Steve und Duke auch gleich, die sind nur kurz nach Saint-Thibéry, um etwas zu besorgen. Viel Spaß euch!«

Er winkte ihnen zu, und Nick ging mit Alexandra wieder auf den Hof. Sein blondes Haar war verstrubbelt, und bei dem Versuch, es zu glätten, hinterließ er einen Roststreifen auf seiner Stirn, direkt über den nicht mehr ganz so weißen Steri-Strips.

»Ist es denn schon elf?« Sie nickte. »Das tut mir echt leid. Wir waren so vertieft, dass ich darüber die Zeit völlig aus dem Blick verloren habe. Ich zieh mich nur kurz um. Zehn Minuten, okay?«

»In Ordnung.«

»Und ihr beide könnt nach hinten gehen. Tim und Davide sind, wenn ich es richtig mitbekommen habe, schon im Pool. Und Sophie sitzt auf der Terrasse und malt, glaube ich. Ich bin gleich wieder da«, sagte er und eilte zum Haus.

Mit ein paar mahnenden Worten verabschiedete sich Alexandra von Jonas und Paula und sah ihnen noch nach, wie sie hinter dem Haus verschwanden – Jonas wie ein geölter Blitz, Paula würdevoll und mit lässigem Hüftschwung, wie eine Diva auf dem roten Teppich.

Um sich die Wartezeit zu vertreiben, ging sie zu Nicks Harley, die mit zur Seite geneigtem Lenker und Vorderrad an ein vor sich hin dösendes Pferd erinnerte. Ein Pferd, das es in sich hatte.

Sie warf einen Blick auf den Tachometer. Die Anzeige war bis zu einer Geschwindigkeit von zweihundertvierzig Kilometer pro Stunde ausgelegt. Unwillkürlich musste sie schlucken.

Früher war sie selbst Roller gefahren, eine schicke cremefarbene Vespa, um die sie so manche Freundin beneidet hatte. Auch später hatten sie und Arne sich im Urlaub gelegentlich einen Motorroller geliehen, um die jeweilige Gegend zu erkunden. Aber auf einem Motorrad hatte sie noch nie gesessen, schon gar nicht auf so einer Maschine.

Sie ließ ihren Blick über den breiten mattschwarzen Tank gleiten, den riesigen Motorblock, die Hebel im Fußbereich, die breiten Auspuffrohre. Dieses Ding sah nicht nach Spaß und Erholung, sondern nach Gefahr aus. Ihr fiel ein, wie sie vor wenigen Monaten – die Motorradsaison hatte gerade begonnen – mit den Kollegen in der Notaufnahme vergeblich um das Leben eines Motorradfahrers gekämpft hatte. Und plötzlich war sie sich nicht mehr sicher, ob dieser Ausflug wirklich eine gute Idee war.

Und was war mit Jonas und Paula? Sollte sie die Kinder wirklich bei Fremden allein lassen? Sie kannte Henri und Julie kaum. Was, wenn Paula sich nicht benahm? Die Dreizehnjährige konnte einem ganzen Dorf die Stimmung vermiesen, wenn sie es darauf anlegte. Außerdem hatte sie selbst keine Sicherheitskleidung für das Motorrad, keine vernünftige Jacke und keinen Helm. Wir können auch einfach gemeinsam auf der Terrasse sitzen und einen Kaffee trinken oder zusammen ganz entspannt im Wagen nach Pézenas fahren.

Sie wollte gerade zum Haus gehen, um das Ganze abzublasen, als Nick ihr entgegenkam – in Jeans, Bikerboots und einem T-Shirt, auf dem ein Totenkopf mit Piratentuch aufgedruckt war. Er trug einen Helm am Kinnriemen in der einen und eine schwarze Lederjacke in der anderen Hand.

»Da ich nicht davon ausgehe, dass du zufällig Motorradklamotten in deinem Kofferraum liegen hast, habe ich Julie gefragt. Probier das mal, aber ich denke, es müsste dir passen.«

Vielleicht aber auch nicht, dachte Alexandra voller Hoffnung, als sie die schwere Lederjacke anzog. Dann können wir auch nicht fahren.

»Wow.« Die Anerkennung in Nicks leuchtenden Augen war der sichtbare Beweis, dass das Schicksal sich nicht um ihre Wünsche scherte. »Du siehst fantastisch aus.«

Sogar sie merkte, dass ihr die Jacke passte, als wäre es ihre eigene, und auch der Helm saß wie für sie gemacht. So viel dazu, dass sich die Dinge von selbst regeln. Aber wie sollte sie Nick sagen, dass sie doch nicht mit ihm fahren wollte, dass sie zu feige war? Nicht feige, sondern verantwortungsbewusst. Ich bin alleinerziehend. Wenn mir etwas passiert, wer kümmert sich um die Kinder? Dabei muss man nicht einmal vom Schlimmsten ausgehen. Ein längerer Krankenhausaufenthalt oder ein Arm in Gips reicht ja schon.

Sie holte gerade Luft, als Nick sich auf den Sitz schwang und den Motor der Maschine anließ. Ein lautes Blubbern und Dröhnen erfüllte den Hof. Julie kam heraus, lehnte sich gegen den Türrahmen und winkte ihr zu. Auch Christina tauchte auf und lächelte. Sogar Henri kam aus seiner Werkstatt.

»Los, setz dich.« Nick deutete mit dem Kinn in Richtung Sozius, und sie konnte nicht anders, als hinter ihn auf den Sitz zu steigen. Die Vibrationen des Motors breiteten sich augenblicklich in ihrem Körper aus, von den Fußsohlen bis zur Schädeldecke. »Bist du schon mal mitgefahren?«

»Früher hatte ich eine Vespa.« Sie musste gegen das Dröhnen des Motors anschreien. Ihr Herz klopfte. Angst. Sie hatte Angst. Sag es doch einfach. Nick wird es bestimmt verstehen.

»Na, dann weißt du ja Bescheid. Das Prinzip ist dasselbe, und das verlernt man nicht. Abgesehen davon brauchst du keine Angst zu haben, wir werden nicht auf der Autobahn fahren. Und auf den anderen Strecken sind ohnehin höchstens neunzig Kilometer erlaubt. Wir lassen uns Zeit, okay?«

Sie nickte. Ihr Mund war trocken.

»Und wenn etwas ist, klopfst du mir einfach auf die Schulter oder brüllst mir ins Ohr. Ich halte dann sofort an.« Er drehte sich zu ihr um. »Alles klar?«

Alexandra holte tief Luft, sah in die aufmunternden Gesichter von Julie, Christina und Henri, sah Jonas, der grinsend beide Daumen in die Höhe reckte, sah den Streuner, der mit hängenden Ohren, winselnd und schwanzwedelnd wohl gern den Platz mit ihr getauscht hätte, und sagte: »Ja, ich bin bereit.«

»Dann halte dich gut fest!«

Nick drehte das rechte Handgelenk leicht, und das riesige Ungetüm unter ihnen setzte sich in Bewegung. Knirschend rollte es über den Kies. An der Ausfahrt hielt Nick noch mal an, stellte den rechten Fuß ab, balancierte die Harley zwischen seinen Beinen und rückte seinen Helm und die Sonnenbrille gerade. Ein Blick nach links, einer nach rechts, die Straße war frei. Wieder drehte er das rechte Handgelenk, diesmal deutlich stärker. Der Motor knurrte kurz auf, und sie brausten die Straße entlang.

34

Der Asphalt glitt unter ihnen dahin. Es roch nach Pinien und staubiger Erde. Die Sonne brannte auf sie nieder, doch der Fahrtwind milderte ihre Hitze.

Alexandra hatte ihre Arme um ihn geschlungen. Geschmeidig und selbstverständlich neigte sie sich in die Kurven, als hätte sie in ihrem Leben nie etwas anderes getan. Sie hinter sich zu spüren, fühlte sich überraschend vertraut an. Und einen Moment wünschte Nick, dass diese Straße nicht enden würde, dass sie so weiterfahren könnten bis zum Mittelmeer, bis zur Côte d'Azur, dann die Küste entlang über die Grenze bis nach Kalabrien hinunter, an der Ostküste Italiens wieder Richtung Norden und dann weiter und immer weiter.

Doch wieder hatte das Leben andere Pläne, und die Fahrt endete schneller, als er gedacht hatte. Sie waren noch keine Viertelstunde unterwegs, als er merkte, dass mit Alexandra etwas nicht stimmte. Sie zitterte und bebte hinter ihm. Hatte sie etwa Angst? War er doch zu schnell gefahren? Oder hatte sie sich verletzt?

Nick fuhr in den nächstbesten Feldweg. Er hatte kaum angehalten, als Alexandra schon vom Motorrad sprang.

»Was ist los? Geht es dir nicht gut?«

Sie antwortete nicht, sondern lief den Feldweg zwischen den Weinstöcken entlang und versuchte dabei, sich den Helm vom Kopf zu reißen.

»Halt!« Nick schwang sich vom Bike und rannte hinter ihr her. Als er sie eingeholt hatte, erschrak er. Ihr Gesicht war tränenüberströmt, ihre Schultern bebten. »Warte, ich helf dir.« Er öffnete den Kinnriemen und nahm ihr behutsam den Helm ab. »Alex, was ist los? Liegt es an der Harley oder an mir? Hast du Angst?«

Sie schüttelte den Kopf. Dann schlug sie sich die Hände vors Gesicht und begann zu schluchzen, bitterlich und jämmerlich, als würde sie mit den Tränen auch körperlich an Substanz verlieren oder schlicht auseinanderbrechen.

Ohne lange darüber nachzudenken, nahm er sie in die Arme und hielt sie fest. Er sagte nichts, legte nur seine Wange auf ihren Kopf, schloss die Augen und konzentrierte sich auf seine eigenen Atemzüge – ein und aus, ganz ruhig und regelmäßig. Er bezweifelte zwar, dass diese einfache Methode aus der nicht besonders üppig ausgestatteten Trickkiste eines alleinerziehenden Chaoten auch in diesem Fall helfen würde, aber er hatte keine bessere Idee, beim besten Willen nicht.

Also atmete er, hielt die zitternde, bebende, schluchzende Frau in seinen Armen und lauschte dabei den Geräuschen um ihn herum, den zirpenden Grillen, dem Rascheln von Eidechsen im Gras, dem Gesang von irgendwelchen Vögeln, den wenigen vorbeifahrenden Autos.

Wie lange sie so standen, hätte er nicht sagen können. Die Sonne brannte auf seinem Haar, und in den schwarzen Lederklamotten wurde ihm allmählich heiß. Er schwitzte und hätte gern die Jacke ausgezogen oder wenigstens den Reißverschluss geöffnet, aber er wagte nicht, Alexandra loszulassen. Irgendwann begann sie sich zu beruhigen. Das Zittern und Beben ließ nach, und nur gelegentlich war ein erschöpfter

Schluchzer zu hören, wie bei Sophie, wenn sie sich nach einem großen Kummer ausgeweint hatte.

Schließlich hob Alexandra den Kopf und befreite sich aus seinen Armen.

»Es tut mir leid«, sagte sie leise und versuchte, mit Ärmeln und Händen ihr Gesicht zu trocknen. »Es tut mir so leid!«

»Quatsch.« Nick kramte aus der Hosentasche ein zerknittertes Papiertaschentuch hervor und reichte es ihr. Er musste sich zusammenreißen, um sie nicht wieder in seine Arme zu nehmen – diesmal aber, um sie zu küssen. Sie war wunderschön! Sogar jetzt, mit vom Weinen geröteten Augen, geschwollener Nase und den schwarzen Schlieren, die die Wimperntusche auf ihren Wangen hinterlassen hatte. Wieso hatte er das früher in der Schule nie bemerkt?

Sie zog die Nase hoch, diese schmale, zarte Nase mit den Sommersprossen, die er so gern gestreichelt hätte.

»Ich weiß nicht …« Sie schüttelte den Kopf und starrte in die Ferne. »Ich …«

»Hey, du brauchst mir nichts zu erklären, okay?«

»Ich …« Wieder kamen Tränen, und sie drückte sich das Taschentuch auf die Augen.

»Weißt du was? Ich bringe dich zu dir nach Hause. Es ist nicht weit. Wir lassen das Bike hier stehen und gehen einfach zu Fuß.«

Wieder schüttelte sie den Kopf. »Danke, aber das ist nicht nötig. Ich finde den Weg allein.«

»Na, so weit kommt's noch. Ich werde dich nicht allein nach Hause gehen lassen. Nicht in diesem Zustand. Das kannst du vergessen!«

»Dann lass uns fahren.«

»Damit du gleich einen zweiten Zusammenbruch bekommst? Auf gar keinen Fall.«

»Aber du kannst das Motorrad doch nicht einfach hier stehen lassen! Deine Harley …«

»Der wird schon nichts passieren, die passt auf sich auf. Wenn der Alarm losgeht, sollte der potenzielle Dieb schnell rennen können, wenn er keinen Hörschaden riskieren will. Ist zwar nicht ganz legal, aber sehr effektiv.« Sie schien ihm kaum zuzuhören. Dabei hätte er ihr gern ein Lächeln ins Gesicht gezaubert. »Glaubst du, du schaffst den Weg zu Fuß?«

Sie sah ihm kurz in die Augen, senkte dann rasch den Blick und nickte. »Ich glaube schon«, sagte sie leise. Ihre Stimme klang nach neuen Tränen.

»Dann komm.« Er schaltete die Alarmanlage ein, hängte sich die Lederjacke über die Schulter und legte einen Arm um Alexandra.

Sie gingen los, einen zwar staubigen, aber idyllischen Weg entlang zwischen Weinstöcken, Lavendelstauden und wilden Kräutern, die nach Sommer und Süden dufteten. Und wer sie von Weitem beobachtete, hätte sie wohl für ein Liebespaar halten können.

35

»O Nick, ich schäme mich so!«

Alexandra fühlte sich ausgelaugt. Sie hatte es gerade noch so geschafft, den Schlüssel aus ihrer Hosentasche zu holen und das Haus aufzuschließen. Alles Weitere hatte sie Nick überlassen müssen.

Er hatte ihr die Lederjacke abgenommen, die gefühlt mindestens einen Zentner wog, die Terrassentür geöffnet, sie auf einen der Liegestühle dort verfrachtet und für Getränke gesorgt. Sie hatte sich nicht einmal mehr daran erinnern können, wo die Gläser und die Wasserflaschen standen. Kraftlos hatte sie auf dem Stuhl gesessen und das Klappern der Schranktüren in der Küche gehört. Jetzt saßen sie nebeneinander auf der Terrasse. Sie war erschöpft und müde und fühlte sich unzulänglich, mangelhaft, nutzlos. Auch dafür schämte sie sich.

»Ich sagte dir doch, es gibt keinen Grund.«

Seine Worte klangen ehrlich. Und gerade das machte es ihr noch schwerer. Wenn er wenigstens sauer gewesen wäre, weil sie ihm die Tour verpatzt hatte, dann hätte sie einen Grund gehabt, sich über ihn zu ärgern. Aber so …

»Ich möchte es dir zumindest erklären.« Sie drehte ihr Glas in der Hand und starrte auf den Pool. Hin und wieder streifte ein Windhauch über die glatte Wasseroberfläche und legte sie in sanfte Falten. Wie und womit sollte sie beginnen? »Ich …

Es liegt nicht an dir, Nick, und auch nicht an deiner Harley. Ich …« Sie stockte, kämpfte mit den Worten, die wie bleierne Klumpen Speiseröhre und Magen ausfüllten und sich weder hinauswürgen noch schlucken ließen. Dabei waren sie so einfach, so schlicht, so klar – Arne ist tot. »Früher sind mein Mann und ich im Urlaub oft Roller gefahren. Auf Sizilien, auf Kreta, in der Bretagne, in Cornwall, immer haben wir wenigstens einen Tag lang eine Vespa gemietet und sind zu zweit los.« Sie seufzte und trank einen Schluck Wasser. Ihr Mund war so ausgetrocknet, als hätten die Sturzbäche an Tränen, die sie auf dem Feldweg vergossen hatte, ihren ganzen Körper trockengelegt. »Das Fahren auf deiner Harley eben hat mich so sehr an diese Urlaube erinnert. Und an … an ihn. An Arne, meinen Mann.«

Nick sah sie an. Er stellte keine Fragen, aber in seinem Blick lag Verständnis, als wüsste er bereits Bescheid. Und als würde es ihm nichts ausmachen, sich ihr Gejammer anzuhören.

»Contenance!«, vernahm sie die Stimme ihrer Großmutter im Kopf. Ach, Oma Edith, ich würde ja gern, aber es klappt nicht immer. Oder ich habe es verlernt.

»Arne ist tot. Er hatte Krebs. Es ist etwas über ein Jahr her.«

Und plötzlich waren die Worte da. All jene Worte, die sonst in ihrer Kehle feststeckten und sie fast erstickten. Sie sprudelten einfach so aus ihr raus, und sie erzählte Nick von ihrem Leben mit Arne – als Paar und Eltern, als Kollegen im selben Krankenhaus, von der Routineuntersuchung, der Diagnose, ihrer Verzweiflung und Angst, dem langen, schweren Weg, den falschen Hoffnungen, den ungezählten Strohhalmen, an die sie sich wider besseres Wissen geklammert hatten, dem bitteren Ende. Und sie erzählte, was danach kam, nach Arnes Tod und der Beerdigung, an die sie sich kaum noch erinnern konnte. Sie erzählte von ihrer Einsamkeit, ihrer Verlorenheit, dem Gefühl, auseinandergerissen worden zu sein, der Sprachlosigkeit.

Nick saß einfach da und hörte ihr zu.

36

Sie tat ihm leid. Gern hätte er sie erneut in die Arme genommen, aber das wäre in dieser Situation bestimmt falsch gewesen. Also ließ er sie reden und beschränkte sich darauf, ihr zuzuhören und gelegentlich das Glas wieder mit Wasser zu füllen. Sie trank viel, als wäre sie völlig ausgetrocknet.

»Und da sitze ich nun. In den Ferien. Wenn es nach mir gegangen wäre, wären wir zu Hause geblieben und ich hätte gearbeitet. Routine hilft mir – aufstehen, Frühstück machen, ins Krankenhaus fahren, OP-Pläne besprechen, Patienten untersuchen, operieren. Es ist, als ob das ein anderer Teil von mir wäre, eine andere Alexandra. Etwas …«

»Ich vermute, dass dich die Arbeit, die Routine ablenkt. Du musst dich auf etwas konzentrieren, das nicht mit deinem Mann zu tun hat.« Er fuhr sich durchs Haar, streckte die Beine aus und fragte sich, was er Tröstliches oder Hilfreiches sagen könnte. Doch er war kein Psychologe. Seine Lebensphilosophie war simpel: Die Straße liegt vor dir, der Rückspiegel dient nur der kurzfristigen Orientierung. »Aber was ist mit Paula und Jonas? Du bist nicht allein.«

»Ja, deshalb bin ich ja jetzt hier. Meine Eltern, meine Schwester und Freunde haben mir zugeredet, in den Urlaub zu fahren.«

»Das war eine gute Entscheidung. Es tut ihnen gut. Sophie

hat mir erzählt, dass Jonas seinen Papa sehr vermisst.« Sollte er ihr alles sagen? »Aber dass es für ihn fast noch schlimmer ist, mit ansehen zu müssen, wie traurig du bist. Und dass er alles tun würde, damit du wieder fröhlich bist.«

Sie sah ihn nicht an, sondern schaute den Schwalben zu, die am blassblauen Himmel Insekten jagten. Über ihre Wange rollte eine Träne.

»Es tut mir leid, Alex. Ich wollte dir nicht zu nahe treten, geschweige denn dich verletzen. Es ist nur … Ich denke, das solltest du wissen, weil Kinder nicht für ihre Eltern da sein sollten.«

Ihr Kopf flog so plötzlich herum, dass er erschrak.

»Was?« Sie funkelte ihn an. »Weißt du eigentlich, was du da gerade gesagt hast? Du wagst es zu behaupten, ich würde meine Kinder im Stich lassen?«

»Nein, so war das nicht gemeint! Ich wollte nur …« Hilflos fuhr er sich mit beiden Händen durchs Haar. »Ich wollte damit nur sagen, dass …«

»Ich glaube, es ist besser, wenn du jetzt gehst.«

Verdammter Mist, verbockt. Diese Aufgabe hast du wirklich glänzend gelöst, Nick. »Okay. Sorry. Ich verstehe.« Er stand auf. »Es wird sowieso langsam spät. Was hältst du davon, wenn ich Paula und Jonas hole? Du hast dann noch die Möglichkeit, ein bisschen durchzuatmen. Du siehst fertig aus, Alex.«

»Das wäre freundlich.« Ihre Stimme klang bissig. »Ich nehme an, du findest den Weg allein?«

»Ja, mach dir keine Umstände.«

Er ging ins Haus, holte seine Lederjacke vom Sofa und hängte sie sich über die Schulter. Auf dem Hof beschleunigte er seine Schritte und brauchte keine Viertelstunde bis zu dem Feldweg, wo er das Bike abgestellt hatte.

Sich auf den Sitz der Harley schwingen, den Motor anlassen, die Vibrationen spüren, dann den Wind im Gesicht – es half. Die Verwirrung ließ nach, sein Kopf wurde wieder klar.

Vielleicht hatte er nicht gerade die subtilste Methode gewählt, es Alexandra zu erklären, aber letztlich hatte er recht. Kinder sollten niemals für ihre Eltern da sein. Es war eines der wenigen Versprechen, die er bisher gehalten hatte. Kein Kind konnte diese Last tragen. Und was mit Kindern passierte, die trotzdem solchen Belastungen ausgesetzt waren, wusste er sehr gut. Davon konnte er schließlich ein Lied singen.

37

Nicks Schritte auf dem Kies entfernten sich rasch. Er schien es eilig zu haben, von ihr wegzukommen. Gut, lass mich ruhig hier in den Trümmern sitzen, die du hinterlassen hast. Blödmann.

Wütend sprang Alexandra auf und sammelte die Gläser und die leeren Wasserflaschen ein. Wie konnte Nick es wagen zu behaupten, dass sie ihre Kinder vernachlässigte? Denn nichts anderes hatte er schließlich gesagt: Sie kümmere sich nicht genug um ihre Kinder. Er hielt sie also ganz offensichtlich für eine schlechte Mutter.

Und was ist mit Ihnen selbst, Herr Burmeister? Bei Ihnen alles im Lot? Bekommen Ihre Kinder regelmäßig frisch gekochte, gesunde und ausgewogene Mahlzeiten? Gehen Ihre Kinder zum Sport? Und wie steht es mit den Hausaufgaben? Ach ja, ich vergaß, Sie sind ja zu beschäftigt mit Rauchen, Saufen und mit dem Motorrad durch die Gegend Fahren. Ein echter Kerl eben.

Sie musste sich bremsen, um die Gläser nicht in die Geschirrspülmaschine zu werfen. Sie war wütend wie schon lange nicht mehr.

Vielleicht mal mit dem Fegen vor der eigenen Tür beginnen, bevor man mir die Vernachlässigung meiner Kinder vorwirft!

Innerlich kochend, lief sie im Haus herum. Schließlich nahm sie eines der Sofakissen und schleuderte es mit einem

Schrei in die Eingangshalle. Diesem Kissen folgten weitere. Sie lief ihnen hinterher, trat zu, hob sie auf, warf sie wieder auf den Boden, trampelte auf der Stelle und schrie hoch und schrill, immer wieder und wieder, bis ihr schließlich bewusst wurde, was sie da gerade tat. Und wie sie dabei aussehen mochte – mit verkniffenem Gesicht, winzig kleinen Augen und hochrotem Kopf.

Rumpelstilzchen hatte ihre Mutter sie früher genannt, wenn sie einen ihrer Wutanfälle bekommen hatte. Und Großmutter Edith hatte missbilligend eine ihrer sorgfältig gezupften Augenbrauen gehoben.

Rumpelstilzchen.

Plötzlich musste sie lachen – über sich und die in der Eingangshalle verstreuten Sofakissen. Erschöpft, aber auch irgendwie erleichtert ließ sie sich auf das Sofa fallen, das ohne die Polster leer aussah und nicht einmal halb so bequem war wie sonst.

»Da hast du dich aber schön abreagiert«, sagte sie in die Stille des Hauses hinein. »Aber wie kommt Nick auch darauf, so etwas zu sagen? Das hat … ins Schwarze getroffen.«

Sie blinzelte und sah durch die Fensterfront, wie die Schwalben da draußen immer noch ihre Kreise zogen. Und ein französisches Sprichwort fiel ihr ein: *Il y a que la vérité qui blesse* – nur die Wahrheit verletzt.

War da etwas dran? Vergaß sie wirklich ihre Kinder? Und woher wusste Nick, was Jonas dachte? Natürlich, weil Jonas mit Sophie darüber gesprochen hatte. Und die Kleine hatte es dann Nick erzählt, ihm ihr Herz ausgeschüttet, so wie eine Tochter es tat, wenn sie Vertrauen zu ihrem Vater hatte. Während Jonas nicht zu ihr gekommen war, sondern sich erst eine Freundin hatte suchen müssen, mit der er reden konnte. Weil seine Mutter dazu nicht in der Lage war und er sie nicht zusätzlich belasten wollte, weil diese Mutter genug damit zu tun hatte, in ihrer Blase zu hocken und vor sich hin zu leiden.

Aber warum hatte Jonas nie versucht, mit ihr darüber zu reden? Hat er doch. Immer wieder. Genau wie Paula. Die Stimme in ihrem Inneren war unerbittlich. Sie erinnerte sie an all die kleinen und großen Begebenheiten. Zuletzt im Auto auf der Fahrt von Toulouse hierher, wie sie sich mit Paula über Carcassonne gestritten hatte. Sie hatte es auf die Pubertät und damit auf Paula geschoben. Aber das war nicht der Grund. Sie war es. Sie hatte das Problem. Weil sie …

Ja, warum? Weil sie nur mit sich selbst beschäftigt war. Selbst in Situationen, in denen sie geglaubt hatte, für ihre Kinder da zu sein, war es nur um sie gegangen, um ihre Trauer, ihre Einsamkeit und um ihre Wut. Plötzlich erkannte sie, wie wütend sie war – auf das Schicksal, auf Gott und auf Arne. Wie hatte er einfach sterben und sie allein zurücklassen können? Sie war wütend und hasste sich dafür, schämte sich abgrundtief, denn Arne hatte sich sein Schicksal nicht ausgesucht. Er hatte nicht sterben wollen.

Und das war der Kern des Ganzen. Nick hatte ihn aufgedeckt. Und das hatte ihr überhaupt nicht gefallen, gar nicht.

Il y a que la vérité qui blesse.

»Du bist eine ziemlich egoistische Ziege!«, sagte Alexandra laut. Draußen antworteten die Schwalben mit ihrem hohen Kreischen. »Aber Einsicht ist der erste Weg zur Besserung.«

Sie stand auf und begann die Spuren ihres Wutanfalls aufzuräumen. Wie konnte sie Nick und ihre Kinder um Verzeihung bitten? Jeden Moment konnten sie da sein. Da kam ihr ein Gedanke. Sie griff zum Handy und rief Madame Bouchard an.

Keine Minute zu früh. Sie hatte das Gespräch gerade beendet, als sie das Knirschen von Kies unter Autoreifen hörte. Wie leise der Motor von Nicks altem Kombi im Vergleich zu seiner Harley war. Sie lief hinaus.

»Hallo!« Sie umarmte Jonas und Paula und fühlte sich fast, als hätte sie die beiden Jahre nicht gesehen. »Nick, warte.« Sie ging zur Fahrerseite.

»Was ist?«

»Hast du Lust, mit Sophie und Tim hier zu übernachten?«

Nick blinzelte. »Das kommt jetzt etwas überraschend, wenn ich ehrlich bin.«

Alexandra beugte sich hinunter. »Das kann ich mir lebhaft vorstellen. Aber ich habe die Zeit genutzt, als du Paula und Jonas geholt hast. Ich habe über das nachgedacht, was du gesagt hast, und …«

»Hör mal, Alex, das hätte ich nicht sagen sollen. Ich bin übers Ziel hinausgeschossen. Es tut mir leid …«

»Nein, nein, du verstehst mich falsch. Vielleicht hast du …« Sie schüttelte den Kopf und strich sich das Haar aus dem Gesicht. »Ich rede Unsinn. Nicht *vielleicht,* du hast recht, mit allem. Es tut mir aufrichtig leid, dass ich vorhin so biestig zu dir war. Es ist ja nicht so, dass ich meine Kinder nicht liebe, aber …«

»Das habe ich auch nicht behauptet, und das weißt du hoffentlich.«

»Ja, das meine ich auch nicht. Aber ich bin so damit beschäftigt, mich selbst in dieser Situation zurechtzufinden, dass ich möglicherweise nicht so auf meine Umgebung geachtet habe, wie ich sollte. Ich danke dir für diesen Augenöffner. Und deshalb lade ich dich und Tim und Sophie ganz herzlich ein, hier zu übernachten. Als kleines Dankeschön. Oder als weißes Fähnchen.«

Er erwiderte ihren Blick lange. »Bist du dir sicher?«

»Ja. Madame Bouchard habe ich schon gefragt. Ich koche uns etwas Leckeres, und ihr könnt in den Gästezimmern schlafen. Einziger Nachteil – du müsstest schon wieder hin- und herfahren.«

»Das ist das geringste Problem.« Er schien nachzudenken, dann lächelte er. »Klar, warum nicht? Ist eine tolle Idee. Ich kann natürlich nur für mich sprechen. Aber für etwas Leckeres zu essen lassen meine beiden fast alles liegen und stehen. Einen Pool habt ihr auch. Und Sophie ist mit Jonas zusammen. Also perfekt!«

»Und du bist nicht mehr sauer auf mich?«

»Ich? Quatsch, warum sollte ich?«

»Wunderbar.« Alexandra lächelte und fühlte sich plötzlich leicht und frei. »Dann erzähle ich es gleich Paula und Jonas. Ich freue mich.«

»Und ich erst!« Er ließ den Motor seines alten Kombis an. »Deinen Wagen holen wir dann morgen zusammen bei Henri ab, okay?«

»Gut, so machen wir es.«

»Ich bin gleich wieder da.«

38

Tim und Sophie stiegen aus und wurden lautstark von Paula und Jonas begrüßt. Sogar die beiden Dreizehnjährigen vergaßen für den Moment, dass sie ja eigentlich schon erwachsen waren, und tobten über den Hof wie die Paviane auf dem Affenfelsen in Hagenbecks Tierpark.

Nick sah zu und lachte über die offensichtliche Freude der vier, aber nur, bis er die Kofferraumklappe öffnete, denn mit einem freudigen Bellen begrüßte ihn Puce.

»Verdammt, wo kommst du denn her?«

Der Hund bellte zur Antwort, und sein Schwanz klopfte lebhaft gegen die Innenverkleidung des Kofferraums, als wollte er sich mit Morsezeichen verständigen.

»Hatten wir nicht ausgemacht, dass du bei Henri bleibst?« In diesem Moment meldete sich sein Handy. Nick zog es aus seiner Hosentasche. »Ja?«

»Nick«, am anderen Ende der Leitung räusperte sich Henri, »ich weiß nicht, wie ich es dir sagen soll. Puce ist weg.«

»Ich weiß.« Nick lachte und kraulte den Hund hinter den Ohren. »Er sitzt vor mir im Kofferraum.«

»Incroyable! Wie hat er das geschafft?«

»Ganz ehrlich, ich habe nicht die geringste Ahnung. Dieser Hund ist der reinste Houdini.«

»Aber wirklich!« Henri lachte. »Na, dann ist ja alles gut,

und ich kann Julie beruhigen. Sie hat sich schon Sorgen um den Burschen gemacht.«

»Bis dann und beste Grüße!«

Das Handy in die Tasche zu stecken, gestaltete sich schwierig, da Puce an ihm hochsprang und dabei versuchte, ihn abzulecken – sein Gesicht, seine Hände, seine Arme, jeden Zentimeter Haut, der in der Nähe der Hundezunge war.

»Ich glaube nicht, dass die Einladung, hier zu übernachten, auch für dich gilt, mein Freund.«

Wie aufs Stichwort kam Alexandra aus dem Haus.

»Nick, wo bleibst du denn? Wir sitzen schon alle am Tisch und warten mit dem Essen auf dich.«

»Drück die Pfoten, Kumpel, dass sie nicht sauer ist«, flüsterte er dem Hund ins Ohr. »Alex, komm mal bitte her. Wir haben ein Problem.«

»Was ist denn?« Sie kam ums Auto herum zum Kofferraum.

»Wie auch immer das passiert ist, wir sind einer mehr.« Er deutete auf Puce, der sich auf seine Hinterbeine gesetzt hatte und beide aufmerksam ansah, als wäre er ein braver, wohlerzogener Hund, der nicht die Angewohnheit hatte, sich heimlich zwischen dem Gepäck zu verstecken, um immer und überall dabei sein zu können.

»Ist das nicht dieser Streuner vom Schrottplatz, der kaum von deiner Seite wich? Wie kommt denn der hierher? Er ist dir doch nicht etwa die ganze Strecke nachgelaufen?«

»Nein, er hat sich im Kofferraum zwischen den Rucksäcken und dem übrigen Kram versteckt.« Nick seufzte. »Was sollen wir denn jetzt mit ihm machen?«

Puce begann ganz leise zu winseln und kroch – ganz der reuige Übeltäter – vorsichtig auf Alexandra zu. Nick war überzeugt, dass er jedes Wort verstanden hatte. Nicht nur brav, sondern auch klug.

Ob Alexandra diesem Blick widerstehen konnte? Nicks Herz war schon längst geschmolzen. Er dachte bereits darüber nach, ihr vorzuschlagen, dass er auf der Liege auf der Terrasse oder im Zelt übernachtete, damit Puce bei ihm bleiben konnte und sie ihn nicht wieder fortschicken mussten. Aber letztlich war das hier nicht sein Haus.

»Was ist das nur für ein anhänglicher Kerl! Er folgt dir wohl überallhin, was?« Sie lachte. »Wir können ihn ja wohl kaum auf irgendeinem Feld aussetzen.«

»Am besten fahre ich zurück und bringe ihn wieder zu Henri.«

Alexandra streckte die Hand aus und streichelte Puce.

»Ach Quatsch, wozu der Aufwand. Er darf auch bleiben. Aber er schläft nicht im Bett, okay?«

»Würde ich nie machen!« Nick hob die Hand zum Schwur und grinste. »Hörst du, Kumpel, du darfst hierbleiben!«

Puce bellte einmal auf und wedelte zustimmend mit dem Schwanz, als hätte er ihr Gespräch verstanden.

39

Nach dem Essen spielten Jonas und Sophie am Wohnzimmertisch ein Kartenspiel, die beiden Großen zogen sich zum »Chillen« in Paulas Zimmer zurück. Und sie und Nick räumten das Geschirr in die Spülmaschine.

»Was hältst du von einem Spaziergang?«

»Etwa zu Fuß?« Nick lachte. »Normalerweise fahre ich eher. Aber klar, warum nicht? Ist schön draußen. Und Puce braucht auch Auslauf. Nicht wahr, Kumpel?«

Puce saß neben Nick, hob den Kopf, als er seinen Namen hörte, und sah ihn aufmerksam an.

»Halte mich für verrückt, Nick, aber ich könnte schwören, dass dieser Hund dich gerade angelächelt hat.«

»Das hat er auch.« Nick nahm den Hundekopf in beide Hände. »Nicht wahr, Puce? Du bist schließlich kein gewöhnlicher Straßenköter. Du kannst so etwas.«

»Verrückt.« Alexandra stellte ein Backblech in die Spüle. »Ich wasche nur noch das Blech ab, dann können wir los.«

Nick lehnte sich gegen den Kühlschrank und sah ihr dabei zu. Wieso machte sie das jetzt nervös? Sie schaute ihn von der Seite an, ihre Blicke trafen sich und wandten sich rasch wieder ab, als wären sie ertappt worden. Sie mussten beide lachen.

Nick begann an den Strips über seiner Augenbraue zu zupfen. War er etwa verlegen? Und wenn ja, warum?

»Was ist das eigentlich für eine Verletzung? Das wollte ich dich schon die ganze Zeit fragen.«

»Die?« Er fuhr mit dem Zeigefinger über die Pflaster. »Nichts Besonderes, nur ein gerissener Spanngurt. Mein Freund und ich haben das Bike auf dem Anhänger festgezurrt. Einer von uns hat es wohl übertrieben, der Gurt ist gerissen und mir mitten ins Gesicht geflogen.«

»Da hattest du aber Glück, dass er nicht dein Auge getroffen hat.«

»Das hat der Doc in der Ambulanz auch gesagt.«

»Soll ich es mir mal ansehen?« Routine, Alexandra? Auch hier, in dieser Situation? Und warum? Weil du dir nicht eingestehen willst …

»Gern, aber du hast doch Ferien.«

»Erzähl keinen Unsinn. Ich bin Chirurgin, das legt man nicht ab wie eine Jacke.« Sie trocknete sich die Hände ab. »Beug dich bitte mal etwas runter.«

»Zwerg.« Er lächelte dabei, neigte aber den Kopf.

Sein Haar war voll und fühlte sich weich an, die gebräunte Haut seiner Stirn war glatt. Er roch nach Duschgel und Sonne, Leder und Motorrad. Und für einen Moment stellte sie sich vor, wie sie hinter ihm auf der Harley saß, ihre Hände an seinen Hüften und … Sie schloss kurz die Augen. Weg, weg, weg, ihr Gedanken!

»Wie lange ist das jetzt her?« Behutsam tastete sie über die Steri-Strips und an den Rändern der Wunde entlang.

»Das ist am Samstag passiert. Wir wollten gerade los. Und dann empfahl der Arzt noch, dass ich lieber vierundzwanzig Stunden mit dem Autofahren warten sollte wegen …«

»Wegen der Commotio.«

»Der was?«

»Einer möglichen Gehirnerschütterung. Hinter so einem Spanngurt steckt eine Menge Energie. Das ist wie ein Faustschlag ins Gesicht.«

»Das Gleiche hat der Doc im Krankenhaus gesagt.«

»Natürlich, der war ja auch Chirurg.« Sie ließ die Hände sinken. »Alles in Ordnung. Der Schnitt heilt gut. Ich denke, am Sonntag kannst du die Pflaster entfernen. Aber was für ein Pech, dass das passiert ist, noch dazu so kurz vor der Abfahrt.«

»Ich weiß nicht.« Er neigte den Kopf, und der Blick seiner blauen Augen trieb ihr jäh die Wärme ins Gesicht. »Anfangs dachte ich das auch, mittlerweile sehe ich das anders.«

Die Luft war weich wie Seide und duftete nach allem, was der Süden zu bieten hatte, nach wildem Thymian und Rosmarin, Pinienharz und Lavendel. Puce lief vor ihnen her, schnupperte an Grasbüscheln und hob an einem Strauch sein Bein, während sie sich unterhielten. Nick erzählte von seiner gescheiterten Ehe, seinem Entschluss, das Sorgerecht für die Kinder zu beantragen, seiner Kneipe und den Artikeln, die er für Motorradzeitschriften schrieb.

Als sie schließlich eine halbe Stunde später vor dem Pförtnerhaus standen, war es für Alexandra keine Überraschung. Jedes Mal, wenn sie das Haus verließ, schien ihr Weg sie zu Cécile und Patrice zu führen, auch wenn sie sich das nicht vorgenommen hatte, als ob ein unsichtbares Band sie immer wieder dorthin zog. Wieso sollte das anders sein, nur weil sie heute mit Nick unterwegs war? Ebenso wenig überraschend war es, dass Cécile sie bereits von Weitem sah und sofort zu sich einlud.

»Wir haben aber einen Hund dabei!«, rief Nick über die Rosenbüsche und Stauden hinweg. »Und ich kann ehrlich gesagt für seine Erziehung nicht garantieren.«

»Kein Problem, wir sind beide mit Hunden aufgewachsen und hatten lange Zeit selber welche. Kommt also her, in Gesellschaft schmeckt das Gläschen Wein besser.«

Den schmalen, gewundenen Weg zwischen den Lavendelbüschen, an blühendem Rittersporn und Oleander vorbei zur Rückseite des Hauses hätte Alexandra mittlerweile fast mit verbundenen Augen gehen können, so oft war sie schon hier gewesen. Cécile begrüßte sie herzlich. Patrice saß in einem der Rattansessel und nickte ihnen unverbindlich zu.

»Setzt euch. Was möchtet ihr trinken? Einen roten Landwein hätte ich anzubieten oder unseren selbst gemachten, den Rosenwein.«

Alexandra entschied sich für den Rosenwein, während Nick dankend den Roten nahm.

Sie hatten einander gerade zugeprostet, als Patrice plötzlich sagte: »Die Tomatenpflanzen müssen gegossen und festgebunden werden, aber die Kanne ist ziemlich schwer.«

»Vielleicht kann ich helfen?«

Patrice sah Nick an, als würde er erst jetzt bemerken, dass außer Cécile noch jemand am Tisch saß. »Gut, komm mit. Ich zeige dir, wie das gemacht wird.«

Die beiden Männer standen auf. Patrice führte Nick zuerst zum Wasserhahn und zeigte ihm, wie man die Gießkanne füllte. Dann verschwanden sie im Garten.

Cécile reichte Alexandra das Glas mit dem Rosenwein. Voller Genuss atmete sie den zarten Duft ein.

»Er ist nett«, sagte Cécile und deutete zu Nick, der Patrice gerade half, die Tomatenpflanzen an ihre Haltestangen zu binden. »Patrice spricht sonst nicht mit Fremden, geschweige denn, dass er einen Fremden in seinen Garten gehen lassen und ihm erlauben würde, sich seinen Pflanzen zu nähern. Und was ist mit dem Hund? Gehört der Nick? Ich habe selten so ein kluges und geduldiges Tier gesehen.«

»Nein.« Puce saß neben Nick und Patrice und ließ sich mal vom einen, mal vom anderen kraulen. Dabei sah er aus, als würde er genau zuhören, was Patrice über das Wachstum der Tomatenpflanzen erklärte. Alexandra musste bei diesem Gedanken lachen. »Puce ist ein Streuner. Er ist Nick auf einem Schrottplatz in Saint-Thibéry zugelaufen und weicht seitdem nicht mehr von seiner Seite.«

»Das spricht doch eigentlich für ihn, oder? Und es scheinen sich nicht nur Hunde in seiner Nähe wohlzufühlen.«

Cécile lächelte, und Alexandra fragte sich, ob sie damit ihren Mann Patrice meinte. Oder sprach sie etwa von ihr? Ihre Wangen wurden warm. Hastig nahm sie das Glas und widmete sich dem köstlichen Rosenwein.

Wenig später kehrten die beiden Männer zum Tisch zurück. Patrice lachte.

»Bald können wir ernten, Cécile«, sagte er zufrieden und trank sein Glas in einem Zug leer. »Komm.« Er griff nach Nicks Hand und zog ihn mit sich fort. »Ich zeige dir unseren Apfelbaum. Magst du Apfeltarte? Maman macht die beste der Welt.«

Der Blick, mit dem Cecile zusah, wie die beiden Männer erneut im Garten verschwanden, schnürte Alexandra die Kehle zu. Dann schloss Cécile die Augen und saß ganz still da, die Hände im Schoß verschränkt.

»Es tut mir so leid«, sagte Alexandra leise.

»Er hat es vergessen. Er hat vergessen, dass seine Mutter tot ist. Sie starb vor über vierzig Jahren.« Cécile seufzte tief. »In seiner Erinnerung, in seinem Selbstbild ist er jetzt immer öfter zehn Jahre alt. Meine Schwiegermutter war eine wunderbare, liebevolle Frau, mein Schwiegervater ein geduldiger, gütiger Mann. Patrice hatte eine Kindheit wie aus einem Bilderbuch, in einem Vorort von Paris, mitten zwischen Hunden, Katzen, Hühnern und blühenden Gärten. Im Grunde sollte ich mich darüber freuen, dass es ausnahmslos glückliche Erinnerungen sind, in denen er jetzt lebt. Eine Welt voller Abenteuer und Liebe und Glück – Seifenkistenrennen mit den Nachbarskindern, Fische- und Kaulquappenfangen im Bach, barfüßig über Wiesen laufen, Rindenboote bauen, Weidenflöten schnitzen und warme Apfeltarte in der Küche seiner Mutter. Und dennoch …« Sie hob die Hand und wischte sich über die Augen. »Im Grunde sind es diese kurzen Phasen der Normalität, diese Sätze, so klar und im Hier und Jetzt, als wäre nichts, als wäre er gerade aus der Universität von einem Seminar zurück und es gäbe diese Diagnose nicht. Diese Momente sind es, die es so schwer machen. Für mich, nicht für ihn. Er kann sich nur noch ganz selten daran erinnern, was er noch vor wenigen Jahren war und was er an die Demenz verloren hat.«

Danach schwiegen sie und lauschten den Schwalben, die hoch über ihren Köpfen nach Insekten jagten, und den Stimmen der beiden Männer. Puce bellte. Es klang freundlich.

»Ja, du bist ein Feiner, Mouche, ein ganz Feiner!« Patrice lachte laut und glücklich. Und über Céciles Wange lief eine einzelne Träne.

Einen Menschen loslassen zu müssen war wohl nie leicht, egal, auf welche Weise es geschah oder wie alt er war.

40

Es war schon spät, als sie sich wieder auf den Heimweg machten. Nick liebte die Abende am Mittelmeer. Es herrschte dämmriges Zwielicht, das die Umgebung in unwirkliche Farben tauchte. Und die Luft roch, als hätten sich die Pflanzen ihre Düfte eigens für diese Abendstunde aufgehoben. Wie immer im Süden war die Dämmerung kurz. Sie hatten noch nicht einmal die Hälfte des Wegs zurückgelegt, als es bereits dunkel war. Über ihnen erschienen Sterne, zuerst nur die besonders hellen, dann wurden es immer mehr. Gelegentlich raschelte es im Gebüsch, und die Grillen zirpten.

Sie schwiegen, jeder seinen Gedanken nachhängend. Puce trottete schläfrig und sichtlich zufrieden neben Nick her. Kein Wunder, Cécile hatte ihm eine halbe Fleischwurst spendiert. Danach hatte Puce sich bei ihr bedankt, indem er seinen Kopf auf ihre Knie gelegt und vorsichtig ihre Hände geleckt hatte.

Von Puce und Cécile schweiften Nicks Gedanken zu Patrice. Auch er mochte den Hund. Immer wieder hatte er ihn gestreichelt und dabei gelacht. Allerdings hatte er ihn Mouche genannt. Cécile hatte erklärt, dass das der Name seines Hundes gewesen war, früher, als er noch ein Kind gewesen und mit seinen Eltern und Geschwistern in einem Vorort von Paris gelebt hatte.

Es war kaum zu begreifen, dass dieser Mann noch vor wenigen Jahren als Historiker an der Sorbonne Römische Geschichte unterrichtet hatte, dass er Dissertationen betreut, Seminare geleitet, Studenten geprüft und Vorträge auf internationalen Kongressen gehalten hatte. Jetzt war er wie ein zehnjähriges Kind.

Über Demenz hatte Nick sich noch nie Gedanken gemacht. Patrice wirkte zwar glücklich und zufrieden in seiner Kinder- und Gartenwelt, doch Cécile litt unter dem langsamen Verlust ihres Mannes. Vielleicht war das einer der Gründe, weshalb Cécile und Alexandra sich so gut verstanden – beide mussten von ihren Ehemännern Abschied nehmen. Jede zwar auf ihre Art, und doch war es in beiden Fällen ein langsames Sterben auf Raten.

Unwillkürlich schüttelte er sich. Nein, so wollte er nicht seinen letzten Ride zur Himmelspforte antreten. Dann lieber ein Unfall mit dem Bike. Eine Sekunde des Schreckens, ein kurzer, heftiger Schmerz und Schluss, Cut, Ende. Oder ins Bett gehen und nicht wieder aufwachen. Das wäre natürlich das Beste. Aber Wünsche wurden da wohl eher selten akzeptiert.

»Ist alles in Ordnung?« Alexandras Stimme klang leise, und er konnte ihren Blick in der Dunkelheit nur erahnen.

»Ja. Ich musste nur gerade an Patrice denken und wie schwierig es für Cécile sein muss, ihren Mann in diesem Zustand zu sehen. Obwohl sie sich wirklich großartig hält.«

»Das tut sie. Ich weiß nicht, wie ich …«

Sie brach ab. Offenbar war ihr gerade klar geworden, dass sie es sehr wohl wusste, dass sie diesen Mist selbst vor Kurzem erst durchgemacht hatte, wenn auch unter anderen Voraussetzungen. Ihr Mann war jünger, Erkrankung und Therapien waren mit Schmerzen verbunden, sie hatten kleine Kinder. Aber letztlich zählte wohl nur das Ergebnis.

»Ich habe gegoogelt«, fuhr sie fort. »Patrice war eine Kapazität auf seinem Fachgebiet. Er hat diverse Bücher über die Geschichte der Römer geschrieben, unter anderem eins für Kinder, das Cécile illustriert hat. Und neben seiner Arbeit an der Universität hat er noch Kurse für Laien gegeben – Kochkurse, Exkursionen, Handwerk. ›Geschichte zum Anfassen‹ hat er sie genannt. Und jetzt läuft er durch den Garten und nennt seine Ehefrau Maman, weil er vergessen hat, dass er sechsundsiebzig Jahre alt ist.«

»Das ist irgendwie grausam, oder? Dabei wirkt er zwischendurch so klar. Er hat mir gezeigt, wie man Tomatensetzlinge zieht, und ganz genau erklärt, worauf man dabei zu achten hat.« Nick musste lachen. »Ich habe fast Lust bekommen, es zu Hause in ein paar Blumentöpfen selbst mal zu versuchen.«

»Warum denn auch nicht?«

»Weil ich kein Glück mit Pflanzen habe. Ich weiß auch nicht. Vielleicht bin ich zu ungeduldig oder vergesslich. Jedenfalls gehen bei mir sogar Gummibäume, Kakteen und Yucca-Palmen ein. Aber vielleicht probiere ich es mal zusammen mit Sophie. Eigene Tomaten waren schon cool. Keine Pestizide, Hormone und was weiß ich noch für'n Zeug.«

»Das hätte ich jetzt nicht gedacht«, erwiderte Alexandra und stieß ihm scherzhaft den Ellbogen in die Seite, »dass ausgerechnet ein Biker auf biologisch erzeugtes Obst und Gemüse achtet.«

»Klischee-Alarm!« Nick grinste. »Aber im Ernst, mir ist dieser ganze Biokram im Grunde viel zu aufwendig. Und manches davon halte ich auch schlicht für Spinnerei. Außerdem ist das Biozeug in der Regel zu teuer, als dass ich es mir auf Dauer leisten könnte. Aber das heißt nicht, dass ich blind alles schlucke, was die Industrie auf unseren Teller packt.«

Sie mussten beide lachen.

Mittlerweile waren sie am Landhaus angekommen. Doch statt ins Haus zu gehen, blieben sie vor der Tür stehen, als hätte er Alexandra lediglich nach einem Date nach Hause begleitet. Und so fühlte es sich seltsamerweise auch an, wenigstens für ihn. Als hätten sie ihr erstes Date gehabt und wären wieder achtzehn.

»Danke für diesen tollen Tag«, sagte Nick.

»Ja, wirklich prima. Ich habe einen ganzen Strom geheult, dir deine Motorradtour und damit bestimmt auch einen Artikel vermasselt, dich aus dem Haus geworfen und …«

»Mich anschließend mit einem fantastischen Essen entschädigt, uns alle eingeladen, bei dir zu übernachten, und mich mit Cécile und Patrice bekannt gemacht.« Er lächelte. »Ich bin kein Mathematiker, aber unterm Strich kann sich die Bilanz durchaus sehen lassen.« Er nahm ihre Hände in seine. »Danke, Alex. Und gute Nacht.« Er beugte sich vor und hauchte ihr einen Kuss auf die Wange. Im Grunde war ihm nach mehr, nach einem richtigen Kuss, einer Umarmung. Er wollte ihren schlanken Körper spüren, seine Hände durch ihr umwerfend rotes Haar gleiten lassen, ihre Haut fühlen und schmecken, ihr die Sterne zu Füßen legen. Doch das kleine Lächeln auf ihrem Gesicht und dieser lebendige Funke in ihren Augen wirkten so fragil. Er wollte nichts davon kaputt machen. Patrice hatte recht, Setzlinge waren empfindlich. Jede starke Böe oder ein heftiger Regenschauer konnte sie umknicken. Man musste behutsam mit ihnen umgehen, sie düngen, gießen, wachsen lassen. Und Geduld haben. Vielleicht hatte er damit ja mehr Glück als mit Gummibäumen und Yucca-Palmen.

»Gute Nacht, Nick«, sagte Alexandra. Ihr warmes Lächeln verriet ihm, dass er sich richtig entschieden hatte. Sie drückte kurz seine Hände und ließ ihn los. »Schlaf gut.«

Gemeinsam gingen sie ins Haus, jeder in sein eigenes Schlafzimmer, und ließen die Sterne am Himmel stehen.

41

Auf Zehenspitzen ging Alexandra die Treppe hinunter. Es war kurz nach halb acht, im Haus war alles still, nur aus dem Wohnzimmer hörte sie ein seltsames Geräusch. Es klang fast wie ein Schnarchen, das vom Sofa her zu kommen schien. Hatte Nick etwa doch nicht im Gästezimmer übernachtet? Aber warum? Stimmte etwas nicht mit dem Bett? Langsam schlich sie an dem Sofa vorbei, um ihn nicht zu wecken. Sie wollte auf die Terrasse, um dort in der Morgensonne den Frühstückstisch zu decken. Doch auf dem Sofa lag nicht Nick, sondern Puce. Lang ausgestreckt auf dem Rücken, mit leicht geöffnetem Maul und seitlich heraushängender Zunge schnarchte der Hund vor sich hin. Einen Augenblick musste sie sich sammeln, verarbeiten, was sie da sah, und sich dann das Lachen verkneifen.

»Was ist das denn?« Sie stampfte mit dem Fuß auf den Boden, hob ihre Stimme und stemmte empört die Hände in die Hüften. »Runter vom Sofa! Aber dalli!«

Puce sprang erschrocken auf, starrte sie ein paar Schrecksekunden lang an und rannte dann wie angestochen kreuz und quer durch das Erdgeschoss, um einen Ausgang zu finden. Dabei störte er die Katze auf, die gerade hoheitsvoll aus der Küche stolzierte. Sie fauchte ihn an und schlug mit der Pfote zu. Jaulend zog Puce sich zurück und versteckte sich unter dem Wohnzimmertisch. Alexandra öffnete einen Flügel der

Terrassentür. Wie ein geölter Blitz schoss Puce unter dem Tisch hervor und flitzte an ihr vorbei nach draußen. Einen Moment sah es aus, als würde er in seiner Panik in den Pool fallen, aber er bremste gerade noch rechtzeitig ab und blieb schließlich zitternd und mit eingeklemmtem Schwanz auf der Terrasse stehen.

»Du hast auf dem Sofa nichts verloren!«

»Was ist los?« Nick kam die Treppe hinuntergelaufen, barfuß und in Jeans, unrasiert, verschlafen, ein bisschen blass und mit verstrubbelten Haaren. Ihm folgten die Kinder. »Ist was passiert?«

»Dein Hund hat auf dem Sofa geschlafen«, erklärte Alexandra und registrierte ganz nebenbei, dass Nick körperlich sehr gut in Form war.

»Puce ist nicht mein … Das tut mir leid, Alex. Er weiß eigentlich, dass er das nicht darf, und …«

Alexandra schüttelte den Kopf. »Woher soll der Hund das bitte wissen? Hast du es mit ihm ausdiskutiert? Glaubst du etwa, er versteht, was wir sagen und wollen?«

»Puce schon, er ist klug und …« Nick verzog zerknirscht das Gesicht. »Ich habe es ihm gesagt.«

»Ebenso gut kannst du einem dreijährigen Kind erzählen, dass es die Schokokekse nicht vor dem Mittag essen soll. Außerdem hatten wir eine Abmachung.«

»Hieß es nicht, auf keinen Fall ins Bett?« Nick brach ab. »Tut mir echt leid, Alex. Das hätte nicht passieren dürfen. Ich hoffe, du bist jetzt nicht sauer.«

»Ach wo, jedenfalls nicht wirklich. Aber ich mag eben Hundehaare weder im Bett noch auf dem Sofa. Es wäre auch nur halb so schlimm, wenn das Vieh wenigstens sauber wäre.«

Nick hob Zeige- und Mittelfinger seiner rechten Hand. »Ich werde ihn heute noch baden. Versprochen.«

»Und ich helfe dir dabei«, bot Jonas sofort an.

»Siehst du, alles gut. Draußen sind bestimmt irgendwo ein Wasseranschluss und ein Gartenschlauch, oder?«

»Ja, aber …«

»Passt. Dann brauchen wir nur noch Duschgel oder Shampoo oder so.«

»Ich hole meins!«

»Jonas, stopp! Du kannst doch nicht dein Duschgel für einen Hund benutzen.«

Jonas blieb zögernd auf der Treppe stehen. Sein Blick wanderte zu Nick, der offenbar in seinen Augen die Autorität beim Thema Hunde war.

»Klar, warum nicht?« Nick zuckte mit den Schultern. »Ob Menschen- oder Hundehaar, ist dem Shampoo herzlich egal.«

»Aber …« Resigniert gab Alexandra nach. Was hätte sie schon sagen sollen? Dass die Duftstoffe möglicherweise die Hundehaut reizen konnten? Allerdings war Puce ein Streuner mit zwar schmutzigem, sonst aber sehr gesund aussehendem Fell. Einmal normales Shampoo würde ihm wohl kaum schaden. Außerdem schien Nick sich tatsächlich mit Hunden auszukennen. Jedenfalls deutlich besser als sie. »Na gut, macht, was ihr wollt.«

Also rannte Jonas hoch und kam nur zwei Minuten später mit dem blauen Duschgel zurück, vor dessen Benutzung er sich selbst gern drückte.

»Aber nimm nicht alles, du brauchst das auch noch für dich.«

Er nahm ihre mahnenden Worte mit einem schiefen Lächeln zur Kenntnis, dann war er auch schon bei Nick und Puce auf der Terrasse.

Wenig später stand Alexandra zusammen mit Paula, Sophie und Tim an der Terrassentür und beobachtete, wie sich Puce mit hängenden Ohren und eingeklemmtem Schwanz einschäumen ließ. Dann kam Jonas mit dem Schlauch, um die Schaumberge aus Puces Fell zu waschen. Der Hund begann in Nicks Armen zu zappeln und zu quieken, als ginge es ihm ans Leben. Das Ende vom Lied – das Wasser spritzte nicht nur Puce, sondern auch gleich Nick ab. Alle lachten. Und Alexandra lachte so sehr, dass ihr der Bauch wehtat und ihr die Tränen kamen.

Während sie mit den Kindern den Frühstückstisch auf der Terrasse deckte, ging Nick nach oben und zog sich um. Und als schließlich ein trockener Nick mit dem nach Brombeer-Duschgel duftenden Puce neben seinem Stuhl am Frühstückstisch saß, lachte sie immer noch.

42

Satt und zufrieden lehnte sich Nick auf seinem Stuhl zurück.

»Vielen Dank. Das war fantastisch«, sagte er und ließ seinen Blick über die Reste der Köstlichkeiten schweifen, die Alexandra aufgetischt hatte. »Zu Hause gibt es morgens meistens nur Cornflakes mit Milch für die Kids und einen Kaffee für mich.«

»Was, wirklich? Wir frühstücken immer so.« Alexandra lachte. »Nein, das gibt es bei uns auch nur zu besonderen Anlässen oder wenn ich wirklich Lust habe, den Aufwand zu betreiben. Heute ist so ein Tag.« Tatsächlich machte sie auf ihn einen lockeren, entspannten Eindruck. »Was haltet ihr denn davon, wenn wir heute alle zusammen etwas unternehmen?«

Er hatte auch schon daran gedacht, aber dass der Vorschlag von ihr kam, freute ihn ungemein. Jonas und Sophie strahlten sich an. Zwei Königskinder, die einander gefunden hatten und nun buchstäblich jede Sekunde, die sie zusammen sein durften, genossen. Tim lächelte – dezent und nur für ihn als Vater sichtbar, alles andere wäre ja uncool und eines Dreizehnjährigen unwürdig. Aber ihm entging auch der Blick nicht, mit dem sein Sohn Paula musterte. Die zeigte als Dame ihre Zustimmung durch ein: »Warum nicht?« Gewonnen auf ganzer Linie.

»Das ist eine tolle Idee, Alex. Sehr gerne.« Nick schaute in die Runde. »Hat denn jemand einen Vorschlag?«

»Wie wäre es mit Carcassonne?«, fragte Alexandra. »Die Burg ist nicht allzu weit entfernt und soll sehr interessant sein.«

»Hm.«

»Hm? Was soll das heißen? Hast du keine Lust?«

Nick zuckte mit den Schultern. »Klingt sehr nach Museum, dunklen Kammern und dicken Mauern, wenn du mich fragst.«

»Hast du einen besseren Vorschlag?«

»Ob besser, weiß ich nicht. Aber bei dem Wetter? Wie wäre es mit einem Strandausflug? Henri hat mir eine Stelle genannt, einen Geheimtipp, eine kleine Bucht direkt am Meer, wo Touristen normalerweise nicht hinfinden.«

»Au ja, baden! Lass uns bitte baden fahren, Papa!« Sophie sah ihn mit ihren klaren blauen Augen auf diese ganz bestimmte Weise an, der er nur in wenigen Ausnahmefällen und mit viel Willenskraft widerstehen konnte. Manchmal fragte er sich, ob die kleine Dame das wusste und diesen Blick mittlerweile auch gezielt einsetzte.

»Das habe ich nicht allein zu entscheiden, Prinzessin«, wies Nick sie sanft zurecht. Aber Jonas' strahlendem Lächeln und seinem heftigen Nicken war zu entnehmen, dass er derselben Meinung war. Und Tim brauchte er nicht zu fragen. Der Junge war eine Wasserratte. Für einen Tag am Meer ließ er sogar sein Skateboard liegen. Und es war nur eine Frage der Zeit, wann er zum ersten Mal auf einem Surfbrett stehen würde.

»Ich möchte braun werden, Mama«, sagte Paula und sprach mit dieser schlichten Feststellung das entscheidende

Urteil. Nick konnte sehen, wie Alexandra dem Willen ihrer Tochter und damit der allgemeinen guten Stimmung den Vorzug gab.

»Ihr habt ja recht, die Burg läuft nicht weg. Also dann fahren wir heute an den Strand.«

Freudengeheul der Kleinen, die Großen freuten sich etwas stiller.

»Aber was wollen wir dort essen?«

Nick lachte. »Du warst doch diejenige, die behauptet hat, nicht genug eingekauft zu haben, oder? Und jetzt guck dir mal den Tisch an.« Er sah ihr in die Augen, die jetzt im Licht des Vormittags leuchteten wie Aquamarine. »Wir schmieren einfach ein paar Brote und nehmen Wasserflaschen mit. Und wenn das nicht reicht, kaufen wir unterwegs ein oder halten irgendwo an einem kleinen Bistro. Wir sind in Frankreich, Alex, verhungern werden wir hier bestimmt nicht.«

»Aber was ist mit heute Abend?«

»Da grillen wir. Wir können unterwegs noch ein paar Würstchen kaufen oder so.«

Sie runzelte kurz die Stirn, dann nickte sie zufrieden. »Gut, einverstanden. Das wäre also geklärt. Passen wir denn alle in deinen Wagen?«

»Nein. Aber was hältst du davon: Wir beide fahren zu Henri. Du holst deinen Wagen, ich meine Harley. Dann haben wir genug Plätze für die ganze Bande.«

»Aber wenn wir hin- und herfahren, kommen wir erst sehr spät los. Es ist jetzt bereits zehn. Und die Sachen zusammenpacken und Brote schmieren müssen wir auch noch.«

Nick grinste. »Wir haben Kinder. Die können auch etwas tun, zum Beispiel Sachen für den Strand einpacken oder Brote schmieren. Und abgesehen davon, dem Strand und dem Meer ist es doch egal, wann wir kommen. Die sind immer da.«

Alexandra schien einen Moment zu zögern, dann lächelte sie. »Gut, dann lass uns zu Henri fahren.«

43

Als Alexandra mit ihrem Wagen und Nick auf der Harley von Henri wieder zurückkamen, hatten die Kinder schon gepackt. Aber wie! Drei Taschen, in denen alles kunterbunt zusammengewürfelt war, standen in der Halle. Daneben lag ein Haufen aus Wasserball, Luftmatratze und anderem Strandspielzeug. Immerhin, an die Luftpumpe hatten sie gedacht. Zur Sicherheit packte Alexandra die Taschen noch einmal aus.

Nick schüttelte den Kopf, als er sie dabei sah. »Warum machst du das?«

»Weil ich sicher sein will, dass nichts fehlt.« Sie breitete die Sachen aus und verschaffte sich einen Überblick.

Er zuckte mit den Schultern. »Und wenn schon. Dann müssen sie eben ohne auskommen. Und beim nächsten Mal denken sie dann wirklich an alles.«

Nein, der Meinung war Alexandra nicht. »Siehst du? Jonas hat keine Unterhose dabei. Was soll er bitte auf dem Rückweg anziehen? Seine nasse Badehose?«

»Tja, dann ist das so. Außerdem hat er ja noch seine Shorts.«

»Das ist doch unverantwortlich.«

»Irrtum, das ist Lernen aus Fehlern. Aber«, er hob die Hände, »es sind deine Kinder. Sag Bescheid, wenn du fertig bist, ich bin auf der Terrasse.«

Nachdem die Strandtaschen endlich fertig in der Halle bereitstanden, stellte Alexandra mit dem, was der Kühlschrank noch hergab, ein Picknick zusammen. Seltsamerweise war sie deswegen nur für kurze Zeit hektisch und gestresst. Ob es an Nick lag? Er verbreitete Chaos um sich, die Kinder schwirrten um ihn herum, Puce mitten unter ihnen, schwanzwedelnd und bellend, doch er war entspannt und gut gelaunt dabei. Vielleicht war das ansteckend.

Einen Moment dachte Alexandra daran, wie es gewesen wäre, wenn sie diesen Strandausflug mit Arne unternommen hätte, mit Arne, der noch nichts von seiner Erkrankung wusste, geschweige denn vom Krebs gezeichnet war. Sie hätten bereits am Vorabend auf der Terrasse beschlossen, am folgenden Tag ans Meer zu fahren, wären früher als sonst aufgestanden, hätten das Frühstück auf das Wesentliche reduziert, das Picknick hätte sie bereits am Abend vorbereitet. Spätestens um neun Uhr hätten sie mit Sack und Pack im Wagen gesessen. Alles andere wäre in ihren Augen ein verlorener Tag gewesen. So war es mit Arne.

Mit Nick wurde es zwölf. Und als sie dann tatsächlich und endlich losfuhren, war es halb eins. Dafür verabschiedeten sie sich vom Haus mit Hupen und Gelächter wie in einem Familienfilm.

Nick fuhr vor ihnen auf der Harley, gelegentlich in Schlangenlinien, manchmal winkte er ihnen auch zu. Jonas lachte. Paula saß entspannt auf dem Beifahrersitz. Das Fenster hatte sie heruntergefahren, sodass sie den Arm hinausstrecken konnte. Es sah aus, als wollte sie den Fahrtwind fangen. Und war es Paula, die damit begonnen hatte? Plötzlich sangen sie alle »Bruder Jakob« als Kanon und »Theo, spann den Wagen an«. Puce, der neben Tim auf der Rückbank saß, stellte die Vorderpfoten auf die Rückenlehne, streckte den Kopf zum

Fenster hinaus und bellte gelegentlich die entgegenkommenden Autos an.

Er war nicht der Einzige in diesem Wagen, der die Fahrt genoss. Alexandra sang aus voller Kehle mit. Ein Auto voller Leben, und sie war mittendrin. Wie das passiert war, hätte sie nicht sagen können. Es war einfach so. Es fühlte sich gut an. Und dass sie erst so spät losgefahren waren … unwichtig. Nick hatte recht. Strand und Meer waren immer da und immer schön, egal, zu welcher Tageszeit.

44

Genussvoll biss er in das mit Salami, Tomaten und Rukola belegte Sandwich. Was Alexandra unter »nichts zu essen im Haus« verstand, reizte ihn zum Lachen. Wenn sein Kühlschrank leer war, gab's dort wirklich nichts. Nada. Niente. Bei Alexandra hätte sich noch ein Sternekoch bedienen und ein Dreigängemenü für vier Personen zaubern können. Locker.

»Mann, ist das lecker!«, sagte er und wischte sich den Mund mit einer Papierserviette ab. Selbst daran hatte sie gedacht – Servietten, Besteck, Flaschenöffner. Wie beim Picknick mit den Royals in Windsor.

Rücklings ließ er sich auf das Handtuch fallen. Es war natürlich nicht ganz so leer, wie Henri ihm diesen Strandabschnitt geschildert hatte. Aber außer ihnen waren hauptsächlich Einheimische hier, Jugendliche, Frauen mit kleinen Kindern und ältere Ehepaare. Die Kids spielten zu viert eine Mischung aus Fußball und Volleyball im klaren knietiefen Wasser. Puce sprang bellend zwischen ihnen umher und schnappte nach dem hochspritzenden Wasser. Die Sonne war angenehm warm, es duftete nach Meer und Sommer.

Nick beschattete die Augen mit der Hand und sah zu Alexandra auf, die mit angezogenen Knien auf ihrem Handtuch saß. Ihr Gesicht konnte er gerade nicht sehen, da sie auf das Meer schaute. Aber die Sonne verwandelte ihr rotes Haar in lodernde Flammen. Sand klebte auf der honigfarbenen Haut oberhalb ihrer Bikinihose. Wie gern hätte er sie berührt und das eine oder andere Sandkorn fortgestreichelt!

»Alles klar, Alex?«, fragte er leise.

Es schien eine Weile zu dauern, bis sie in Gedanken bei ihm war. Doch dann wandte sie sich ihm zu und nickte.

»Ja. Es ist herrlich hier. Es war eine gute Idee, herzukommen.«

»Das freut mich.«

Sie sah wieder auf das Wasser hinaus.

»Ich glaube, ich habe schon lange nicht mehr einfach nur so am Strand gesessen. Ich könnte gar nicht sagen, wann zuletzt. Das muss ewig her sein.«

»Warum? Weil es keinen Strand gab oder das Wetter zu schlecht war?«

»Nein, weil ich mir keine Zeit dafür genommen habe. Urlaube sind eigentlich, solange ich denken kann, immer mit Aktivität gefüllt – Segeln, Tauchen, Museen, Ausstellungen, Sehenswürdigkeiten. Immer ist etwas. Früh aufstehen, weil man pünktlich zur Öffnungszeit bei der berühmten Burg sein will, damit man den ganzen Tag Zeit für die Besichtigung hat. Oder damit es nicht schon so voll ist in der Stadt, die man sich ansehen will.«

»Hey, das klingt aber verflixt anstrengend. Wozu fahre ich denn in den Urlaub, wenn ich mir so einen Stress mache?«

Sie warf ihm einen Blick zu. »Weißt du, dass ich dich in der Schule immer beneidet habe?«

Das überraschte Nick so, dass er sich aufsetzte. »Du? Mich beneidet?« Er lachte. »Und worum, wenn ich mal fragen darf? Ausgerechnet du, die wirklich alles hatte – super Noten, teure Klamotten, Urlaubsreisen um die ganze Welt, eine Vespa, von deren Wert ich mir zwei Maschinen hätte kaufen können, ein riesiges Haus mit Garten, eine gesicherte Zukunft.«

»Gesicherte Zukunft?« Ihr Lachen klang bitter. »Weißt du, wie es ist, wenn man aus der Schule mit zwölf Punkten in Mathe nach Hause kommt und die Mutter sagt, ›So wird es wohl nichts mit dem Medizinstudium‹? Du hast recht, ich habe mit meinen Eltern die halbe Welt gesehen, und mein Kleid für den Abi-Ball haben wir bei einem Schneider am Baumwall anfertigen lassen, aber dafür hatte ich ständig das Gefühl, in einem Käfig zu sitzen. Was nützt es, wenn die Gitterstäbe aus Gold sind? Gefangen bleibt gefangen. Du hingegen …« Sie seufzte. »Du warst immer so locker, so entspannt, einfach cool. Allein die Szene, wie du zur mündlichen Abi-Prüfung fast zu spät auf deinem Motorrad angebraust bist, dieses rostige Ding mit den blauen Rauchschwaden aus dem Auspuff. Du hast den Helm abgenommen, dir dein Haar zurechtgeschüttelt und bist in die Prüfung gegangen, als wäre es das Normalste der Welt, während wir alle vor Aufregung fast gestorben sind.« Sie lachte. »Oder weißt du eigentlich, wie sehr sich die anderen – ich eingeschlossen – ein Bein ausgerissen haben, damit du mal zu einer Party erscheinst?«

»Jetzt machst du aber Witze.«

»Nein, wirklich. Auch wenn ich es natürlich niemals zugegeben hätte. Aber es war so. Und insgeheim – ich glaube, das ging den meisten von uns so – wollten wir alle sein wie du.«

»Das sind ja mal ganz neue Erkenntnisse«, murmelte Nick. Sollte er ihr die Wahrheit erzählen, warum er fast zu spät zu seiner mündlichen Prüfung gekommen wäre und weshalb er bei den meisten der Partys nicht dabei war? Würde es ihr etwas nützen? Oder ihm selbst? Nein. Sie hat gerade genug mit sich zu tun. Vielleicht später mal. Jetzt war es okay.

»Und dann treffe ich dich ausgerechnet hier zu einer Zeit, wo es mir wirklich schlecht geht, wo alles um mich und in mir zusammenbricht. Und wieder beneide ich dich.«

»Tatsächlich?«

»Ja. Wie du mit deinen Kindern umgehst, das Leben genießt, wie es gerade kommt, dich nicht an irgendwelche Pläne und Protokolle klammerst. Das ist bewundernswert. Und ich frage mich: Was ist dein Rezept?«

Er schüttelte lächelnd den Kopf. Ich glaube, das willst du nicht wissen. »Geheimnis.«

Sie kniff die Augen zusammen, als versuchte sie, in seinem Gesicht zu lesen, dann drehte sie plötzlich den Kopf und sah zu der Stelle, wo sie den Wagen und die Harley geparkt hatten.

»Nick, würdest du noch einmal mit mir Motorrad fahren?«

»Klar, jederzeit. Aber was ist mit dir? Traust du es dir denn zu? Wird es dir nicht zu viel? Die Erinnerungen und all das, wovon du gestern gesprochen hast?«

Sie schüttelte den Kopf, dann sah sie wieder auf das Meer hinaus. »Ich glaube, gestern hat es mich überrascht. Die Erinnerungen kamen so plötzlich. Sie haben mich überfallen, und ich war ihnen hilflos ausgeliefert. Heute weiß ich, was mich erwartet. Oder erwarten könnte. Und außerdem …« Sie sah ihn an. »Ich möchte es gern wieder versuchen. Nur eine kleine Runde. Nachher, wenn wir wieder zu Hause sind. Ihr bleibt doch noch?«

»Wenn du das möchtest …«

»Ja. Es tut Jonas gut, wenn Sophie da ist. Das merkt man. Und Paula fühlt sich auch wohl in eurer Gesellschaft.«

Und was ist mit dir, mit mir? Tue ich dir auch gut? Beinahe war er enttäuscht. Aber er hatte schon als Kind gelernt, so wenig wie möglich zu erwarten und mit dem zufrieden zu sein, was er bekam.

»Okay, wenn du das möchtest, gerne.« Er ließ den warmen Sand durch seine Finger rieseln als Ersatz für ihr Haar. Wie sehnte er sich danach, dieses Haar zu fühlen oder ihr Gesicht zu berühren. »Also abgemacht. Die Burmeister-Crew bleibt noch. Und ich drehe mit dir nachher noch eine Runde auf dem Bike.«

»Wir brauchen ja auch noch Würstchen zum Grillen für heute Abend.« Dann fügte sie leise hinzu: »Danke.«

»Wofür? Dass ich mit dir zum Einkaufen fahre?«

»Dafür auch.« Das Lächeln verschwand von ihrem Gesicht, und sie wurde ernst. »Vor allem aber, dass du einfach da bist. Hier und gerade jetzt. Ich habe das Gefühl, du bringst mich wieder auf die Beine.«

»Hey, kein Problem.«

»Trotzdem danke.«

Sie legte ihre Hand auf seinen Arm. Die Berührung war nur kurz, hinterließ aber eine Wärme auf seiner Haut, die sich in seinem ganzen Körper ausbreitete.

Wenn man zufrieden war und nicht zu viel erwartete, gab es immer wieder Gelegenheiten, in denen man vom Leben überrascht wurde. So wie jetzt.

45

Es war nicht einmal sechs Uhr, als sie schon wieder zu Hause waren. Keine vier Stunden waren sie am Strand gewesen. Trotzdem hatte es sich lang und reich angefühlt. Jetzt freute Alexandra sich darauf, mit Nick nach Saint-Thibéry zum Einkaufen zu fahren.

Als er Gas gab, war es wieder da, dieses Gefühl, in die Vergangenheit katapultiert zu werden und hinter Arne zu sitzen. Die Gedanken an Sizilien, an Ischia, an die Toskana und andere Momente waren so lebendig, dass es ihr wie am Vortag den Atem nahm. Aber nur für kurze Zeit, denn dann begannen die tiefen Vibrationen der Harley ihre Wahrnehmung zu dominieren, Vibrationen, die mit denen auf einem Roller so gar nicht zu vergleichen waren. Und plötzlich war sie im Hier und Jetzt. Sie träumte nicht mehr von der Vergangenheit, sondern saß hinter Nick und fuhr die Landstraße Richtung Saint-Thibéry entlang. Der Fahrtwind kühlte ihr Gesicht, der Motor dröhnte in ihren Ohren, jeder Knochen in ihrem Körper schien zu beben. Und sie genoss es.

Ihre Gedanken flogen davon und kehrten fast auf der Stelle wieder zu ihr zurück. Sie dachte an nichts und an alles, war bei sich und doch da draußen – in dem Feld, das so wunderbar nach frischen Kräutern duftete, auf dem staubigen Feldweg, der zwischen Pinien verschwand, im Weinberg. Das war mal eine andere Form der Meditation, bewegt und grollend und dröhnend. Vor sich spürte sie Nick. Seine Muskeln bewegten sich, wenn er Gas gab oder kuppelte oder sich in die Kurve lehnte. Sie bereute fast, dass die Strecke nach Saint-Thibéry so kurz war – etwas mehr als zehn Minuten. Aber es würde ja auch noch eine Rückfahrt geben.

Auf dem Parkplatz vor dem Supermarkt stellte Nick seine Harley ab. Alexandra registrierte die bewundernden, respektvollen, aber auch neidischen Blicke, mit denen die anderen Supermarktkunden das Bike, Nick und sie selbst begutachteten. Und sie fühlte sich richtig wohl dabei.

Nachdem sie zwei Packungen Grillwürste und Senf gekauft hatten, ging es wieder zurück. Diesmal hatte Alexandra keinen Flashback. Sobald Nick den Motor anließ, war sie bei ihm auf der Harley. Und sie genoss jede einzelne Sekunde in vollen Zügen.

Viel zu schnell rollten sie wieder auf den Hof vor dem kleinen Landhaus. Nick drosselte den Motor und ließ sie absteigen.

»Und wie war es heute?«

»Zu kurz.« Alexandra nahm den Helm ab und schüttelte ihr Haar auseinander, das durch die Wärme unter dem Carbon an ihrem Kopf klebte. »Viel, viel, viel zu kurz.«

Nick schmunzelte und holte die Grillwürste aus der Satteltasche. »Und? Wiederholungsbedürftig?«

»Ja.« Alexandra atmete tief ein. Es war ein Gefühl, als ob sich ihre Lungen nach langer Zeit zum ersten Mal wieder vollständig entfalteten, sodass auch die letzten Bronchiolen belüftet wurden. »Unbedingt wiederholungsbedürftig.«

Nick sagte nichts, aber er lächelte, ergriff ihre Hand und hielt sie fest. Möglicherweise ein klein bisschen länger als unbedingt nötig.

46

Nick schüttete Kohle in einen Grill, der aussah, als hätte Alexandra ihn sich aus der Kochshow eines Sternekochs geliehen. Nach dem herrlichen Tag am Strand und der kleinen Runde waren gegrillte Würstchen und Baguette genau das Richtige, fand er. Und wenn man dann noch an einem Profi-Grill hantieren durfte, machte es gleich doppelt so viel Spaß.

Er zündete die Kohle mit einem Grillanzünder an und wartete ab. Wie teuer so ein Grill wohl sein mochte? Ob er sich so ein Modell leisten konnte? Für das ShovelHead, seine Kneipe, wäre das Teil wirklich ideal. Im Sommer boten er und Larry regelmäßig besondere Aktionen an – ein Biker-Barbecue zu Pfingsten, eine Midsommer-Grillparty, Saison-Erwachen, wenn es mit der Bundesliga wieder losging. Oft hatten sie damit zu kämpfen, die Menge der anrückenden Leute schnell genug satt zu bekommen. Ihr Grill war alt, schon etwas rostig und für ihre Ansprüche im Grunde viel zu klein. Dieser hier dagegen …

»Kann ich die Würstchen schon rausbringen?« Alexandra kam mit einem Stapel Teller im Arm auf die Terrasse und deckte den Tisch.

Sie sah fantastisch aus in ihrer gut sitzenden Jeans und dem schlichten T-Shirt. Viel besser als bei ihrer ersten Begegnung, als sie dieses Kleid getragen hatte.

»Einen Augenblick noch. Ich sag Bescheid, wenn die Kohle heiß genug ist.«

»In Ordnung. Soll ich Kräuterbutter zum Baguette machen?«

»Die machst du selber?«

»Wenn ich Zeit und Lust dazu habe. Heute habe ich beides.« Sie lächelte ihn an, ein vertrauliches, verschmitztes Lächeln ohne jede Traurigkeit dahinter.

»Ich stehe absolut auf Kräuterbutter!«

»Dann mache ich welche.« In der Ferne grollte es, und sie sah skeptisch zum blauen Himmel hinauf. »Ein Gewitter? Hoffentlich nicht. Wäre blöd, wenn unser Grillen ins Wasser fällt.«

Nick lachte. »Das ist kein Gewitter, das sind Motorräder. Harleys, wenn mich meine Ohren nicht täuschen.« Dann runzelte er die Stirn. »Und wie es sich anhört, kommen sie näher. Warte mal. Ich ahne etwas …« Er ging ums Haus herum auf den Hof, und Alexandra folgte ihm.

Keine drei Minuten später rollten vier Bikes auf den Hof. Auf den ersten beiden Maschinen saßen Henri und Julie, auf den anderen Steve und Duke mit ihren Freundinnen. Sie stellten ihre Maschinen ab und Nick begrüßte sie.

»Hi! Was treibt euch denn hierher?«

»Nur mal nachsehen, ob es dir auch gut geht.« Henri schlug ihm mit seiner Pranke auf die Schulter, sodass Nick husten musste. Dann beugte er sich zu Nicks Ohr vor und flüsterte: »Julie macht sich Sorgen. Um dich, die Kinder und um den Hund. Vor allem aber um sie.« Er deutete vorsichtig mit dem Kinn zu Alexandra. »Deshalb wollten wir mal nach dem Rechten sehen.«

»Bonjour, Nick!« Julie küsste ihn auf beide Wangen. »Hör

nicht auf ihn, Henri erzählt Unsinn. Alles ist gut. Alex!« Sie ließ Nick los und umarmte Alexandra. »Ich hoffe, ihr seid nicht böse, dass wir euch so überfallen. Das war nicht meine Idee. Aber ich konnte wenigstens dafür sorgen, dass wir zu essen und zu trinken eingepackt haben. Die Satteltaschen sind voll mit Fleisch und Gemüse und Bier und Wein.« Sie lächelte breit. »Alles, was ihr zur Verfügung stellen müsst, ist ein Grill.«

Nick warf Alexandra einen fragenden Blick zu und zuckte mit den Schultern. Er konnte nichts dafür, er hatte Henri und die beiden Wizards nicht eingeladen. Aber ihr Erscheinen machte ihm auch nichts aus. Er war solche spontanen Besuche gewöhnt. Doch was sagte Alexandra dazu?

Sie schaute zuerst etwas irritiert, aber als Julie ihr dann von dem mitgebrachten Essen erzählte, wirkte sie erleichtert. Sie nickte ihm zu und lächelte.

»Okay, dann schleppt mal alles auf die Terrasse. Der Grill glüht schon.«

»Ach nee, ihr wolltet ohne uns anfangen?«

Nick stieß Henri grinsend den Ellbogen in die Seite. »Sei froh, dass du eine so kluge, umsichtige Frau hast, sonst hättest du dir mit Duke und Steve ein Würstchen teilen müssen.«

Als Nick später am Abend schmutziges Geschirr in die Küche brachte, nahm Julie einen Stapel Teller und kam mit.

»Das ist ein tolles Haus«, sagte sie auf dem Weg in die Küche. »Gehört es Alex?«

»Nein, Freunde ihrer Eltern leben hier. Aber die sind zur Zeit verreist. Deshalb darf sie in den Ferien hier wohnen.«

Julie hob die Augenbrauen. »Solche Freunde hätte ich auch gern.«

»Ja, da bist du wohl nicht allein.«

»Was ich dir aber eigentlich sagen wollte, Nick«, Julie wischte mit einem Stück Küchenkrepp Essensreste von den Tellern, »Alex wirkt stark und selbstbewusst und selbstständig, aber sie ist eine sehr zerbrechliche Frau. Ihr Herz«, sie legte beide Hände auf ihre linke Brust, »trägt eine tiefe Wunde. Sie muss einen Verlust verkraften. Doch du tust ihr gut. Du bist die Medizin, die sie gerade braucht.«

Nick wusste einen Moment nicht, was er sagen sollte.

»Aber sei vorsichtig, Nick. Und versprich nichts, was du nicht halten kannst oder wozu du selbst nicht bereit bist.«

»He, das würde ich nie …«

»Doch, Nick, du würdest. Für ein Lächeln und einen Moment ohne Tränen würdest du alles versprechen. Das ist deine große Schwäche. Dein Herz ist groß und weit, aber es regiert deinen Verstand. Für den Moment mag das helfen und Schmerzen lindern, aber auf lange Sicht kann es zu Problemen führen. Dann nämlich, wenn du beginnst, dir selbst wehzutun. Dann ziehst du dich zurück. Natürlich ist es auch dein gutes Recht, auf dich zu achten. Du trägst selbst genug mit dir herum. Aber …«

»Was meinst du damit? Woher weißt du …«

Sie legte ihre Handfläche auf seine Brust. »Ich weiß nichts. Ich sage dir nur, was ich sehe – in deinen Augen, in deinem Herzen.« Sie zog ihre Hand zurück. »Also sei vorsichtig mit deinen Versprechen dir, vor allem aber Alex gegenüber. Denn mit Menschen ist es noch heikler als mit Hunden.« Sie wandte sich ab und öffnete den Kühlschrank. »Ah, sehr gut! Alex hat den Nachtisch kühl gestellt. Bringst du noch Schalen und Löffel mit?«

»Ja, mach ich.«

Julie winkte ihm mit einer Hand zu und ging mit lässigem Hüftschwung auf die Terrasse zurück.

Nick sah ihr nach und wusste bereits jetzt, dass er in der Nacht viel zum Nachdenken haben würde.

47

Es war ein toller Abend und schon weit nach Mitternacht, als Henri, Julie und die anderen aufbrachen, wieder mit donnernden Motoren und unter Winken. Jonas und Sophie lagen längst in ihren Betten, und auch Paula und Tim waren auf dem Weg dahin, hatten allerdings vorher noch beim Abräumen geholfen. Alexandra lächelte beim Gedanken daran. Paula entwickelte sich gerade erfreulich gut.

Jetzt war es dunkel und still auf der Terrasse, und sie war mit Nick allein. Gemeinsam stellten sie die überzähligen Stühle zusammen. Doch er war ungewöhnlich schweigsam und nachdenklich dabei.

»Ist alles in Ordnung mit dir?«

Nick seufzte, runzelte die Stirn und nickte dann. »Ja, im Großen und Ganzen schon. Es ist nur … Julie hat vorhin in der Küche ein paar Dinge gesagt, über die ich nachdenken muss.«

»Sie ist eine erstaunliche Frau.«

»Das kannst du wohl laut sagen.« Er lehnte die aufgestapelten Terrassenstühle gegen die Hauswand, setzte sich auf einen der verbliebenen und tastete seine Taschen nach den Zigaretten ab. »Hast du ihr eigentlich von deinem Mann erzählt?«

Alexandra ließ sich auch auf einem Stuhl sinken und dachte kurz nach. »Nein. Wir waren ja nur kurz bei ihnen in der

Küche allein, bei diesem Grillabend. Und so mitten zwischen den anderen ist das kein Thema, finde ich. Und sie hat nicht nachgefragt. Also warum sollte ich?«

»Trotzdem weiß sie es.« Nick schüttelte den Kopf und zündete sich eine Zigarette an. »Woher auch immer. Das ist fast beängstigend.«

»Vielleicht ist sie nur eine gute Beobachterin?« Alexandra lächelte. »Ich habe in diesen Ferien schon eine ganze Reihe erstaunlicher Menschen getroffen – Cécile, Patrice, Julie … Vielleicht liegt es an diesem Landstrich.«

Nick lachte. »Das wird es wohl sein. Ein seltenes Mineral, das sich im Wasser und in den Pflanzen anreichert, sodass die Leute hier alle Hellseher und Weise sind.«

»Ja, genau.«

Alexandra schaute ihn an, wie er auf dem Stuhl saß, die Beine lang ausgestreckt und übereinandergeschlagen. Die Poolbeleuchtung ließ die Tätowierungen auf seinen Armen schwarz-weiß erscheinen, aber sie wusste, dass sie dezent farbig unterlegt waren. Das Auge des Drachen auf seinem linken Oberarm war rot, die Schuppen grün schattiert.

Er lehnte den Kopf zurück und sah den Rauchwolken hinterher, die er in den Sternenhimmel blies. Etwas schien ihn so sehr zu beschäftigen, dass er nicht auf sie achtete und sie ihn ohne Scham begutachten konnte.

Sein blonder Schopf war immer noch so widerspenstig wie damals in der Schule. Immer wieder fuhr er mit einer oder beiden Händen durch das Haar, um die Strähnen aus den Augen zu streichen. Ein Kurzhaarschnitt hätte bestimmt Abhilfe schaffen können. Aber sie konnte sich ihn beim besten Willen nicht mit kurzen Haaren vorstellen. Damals schon nicht, und zwanzig Jahre später hatte sich daran auch nichts geändert.

Plötzlich fragte sie sich, wie sich sein Haar wohl anfühlen mochte. Oder seine Haut. Die Stelle mit dem Drachenkopf, zum Beispiel. Der Wunsch, ihn zu berühren, überraschte und erschreckte sie. Nein, das geht nicht. Schon gar nicht jetzt! Abrupt stand sie auf.

»Ich bin müde.« Sie merkte selbst, wie heiser und fremd ihre Stimme plötzlich klang. »Ich gehe schlafen.«

»Gute Nacht«, sagte er und schnippte die Asche in den Aschenbecher auf dem Tisch. »Wenn es dir nichts ausmacht, bleibe ich hier noch ein bisschen sitzen.«

»Nein, warum sollte es? Kannst du die Poolbeleuchtung dann ausschalten, oder soll ich es jetzt tun?«

»Mach du mal. Zum Nachdenken und Rauchen brauche ich kein Licht.«

»Okay.« Sie schaltete die Lampen aus. Augenblicklich war es dunkel auf der Terrasse. Nur durch die Fenster schimmerte noch Licht, und die Zigarette glühte rot zwischen seinen Fingern. Und dann waren da natürlich die Sterne über ihnen. Tausende, Millionen von Sternen. »Gute Nacht, Nick.«

»Gute Nacht, Alex. Schlaf gut.«

Sein Lächeln wirkte traurig. Das war ein ungewohnter Anblick.

Nachdenklich ging sie nach oben in ihr Schlafzimmer. Und als sie auf ihrem Bett lag und an die Decke sah, die dunklen Balken über ihr, fragte sie sich, was Julie ihm wohl gesagt hatte.

48

Guten Morgen!« Alexandra klang überrascht, als sie die Treppe hinunterkam. »Was machst du denn schon hier unten?«

»Frühstück.« Nick lachte, obwohl ihm eigentlich gar nicht danach war. Er hatte hundsmiserabel geschlafen. Julies Worte hatten die ganze Nacht in seinem Hirn rumort. Und sie rotierten immer noch laut und unangenehm wie ein Hornissenschwarm. Also hatte er sich entschlossen, nicht länger liegen zu bleiben, um sich doch nur von einer Seite zur anderen zu wälzen. So hatte das Ganze wenigstens noch einen Sinn. Puce war mit ihm aufgestanden, lag jetzt neben ihm auf den Fliesen und leistete ihm auf seine stille Art Gesellschaft. »Wie hast du geschlafen?«

»Wie ein Stein.« Sie kam in die Küche, und einen Augenblick hatte er den Eindruck, sie wollte ihm ihre Hand um die Taille legen und ihm einen Kuss geben, einen Guten-Morgen-Kuss, wie unter Paaren üblich. Oder war es nur das, was er sich selbst wünschte? Julies Worte fielen ihm wieder ein, und rasch wandte er sich ab.

»Ich habe Rührei gemacht.« Er stocherte in der Pfanne herum. »Ich bin zwar kein großartiger Koch, aber das kann ich.«

»Ja toll! Ich liebe Rührei. Außerdem habe ich einen Riesenhunger und bin für alles Essbare dankbar. Soll ich den Tisch decken?«

»Schon geschehen.«

»Wow! Dann …«

»Kannst du dich heute einfach mal setzen, zurücklehnen und bedienen lassen.« Er lächelte. »Aber vorher weck bitte noch die Kinder.«

»Mach ich.« Sie ging ein paar Schritte in Richtung Treppe, dann drehte sie sich um und sah ihn aufmerksam an. »Ist alles in Ordnung, Nick?«

»Ich …«

»Nein, warte, du musst mir nichts erzählen. Ich möchte nur wissen, ob ich etwas falsch gemacht habe. Das ist alles.«

»Du?« Er lachte auf und schüttelte den Kopf. »Du hast nichts falsch gemacht, Alex, gar nichts. Ich brauche nur …« Er kratzte sich am Kopf, rieb sich die Augenbraue, die begonnen hatte zu jucken, und fuhr sich durchs Haar. »Ich glaube, ich muss eine größere Runde auf dem Bike drehen. Den Kopf frei kriegen. Am besten gleich nach dem Frühstück. Kann ich die Bande für ein paar Stunden bei dir lassen?«

Sie zögerte einen Augenblick. »Natürlich. Überhaupt kein Problem! Es tut mir leid. Ich vergesse gelegentlich, dass du hier nicht nur Ferien machst, sondern arbeiten musst, deine Artikel schreiben.«

Sie lächelte, aber es wirkte unsicher. Und war das etwa Enttäuschung auf ihrem Gesicht? Hatte sie gehofft, dass er sie fragen würde, ob sie wieder mit ihm fahren würde? Na toll, das hast du ja prima hinbekommen. Glückwunsch, Nick. Heute Morgen war sie fröhlich, und dann kamst du. Wie sollte er das jetzt wieder zurechtbiegen? Er hätte sich ohrfeigen können.

»Bitte, Alex, mach dir keine Sorgen.« Er holte tief Luft und unterdrückte den Wunsch, einfach zu ihr zu gehen und sie in die Arme zu nehmen, sie zu halten, zu beschützen, zu trösten, zu … Er rieb sich das Gesicht mit beiden Händen, als könnte er damit die Gedanken wegwischen, alle. Die Wünsche, die Schuldgefühle, die Unsicherheit. »Ich … ich bin gerade etwas durcheinander. Aber das liegt nicht an dir, wirklich.«

»Sicher?«

»Ja.«

»Na gut.« Sie lächelte zaghaft. »Ich glaube dir.«

»Das kannst du auch.«

Er sah ihr nach, wie sie die Treppe hochlief. Idiot. Wenn du so weitermachst, brichst du ihr das Herz.

Puce war aufgestanden. Jetzt winselte er und schmiegte seinen Kopf an Nicks Knie.

»Und was mache ich mit dir?« Er streichelte seinen Kopf und sah in braune Hundeaugen, die voller Vertrauen auf ihn gerichtet waren. »Noch jemand, der … Verdammt!« Er konnte sich gerade noch bremsen, den Pfannenwender durch die Küche zu schleudern. Stattdessen warf er ihn ins Spülbecken. Dann stützte er sich an der Spüle ab. »Verdammt, verdammt, verdammt! Aber hey, ich werde eine Lösung finden. Irgendwie werde ich eine Lösung finden.«

49

Nachdem Nick weggefahren war, räumte Alexandra die Spülmaschine aus. Was sollte sie mit diesem Tag anfangen?

Draußen tobten die Kinder im Pool. Gelegentlich spritzten die Wassertropfen bis zu den Terrassenfenstern. Und Puce sprang bellend um das Schwimmbecken herum. Trotzdem war es still im Haus. Etwas fehlte. Oder jemand.

Was war mit Nick los? Hatte sie sich falsch verhalten? Hatte sie ihn enttäuscht? Heute früh in der Küche hätte sie ihm beinahe einen Kuss gegeben, gedankenlos und aus Gewohnheit, weil … Wirklich nur aus Gewohnheit? Weil man einen Mann eben küsst, der morgens in der Küche steht und Rühreier macht? Das glaubst du doch wohl selbst nicht!

Sie nahm den Wischmopp und begann den Boden zu wischen. Aber die Gedanken ließen sich nicht vertreiben. Sie kreisten um Nick und um sie. Um Gefühle, die nicht sein durften. Nicht jetzt schon, nach nur einem Jahr. Das wäre gleichbedeutend mit Verrat.

Wütend stellte sie den Mopp zurück, wusch sich die Hände und wanderte ziellos durchs Haus. Sie setzte sich auf das Sofa, nahm ihren E-Book-Reader, las zwei Seiten, legte ihn wieder weg, trat zum Flügel, spielte ein paar Takte und klappte ihn wieder zu. Schließlich ging sie auf die Terrasse hinaus.

»Hört mal! Hey!« Sie hob ihre Stimme. Die Kinder hörten auf zu planschen und zu kreischen und sahen sie an. »Macht es euch etwas aus, wenn ich ein bisschen spazieren gehe?«

»Nö, wieso?« Paula sah sie spöttisch an. »Glaubst du, wir fackeln das Haus ab?«

»Nein, aber …«

»Klar, geh ruhig. Wir passen auf die Kleinen auf.«

Die beiden »Kleinen« protestierten augenblicklich lautstark und warfen sich auf Paula, sodass diese im Wasser versank. Mit einem Schrei kam Tim ihr zu Hilfe, und Paula tauchte prustend und grinsend wieder auf.

»Ich bin auch nicht lange weg. Eine Stunde oder so, okay?«

»In Ordnung.«

Alexandra zog sich ihre Sneakers an und machte sich auf den Weg. Wohin? Es gab nur einen Ort hier in der Nähe, zu dem es sie in diesem Moment mit all den ungeklärten Fragen und seltsamen Gedanken im Kopf hinzog – das Pförtnerhaus.

Cécile hatte sie schon von Weitem gesehen und winkte ihr über die blühenden Stauden hinweg zu.

»Bonjour, Alexandra!«, rief sie. »Das ist aber eine schöne Überraschung. Möchtest du uns besuchen?«

»Das war der Plan«, erklärte sie und musste lachen. »Vorausgesetzt, ich störe euch nicht.«

»Nein, gar nicht. Eher im Gegenteil.«

Cécile drückte ihre Hände und gab ihr einen Kuss rechts und links auf die Wange, als wären sie schon seit Jahren befreundet. Normalerweise störte Alexandra sich an solchen Gesten. Es gab nur wenige Menschen, die ihr so vertraut waren, dass sie diese Form der Herzlichkeit zulässig fand. Alles andere fühlte sich für sie falsch, verlogen und oberflächlich an. Aber bei Cécile war das anders. Da war eine tiefe Vertrautheit zwischen ihnen, obwohl sie sich doch erst seit wenigen Tagen kannten. Bei Julie war es ähnlich.

»Möchtest du etwas trinken?«

Auf dem Terrassentisch standen wie üblich die Karaffe mit Wasser, in dem Zitronenscheiben schwammen, und mehrere Gläser. Patrice ging mit einer großen dunkelgrünen Gießkanne auf der Terrasse herum und goss die Kübelpflanzen – Lorbeer und Duftpelargonien mit wunderschön panaschierten Blättern.

»Gern.«

»Dich schickt der Himmel. Dein Besuch macht diesen Tag gleich heller.« Cécile ließ sich mit einem Seufzen auf ihren Korbstuhl fallen.

Alexandra betrachtete sie aufmerksam. Da waren Schatten unter ihren Augen, sie wirkte müde, erschöpft, traurig. Heute konnte sie erahnen, dass das Leben mit Patrice und der Demenz seinen Tribut auch von Cécile forderte.

»Ist etwas vorgefallen?«, erkundigte sie sich vorsichtig. »Geht es Patrice nicht gut?«

Cécile seufzte. »Er gießt die Blumen jetzt schon zum dritten Mal. Das passiert sonst nie. Wenn er auch alles vergisst, aber mit den Pflanzen ist er heikel und genau wie eh und je. Und vorhin konnte er für einen Moment nicht gerade stehen. Ich musste ihn stützen, sonst wäre er in die Tomaten gestürzt. Aber …« Sie lächelte traurig. »Ich bin mir bewusst, dass es jeden Moment so weit sein kann. Vielleicht passiert es heute.«

»Trotzdem hofft man jeden Tag, dass es bis dahin noch lange dauert.«

»Ja, so ist es.« Cécile trank einen Schluck Wasser. »Wie geht es dir?«

»Gut, und das meine ich wirklich. Ich bin …« Alexandra dachte nach, um das richtige Wort zu finden. »Es fühlt sich leichter an, alles, das Aufstehen, das Schlafengehen, mit den Kindern zu essen oder etwas zu unternehmen. Es ist heller um mich herum.«

Cécile nickte. »Ich sehe es dir an. Du siehst erholt aus, entspannt. Hat es mit Nick zu tun?«

»Vielleicht.« Alexandra ließ ihren Blick durch den Garten schweifen, doch sie spürte, dass ihre Wangen brannten. War sie so leicht durchschaubar?

»Du brauchst kein schlechtes Gewissen zu haben. Ich kenne deinen Mann natürlich nur aus deinen Erzählungen, aber glaubst du wirklich, er hätte gewollt, dass du dich hinter dicken Mauern versteckst?« Sie blickte zu Patrice, der erneut die Duftpelargonien goss, obwohl sich bereits eine Pfütze unter den Töpfen bildete. »Ich kann mich noch genau an den Tag erinnern, als der Arzt uns die Diagnose eröffnet hat. Wir waren beide wie vor den Kopf geschlagen, obwohl wir es schon vorher geahnt hatten. Wir hatten uns ja im Internet schlaugemacht, und die Berichte von Betroffenen und Angehörigen hatten uns nicht gerade optimistisch gestimmt. Aber als wir es dann letztlich hörten, die Ergebnisse der Tests schwarz auf weiß vor uns sahen, war es doch etwas anderes. Zuerst saßen wir eine geschlagene Stunde auf einer Bank in dem kleinen Park vor der Praxis des Neurologen und sagten gar nichts, kein Wort. Dann fuhren wir den Weg von Paris hierher mit dem Wagen zurück. Wir wechselten uns mit dem Fahren ab. Ich fuhr länger als Patrice und versuchte, ihn das nicht merken zu lassen. Als wir hier ankamen und das Auto geparkt hatten, schloss er es ab, lehnte sich dagegen und sah mich an. ›Cécile‹, sagte er, ›ich weiß nicht, wie lange es dauern wird, aber die Wahrscheinlichkeit ist groß, dass ich vor dir gehe. Wenn es so ist, bleib bitte nicht allein. Du bist eine wunderbare Frau, und du sollst dein Leben leben und genießen und es feiern. Lass dich nicht von einem schlechten Gewissen an mich binden. Versprichst du mir das?‹ Ich war schockiert, entsetzt. Wie konnte er jetzt, wo noch alles weitgehend normal war, wo all das Schreckliche noch in unendlich weiter Ferne war, so etwas sagen? Weißt du, was er geantwortet hat?« Alexandra schüttelte den Kopf, und Cécile fuhr fort: »Er sagte: ›Weil ich nicht weiß, wie lange mein Verstand noch klar genug ist, um dir das zu sagen. Deshalb bitte ich dich, versprich es mir. Jetzt. Ich weiß nicht, was auf mich, auf dich, auf uns beide zukommt. Aber ich weiß, dass ich keine Sekunde den Gedanken ertragen könnte, dich leiden und trauern und unglücklich zu wissen.‹ Also versprach ich es ihm. Ich versprach ihm, mein Leben zu leben. Aber ich sagte ihm auch, dass mich kein Versprechen der Welt daran hindern könnte, ihn bis zum Ende meiner Tage zu lieben und mich auf unser Wiedersehen zu freuen. ›Das hoffe ich doch‹, entgegnete er. Dabei lächelte er, und gleichzeitig schimmerte eine Träne auf seiner Wange. An dieses Gespräch muss ich immer wieder denken. Und ich glaube, dein Mann hätte es ähnlich gesehen.«

Alexandra schluckte. »Aber es ist doch erst ein Jahr her.«

»Trauer lässt sich doch nicht in Jahren abmessen.« Cécile lächelte. »Es gibt eine Stelle in der Bibel im Buch Kohelet – die genaue Stelle kann ich dir nicht nennen, dafür kann ich aber die Verse auswendig: ›Alles hat seine Stunde. Für jedes Geschehen unter dem Himmel gibt es eine bestimmte Zeit:

eine Zeit zum Gebären und eine Zeit zum Sterben …‹ Und etwas später heißt es ›… eine Zeit zum Weinen, eine Zeit für die Klage und eine Zeit für den Tanz …‹ Da steht nichts von irgendwelchen festgelegten Zeiträumen, kein: Vier Wochen lang sollst du pflanzen, drei Tage lang ernten. Alles hat seine Zeit. Und für jeden ist sie anders. Ob es ein Jahr der Trauer ist oder zwei Jahre oder noch mehr oder auch weniger. Irgendwann kommt diese Zeit, auch für dich, die Zeit, wieder zum Tanzen zu gehen. Ob sie jetzt da ist oder noch nicht – du wirst es am besten wissen. Und ob es Nick sein wird, mit dem du zum Tanzen gehst, auch.«

Alexandra ließ ihren Blick erneut über den Garten schweifen mit seinen üppigen Rosen und den Tomatenstauden, an denen die Früchte dunkelrot leuchteten. War die Zeit schon gekommen? Für Nick?

»Danke, Cécile. Ich werde darüber nachdenken.«

»Du wirst deinen Weg finden, Alexandra.« Cécile reichte ihr über den Tisch hinweg die Hand und drückte sie. Dann stand sie abrupt auf. »Und jetzt, finde ich, ist es Zeit für eine Schale selbst gemachtes Zitronensorbet. Meinst du nicht auch?«

Alexandra wollte gerade antworten, doch Patrice stand so plötzlich neben ihr, dass sie erschrak.

»In der Bibel finden sich wohl kaum Verse über Zitronensorbet.« Er setzte sich auf einen der freien Korbstühle, ein feines Lächeln auf seinem Gesicht. »Aber da es zweifellos zu den kulinarischen Hochgenüssen zählt und somit ein Geschenk des Himmels ist, denke ich, der Autor hätte es erwähnt, sofern er es zu Zeiten des Alten Testaments schon gekannt hätte. Natürlich hast du recht, Cécile, es ist gerade eine wunderbare Zeit für eine Kugel deines köstlichen Zitronensorbets. Und bitte sei doch so freundlich und bringe unserem Gast eine Portion mit.«

Cécile warf Alexandra einen Blick zu und lächelte, traurig, aber auch glücklich und dankbar für diesen kurzen Augenblick der Klarheit.

50

Die richtige Strecke für meine Stimmung, dachte Nick. Gerade Streckenabschnitte, ideal zum Gasgeben, wechselten sich mit Kurven ab. Er musste dann Gas wegnehmen und einen Gang runterschalten. Der Motor brüllte auf, wenn er kuppelte, und mehr als einmal hörte er die hinteren Fußrasten auf dem Asphalt schleifen, weil er sich so tief in die Kurve neigte.

Aber je weiter er fuhr, je mehr Kurven er hinter sich ließ, umso mehr legten sich Unruhe und Wut. Seine Gedanken hörten auf zu kreisen, bis er an nichts mehr dachte. Stattdessen lenkte er die Maschine die Küstenstraße entlang; spürte die Wärme der Sonne, den kühlenden Fahrtwind, die Vibrationen des Motors und roch das Meer. Und dann war die Lösung da. Ganz plötzlich war sie in seinem Kopf, wie ein Gegenstand, der bisher unauffindbar geblieben war, weil man immer an den falschen Stellen gesucht hatte. Und die Lösung war denkbar einfach: Er würde Puce mit nach Hamburg nehmen. Er hatte genug Platz im Haus und einen Garten vor der Tür. Meist arbeitete er zu Hause oder in der Kneipe im selben Haus. Puce würde also nur selten allein bleiben müssen. Die Gäste würden auch nichts gegen einen Hund hinter der Theke einzuwenden haben, da war er sicher. Und Tim und Sophie würden sich freuen. Die beiden kamen mit Puce gut klar – Tim hatte einen Kumpel, mit dem er rausgehen konnte, und

Sophie hatte ein lebendes Kuscheltier, das sie betüddeln konnte. Der Hund selbst war nicht anspruchsvoll, kein verzogener, verhätschelter Rassehund mit zahlreichen Erbkrankheiten. Das Futter und die paar Besuche beim Tierarzt, die Puce im Lauf der Zeit brauchen würde, würden schon noch irgendwie ins Budget passen. Zur Not rauchte er eben etwas weniger.

Die Entscheidung freute ihn. Er hatte schon immer einen Hund haben wollen.

Doch was war mit Alexandra?

Nick fuhr weiter. Er wich gerade rechtzeitig einem knallroten Cabrio aus, dessen gelackter Fahrer offenbar keine Notwendigkeit sah, beim Einbiegen in die Straße auf Biker zu achten. Nick schwenkte kurz auf die Gegenfahrbahn, gab Gas und war schon weg, das Aftershave des Typen noch in der Nase.

Zu einer Beziehung gehören zwei Menschen, und beide tragen Verantwortung. Alexandra war eine erwachsene Frau. Sie konnte für sich selbst entscheiden, was sie wollte – eine lose Bekanntschaft, eine Freundschaft oder vielleicht mehr. Solange er sie nicht unter Druck setzte, war alles in Ordnung. Zumindest für sie. Aber was war mit ihm? Was wollte er?

Nick seufzte. Er wusste ja, wie er sich das Zusammensein mit Alexandra vorstellte. Sie war eine tolle Frau. Er bewunderte die Art, wie sie mit ihren Kindern umging, ihre Disziplin, ihr Selbstbewusstsein. Sie sah fantastisch aus, zierlich, schlank, eine Traumfigur mit Rundungen an den richtigen Stellen. Ihre roten Haare waren der Hammer. Und wenn sie lächelte, leuchteten ihre hellblauen Augen wie geschliffene Aquamarine im Sonnenlicht. Aber direkt und mitten ins Herz trafen ihn ihre Verletzlichkeit, ihre Unsicherheit, ihr

Leid. Dann wollte er sie am liebsten sofort in seine Arme nehmen und dafür sorgen, dass die Tränen verschwanden – für immer.

Ja, Julie hatte recht, das war etwas, womit er nur schwer umgehen konnte. Egal, ob Hund oder Mensch, wenn jemand traurig war, fühlte er sich verantwortlich. Dann musste er etwas tun, sofort, damit es demjenigen besser ging. Schon als kleiner Junge war er, wenn er in der Nacht aufgewacht war, weil seine Mutter wieder mal weinend auf dem Sofa saß, aufgestanden und zu ihr gegangen, hatte ihre Hand genommen oder ihr Haar gestreichelt. Oft hatte sie dann aufgehört zu weinen und ihn umarmt, ganz fest. Und manchmal waren dann die Weinflaschen sogar für ein paar Tage verschwunden. Er musste andere trösten, immer. Und er wusste immer noch nicht, auch mit fast vierzig, ob das nun gut oder schlecht war.

Was war denn jetzt mit Alexandra? Der Fahrtwind kühlte seine Wangen. Ein bisschen fühlte es sich an, als ob er ihn wie zum Trost streicheln würde. Sei einfach für sie da und erwarte nichts. Nimm, was du bekommst, sei zufrieden damit und mach das Beste draus. Also wie immer. Na gut, dann konnte auch am wenigsten schiefgehen, darin war er schließlich bestens geübt.

Er wendete und fuhr die Strecke wieder zurück. Immer mehr Biker schienen dieselbe Strecke zu fahren wie er. Und da fiel ihm ein, dass ja an diesem Tag in der Nähe von Montpellier das Magic Festival begann. Eigentlich hatte er vor, erst am Freitag oder Samstag zusammen mit Henri und Julie hinzufahren. Dass er einen Artikel über das größte von Wizards organisierte Festival Frankreichs schreiben würde, war selbstverständlich. Er wäre schön blöd, wenn er sich dieses Event entgehen lassen würde, wo er schon mal zum richtigen Zeitpunkt hier war. Ob er nicht doch schon heute hinfahren sollte? Nur zum Gucken …

Er bog zwischen den beiden von Ananas gekrönten Sandsteinsäulen in den kleinen Feldweg ein, fuhr die letzte Strecke in gemächlichem Tempo und ließ schließlich die Maschine auf dem Hof ausrollen.

Plötzlich hatte er große Lust, schon heute das Festival zu besuchen. Es würde sicherlich nicht so voll werden wie am Wochenende, dafür konnte man sich besser treiben lassen und die Custombikes ansehen, die am Sonntag prämiert werden sollten. Ob Alexandra wohl Lust hatte, mitzukommen? Wer nicht fragt … und so weiter.

Er stellte sein Bike auf dem Hof ab und hatte den Helm kaum abgenommen, als Puce bereits um die Ecke geschossen kam und ihn begrüßte, als wäre er drei Jahre verschollen gewesen. Der Hund konnte nicht schnell genug mit dem Schwanz wedeln und versuchte ihn abzuschlecken – die Hände, die Arme oder das Gesicht, egal, was. Nick fragte sich, ob Puce seine Entscheidung vielleicht ahnte und sich bereits dafür bedanken wollte.

Kurz darauf kam Alexandra aus dem Haus. Durch die geöffneten Türen hörte er Jonas und Sophie auf der Terrasse toben.

»Hallo, Nick!« Ihr Lächeln wirkte etwas unsicher, fragend. »Du kommst genau rechtzeitig, das Essen ist gleich fertig. Wie war die Fahrt?«

Fast wie ein altes Ehepaar, dachte er und vermutete, dass sie ihrem Mann diese Frage auch immer gestellt hatte.

»Klasse. Und genau das Richtige. Jetzt ist mein Kopf wieder frei. Und mir ist einiges klar geworden, was mich seit gestern beschäftigt hat.« Er tätschelte Puce den Kopf. »Unter anderem ist mir eingefallen, dass schon heute das Magic Festival bei Montpellier beginnt. Ich fahre nachher hin. Hast du Lust, mitzukommen?«

»Was ist denn dieses Magic Festival?«

»Ein internationales Biker-Event.« Dass die Wizards die Veranstalter waren, verschwieg er lieber. »Mit allem Drum und Dran. Es gibt natürlich eine riesige Bike-Show, verschiedene Wettbewerbe, viel zu futtern, Verkaufsstände und jede Menge Liveacts, also Bands, die auftreten. Das Ganze bringt sehr viel Spaß. Am Wochenende ist es da natürlich immer gerammelt voll. Biker aus ganz Frankreich und dem Ausland rollen an. Aber heute ist der Andrang vielleicht noch nicht so groß.«

»Klingt interessant.«

Begeistert schien sie zwar nicht, aber neugierig. Ein Anfang war gemacht.

»Klasse. Und jetzt habe ich einen Bärenhunger.«

»Dann komm.«

51

Alexandra war neugierig auf das Magic Festival. Sie gehörte zwar nicht zu den tätowierten, gepiercten und blondierten Damen mit überlangen Kunstnägeln, die sich sonst gehäuft im Umfeld von Bikern herumtrieben. Aber spätestens seit sie Christina kennengelernt hatte, war ihr klar, dass auch das ein Klischee war und nicht auf jeden zutraf. Das Motorradfahren mit Nick brachte jedenfalls sehr viel Spaß. Und wer weiß, vielleicht konnte sie sogar diesem Event etwas abgewinnen.

Sie musste dabei an die Harley Days in Hamburg denken, wenn ein ganzes Wochenende lang Tausende von Motorrädern durch die Stadt knatterten, an die Proteste von Anwohnern, die regelmäßige Diskussion in der Stadt, ob diese Veranstaltung nun sinnvoll war oder nicht. Ihr war es im Grunde egal, es war schließlich nur ein Wochenende. Wem es Spaß machte, der sollte sich doch dort austoben, solange er nicht andere Leute belästigte. Aber sie wäre nie auf die Idee gekommen, sich an den Straßenrand zu stellen und den Bikern bei der Parade zuzuwinken, geschweige denn die Harley Days selbst zu besuchen. Warum also das Magic Festival ausgerechnet in den Ferien? Lärm, Gestank und Alkohol, mehr erwartete sie eigentlich nicht. Immerhin, in jedem Fall würde es eine ganz neue Erfahrung sein. Und sie tat Nick auch mal einen Gefallen.

Das Festival fand außerhalb von Montpellier auf einem großen Parkplatz statt. Schon von Weitem war ein Dröhnen und Grollen zu hören. Es klang, als hätte sich eine Herde Dinosaurier versammelt. Immer mehr Motorräder kamen ihnen entgegen oder fuhren neben ihnen, schwere Maschinen, viele davon schwarz. Ihre Fahrer trugen schwarzes Leder mit Abzeichen auf dem Rücken. Nicht wenige von ihnen waren Wizards of Doom, wie Alexandra erkannte. Aber es gab auch andere Abzeichen mit Schlangen, Kreuzen, Fäusten, Skeletten oder Motorenteilen, manche bunt und fast schön, manche in Schwarz und Weiß und düster.

Nick stellte seine Harley in einer langen Reihe anderer Motorräder ab. Als sie vom Sozius stieg, fiel ihr zum ersten Mal auf, dass er keine Aufnäher auf seiner Lederjacke trug. Als sie ihn danach fragte, erklärte er es ihr. Da er zu keinem Motorradclub gehörte, sondern »Free-Biker« war, trug er auch keine Abzeichen.

»Und warum gehörst du zu keinem Club?«

Nick lachte. »Hey, ich fahre gern Motorrad, das stimmt, und ich fühle mich nur wirklich wohl auf zwei Rädern. Dafür lebe und arbeite ich. Aber die Jungs hier«, seine Hand beschrieb einen Bogen und schien alle zu meinen, die in der Nähe waren, »oder Duke und Steve, die gehen noch einen großen Schritt weiter. Die gehen dafür auch ins Gefängnis. Oder würden, wenn nötig, dafür sterben.« Er lachte wieder. »Ich bin mir nicht sicher, ob ich so weit gehen würde.«

Er führte sie über den Festplatz vorbei an Motorrädern, die wohl für eine Show bereitstanden und um die sich zahlreiche Leute geschart hatten, vorbei an Getränkeständen und Grillbuden. An anderen Ständen gab es T-Shirt oder Schmuck oder Motorradaccessoires zu kaufen. Sogar ein Tätowierer war da, und Alexandra staunte nicht schlecht, dass sich vor dessen riesigem amerikanischen Wohnmobil eine lange Schlange gebildet hatte.

»Blood and Pain ist der Tattoo-Laden von GeGe. Er ist ein Wizard aus Marseille und in der Tattoo-Szene über die Landesgrenzen hinaus eine Legende, ein echter Künstler.«

»Aha. Und das weißt du woher?«

»Ich schreibe schließlich für Biker-Zeitschriften, da muss ich mich in der Szene auch auskennen. Außerdem«, Nick deutete auf den Drachen auf seinem Oberarm, »ist das eine Arbeit von GeGe. Mein chinesisches Horoskop.«

»Das ist wirklich schön.« Das war es tatsächlich, dachte sie, die sonst nichts für Tätowierungen übrighatte. Sie unterdrückte den Wunsch, den Drachenkopf zu berühren, auch wenn sie zu gern gewusst hätte, wie sich Nicks Haut anfühlte.

»Ich sag's ja, er ist ein Künstler. Üblicherweise musst du Wochen auf einen Termin warten. Willst du auch?«

»Was, ich? Ein Tattoo? Niemals!«

Nick lachte. »War auch nur ein Scherz. Komm, lass uns zur Bühne gehen. Da werden gleich ein paar Customizer vorgestellt.«

»Ein paar was?«

»Leute, die Bikes umbauen. Auch das sind oft Künstler. Aber überzeuge dich selbst. Möchtest du etwas trinken? Bier? Wein? Wasser? Oder hast du Hunger?«

»Nein.« Sie schüttelte den Kopf. »Ich bin immer noch satt vom Mittagessen.«

»Das übrigens köstlich war. Ein Lob an die Köchin. Sagte ich das schon?« Er verbeugte sich scherzhaft vor ihr, und sie antwortete mit einem Knicks.

»Danke für die Blumen.« Sie lachte. »Aber was trinken, dazu sage ich nicht Nein. Was trinkt man denn hier so? Ein Bier?«

»Okay, ich besorge uns etwas.« Er verschwand, und Alexandra hatte einen Moment Gelegenheit, sich umzusehen und die Leute zu beobachten. Dann war Nick auch schon wieder zurück mit zwei Plastikbechern – Bier für sie, Cola für ihn selbst.

»Danke.«

»Was ist? Du siehst aus, als hättest du gerade eine Erkenntnis gehabt.«

»Das kommt sogar hin.« Sie runzelte nachdenklich die Stirn. »Weißt du, mir ist aufgefallen, dass ich, wenn ich das Wort Biker gehört habe, immer so einen fetten Kerl mit Bandana, langem Zopf und schmuddeliger Lederweste vor mir gesehen habe. Wenn ich mir die Leute hier aber angucke, dann finde ich alles Mögliche – dicke, dünne, große, kleine, mit langem, kurzem oder gar keinem Haar. Keiner ist wie der andere. Und das Klischee in meinem Kopf trifft vielleicht auf eine Handvoll Leute zu, höchstens.«

»Ah, du hast entdeckt, dass Biker vor allem eins sind: Menschen.« Er stieß den Boden seines Bechers gegen ihren. »Auf die Beseitigung von Klischees und Vorurteilen.«

»Ja. Und danke, dass du mich mitgenommen hast.«

»Gerne, sehr gerne.« Er lächelte und sah sie dabei so an, dass sie rasch den Blick abwenden musste, um nicht in seinen blauen Augen zu versinken.

52

Auf der Speicherkarte seiner Kamera war an diesem Abend nicht ein neues Foto dazugekommen. Stattdessen hatten sie ausgiebig die Custombikes und die Arbeit eines Sattlers bewundert, der nach Wunsch und den Vorstellungen der Kunden Leder punzierte. Etwas später waren sie tatsächlich noch Duke, Steve, Christina und Janine über den Weg gelaufen, und zu sechst hatten sie eine Menge Spaß gehabt. Sie hatten vor der Bühne getanzt, sich eine Schale gegrillte Rippchen und frittierte Kartoffelscheiben geteilt und viel gelacht. Nick hatte sich eine ganz andere Alexandra präsentiert, locker und fröhlich, unbeschwert.

Randvoll mit Eindrücken fuhren sie wieder nach Hause. Es war schon nach Mitternacht, das Haus lag dunkel vor ihnen. Nur die Außenbeleuchtung sprang an, als er das Bike auf dem Kies ausrollen ließ.

»Ich glaube, die Kinder schlafen schon.« Alexandra nahm den Helm ab und schüttelte ihre Haare aus. »Bist du schon müde?«

»Nicht wirklich. Und du?«

»Nein. Ich bin viel zu aufgekratzt, um schon ins Bett zu gehen. Was hältst du davon, wenn wir noch ein Glas Wein trinken? Außerdem ist mir nach einer Runde im Pool. Ich glaube, ich rieche aus jeder Pore nach Grillkohle, Motoröl und Nikotin.«

»Schwimmen unterm Sternenhimmel? Ich bin dabei!«

Puce kam ihnen entgegen, als sie die Tür aufschlossen. Mit verschlafenem Schwanzwedeln und einem leisen Winseln begrüßte er Nick und drückte ihm seine feuchte Schnauze in die hohle Hand.

Auf Zehenspitzen, um die Kinder nicht zu wecken, schlichen sie nach oben. Nick zog sich schnell um und stand kurz darauf in Badehose am Pool. Keine Erwartungen und alles nehmen, wie es kam, das hatte er sich fest vorgenommen. Deshalb machte er sich auch keine Gedanken darüber, wohin diese Nacht noch führen würde. Oder doch?

»Öffnest du bitte die Flasche?« Alexandra kam auf die Terrasse, reichte ihm eine Weinflasche und einen Korkenzieher und stellte zwei Gläser auf den Tisch.

Der türkisfarbene Bikini stand ihr hervorragend, er betonte ihre Figur. Und einen Moment lang bedauerte Nick, dass es zu dunkel war, um den Kontrast zu ihrer hellen Haut und den roten Haaren richtig genießen zu können. Andererseits wären dann bestimmt auch die Kids irgendwo in der Nähe. Natürlich liebte er seine Kinder, gar keine Frage, aber gelegentlich war er lieber ungestört.

Sie prosteten sich zu, tranken einen Schluck, gingen mit den Gläsern zum Pool und stiegen hinein. Puce legte sich auf die Sandsteinfliesen, den Kopf auf den Pfoten, und beobachtete sie mit verschlafenen Augen.

Die Nacht war herrlich mild, das Wasser immer noch warm von der Hitze des Tages. Sie schwammen ein paar Runden und tauchten durch das Becken, um die Gerüche auch aus den Haaren zu waschen. Dann ließen sie sich auf dem Rücken treiben – über ihnen ein schwarzer Himmel, übersät mit Sternen.

Eine Weile schwiegen sie, dann schwammen sie zum Beckenrand zurück und prosteten sich erneut zu.

»Ich glaube, das habe ich noch nie gemacht«, sagte Alexandra und schaute versonnen zu den Sternen hinauf.

»Was?«

»Ich habe noch nie nachts und unter freiem Himmel in einem Pool gebadet und dabei Rotwein getrunken.« Sie schüttelte den Kopf und lachte leise. »Da muss man erst fast vierzig werden, um zu merken, wie schön das ist.« Wenn die Gesellschaft stimmt …

Nick stellte sein Glas am Beckenrand ab. Alexandra wirkte gelöst und locker, entspannt. Und war da nicht so ein besonderes Lächeln in ihrem Gesicht, so ein Glanz in ihren Augen, wenn sie ihn ansah? Sollte er es wagen? Jetzt oder nie. Falls es ein Fehler war und sein Gefühl ihn täuschte, würde er es gleich wissen.

Ohne noch länger darüber nachzudenken, beugte er sich vor und küsste sie. Einen Augenblick sah sie ihn überrascht an. Dann schlang sie ihre Arme um seinen Hals, und ihre weichen Lippen trafen seinen Mund ganz von allein.

53

Alexandras Herz klopfte. Ihre Hände glitten wie selbstverständlich über Nicks Rippen, seinen festen, flachen Bauch. Die Wassertropfen perlten auf seiner warmen glatten Haut, und sie spürte die Bewegung seiner Muskeln darunter. Nichts an diesem Mann erinnerte ihre Hände an Arne. Und das war gut so. Arnes Körper war weich gewesen. Er hatte gern gegessen, getrunken, Sport war nicht sein Hobby gewesen. Sie hatte sein »Wohlstandsbäuchlein« geliebt. Der Krebs hatte davon nichts übrig gelassen. Nick hingegen …

Er nahm ihr Gesicht in seine Hände, seine Zunge spielte mit ihrer. Sie waren jetzt einander so nahe, dass sie seinen schnellen Herzschlag mit ihrem Brustkorb fühlen konnte.

»Nicht hier«, flüsterte sie ihm ins Ohr, als seine Lippen ihren Hals entlangtasteten. »Lass uns nach oben gehen, in mein Zimmer.«

»Okay.« Im Poollicht waren seine Augen dunkel wie Saphire. Er stieg aus dem Becken und half ihr heraus. Sie sammelten ihre Sachen ein, legten sich die Badetücher um die Schultern und gingen leise Hand in Hand die Treppe hoch.

In ihrem Zimmer schloss Alexandra sorgfältig die Tür hinter ihnen und drehte zweimal den Schlüssel um.

»Vorsichtshalber. Ich will keine Überraschung erleben«, erklärte sie Nick auf seinen fragenden Blick hin. Paula oder Jonas, die ins Zimmer platzten – das hätte sie nicht ertragen. Sie war sich selbst ja nicht einmal sicher, ob das hier wirklich gut und richtig war. Ihr Herz klopfte noch schneller. Was tat sie? Verriet sie Arne? Ihre Liebe zu ihm?

Nick trat zu ihr, legte seine Hände auf ihre Schultern und begann sie abzutrocknen – die Arme, das Gesicht, den Hals. Er öffnete ihr Bikinioberteil und ließ es zu Boden sinken. Dabei sprach er kein Wort, aber in seinen Augen konnte sie lesen: Du bist wunderschön.

Er beugte sich vor, hielt ihre Brust und küsste sie. Alexandra schloss die Augen. Da waren keine Stromstöße, die durch ihren Körper jagten, sondern Wärme, wohltuende, lebendige Wärme. Die Härchen an ihren Armen stellten sich auf, ihre Haut war empfindlich. Ihre Hände glitten an Nicks Taille entlang zu seinen Hüften, seinem festen Hintern.

»Komm!«, flüsterte sie, nahm seine Hand und zog ihn zu ihrem Bett.

Gemeinsam knieten sie auf der Matratze und entdeckten ihre Körper. Da war kein ungestillter Hunger, keine Gier. Sie ließen sich Zeit.

Und Alexandra genoss.

54

Am nächsten Morgen standen sie früh auf. Leise, um die Kinder nicht zu wecken, bereiteten sie das Frühstück vor. Alexandra wirkte nervös. Sie hatte sich entschieden, den Kindern heute Morgen von ihnen zu erzählen. Das war ganz in seinem Sinne. Er selbst versuchte, stets offen und ehrlich zu seinen Kindern zu sein. Und Heimlichtuerei wäre wohl sehr lächerlich. Sie waren schließlich beide keine fünfzehn mehr. Aber als er sah, wie sie am Herd stand und das Frühstücksbüfett für ein Fünfsternehotel vorbereitete, musste er doch lachen.

»Pfannkuchen zum Frühstück? Willst du die Kids etwa bestechen?«

Sie strich sich eine lockige rote Strähne aus dem Gesicht und lächelte, als hätte er sie ertappt.

»Na ja, ich dachte, das könnte vielleicht helfen, die Stimmung zu verbessern.«

Sie wendete den Pfannkuchen in der Pfanne. Augenblicklich duftete es nach heißen Kirschen.

Nick bekam Appetit, aber nicht allein auf Pfannkuchen. Er schlang seine Arme um sie und küsste ihren Nacken. Sie roch verführerisch, viel besser als die Pfannkuchen.

»Na, habt ihr es auch endlich begriffen?«

Paulas Stimme ließ sie beide erschrocken zusammenzucken wie zwei Schüler, die auf dem Klo beim Rauchen erwischt wurden. Das Mädchen gab Tim einen High-Five, und die beiden grinsten sich vielsagend an.

»Guten Morgen.« Alexandra stemmte die Hände in die Hüften. »Was …«

»Guten Morgen«, erwiderte Paula fröhlich und klaute sich eine Kirsche aus der Schüssel. »Das riecht total lecker, Mama. Kann ich noch helfen, oder kommt ihr allein zurecht?«

Nick biss sich auf die Lippe, um nicht laut zu lachen. Was verwirrte Alexandra jetzt wohl mehr, dass Paula offenbar schon längst wusste, was zwischen ihnen beiden lief, oder ihr freiwilliges Angebot, beim Frühstückmachen zu helfen? Es war wohl eine Mischung aus beidem.

»Hier.« Er drückte Paula die Butterdose in die Hand und Tim die Platte mit dem Käse. »Bringt das schon mal auf die Terrasse. Checkt, ob Geschirr und Besteck vollständig sind, und guckt, wo Sophie und Jonas bleiben.«

»Wird gemacht!« Die beiden stießen sich mit den Ellbogen an, lachten und gingen auf die Terrasse.

Alexandra stieß hörbar die Luft aus und legte einen fertigen Pfannkuchen auf den bereitstehenden Teller.

»Also, ich weiß gar nicht, was ich dazu sagen soll.« Sie schüttelte den Kopf und goss eine Kelle Teig in die Pfanne. Es begann zu zischen. »Was denken die sich bloß?«

»Die?« Nick lachte. »Die sind dreizehn, die denken gar nichts.«

Alexandra wendete den Pfannkuchen.

»Und ich habe gedacht, wir erzählen ihnen gleich etwas Neues.«

»Es ist schwer, vor Kindern etwas geheim zu halten. Die haben Antennen für so was.« Er nahm sie bei den Schultern und drehte sie zu sich um. »Aber wie du siehst, gibt es keinen

Grund, nervös zu sein. Paula und Tim wirkten doch durchaus entspannt und positiv.«

Sie atmete tief durch, dann nickte sie. »Ja, wahrscheinlich hast du recht.«

Mit Puce auf dem Beifahrersitz fuhr Nick nach dem Frühstück zu Henri und Julie, um ihre restlichen Sachen abzuholen. Nachdem alle Kinder offensichtlich keinerlei Einwände hatten, dass ihre Elternteile eine Beziehung miteinander begannen, war es klar, dass sie den Rest der Ferien im selben Haus verbringen würden. Für Jonas und Sophie war das wie ein Happy End aus einem Disney-Film, für Tim und Paula völlig logisch und konsequent. Und für Alexandra und ihn war es eine willkommene Probezeit.

Als er auf Henris Hof einbog, hängte Julie gerade Wäsche an die Leine. Die Hunde dösten in der Sonne und hoben nur träge die Köpfe, als er den Motor abstellte. Das Tor der Werkstatt stand weit offen, und Musik von Metallica übertönte fast das Geräusch des Schweißgeräts. Aber nur fast.

»Bonjour, Nick!« Julie winkte ihm zu, als er ausstieg. Puce sprang aus dem Wagen, schüttelte sich und lief zu den anderen Hunden, die sich tatsächlich bequemten, aufzustehen, um ihren Freund zu begrüßen.

»Bonjour, Julie.« Er umarmte sie und gab ihr einen Kuss auf die Wange. »Wie geht's?«

»Gut. Und dir?« Sie lächelte, und ihre dunklen Augen blitzten. »Henri ist in der Werkstatt, falls du ihn suchst.«

»Ja, ich wollte mir das Gespann angucken. Wie weit ist er denn damit?«

»Guck es dir an! Er kommt sehr gut voran.« Sie grinste.

»Und wenn du Zeit hast, schau dir auch gleich meine Entwürfe für die Lackierung an. Du wirst begeistert sein.«

»An welche Farben hast du denn gedacht?«

»Gold und Grün. Ein bisschen Camouflage, aber ganz neu interpretiert.« Julie lachte. »Du bist ein schlechter Lügner, Nick! Also sag schon, weshalb du wirklich hier bist.«

»Bin ich so leicht zu durchschauen?«

Sie zwinkerte ihm zu. »Kommt drauf an, für wen. Möchtest du deine Sachen abholen?«

»Ja. Aber …«

Sie lächelte. »Du willst den Rest der Ferien mit Alex verbringen, ja?«

Nick blinzelte. »Wie bitte?«

»Habe ich recht?«

»Ja. Wir …« Er räusperte sich. »Die Kinder verstehen sich wirklich gut, das Haus ist groß genug für zwei Familien und …«

Sie gab ihm einen Klaps auf die Schulter. »Richtig so. Ihr beide tut einander gut. Alex braucht jemanden, in dessen Nähe ihr warm wird und sie wieder das Leben spüren kann. Und du brauchst jemanden, der Stabilität in dein Chaos bringt.« Sie lächelte breit, sodass ihre weißen Zähne leuchteten. »Ich habe mich schon gefragt, wann ihr zwei das endlich begreift.«

Nick klappte die Kinnlade herunter. »Woher …«

»Gib dir keine Mühe, mein Freund!« Hinter ihm war Henri aus der Werkstatt gekommen. Er wischte sich seine öligen Finger an einem Lappen ab, dann umarmte er Nick. »Dieses Geheimnis wirst du nicht lüften können. Woher auch immer, Julie weiß solche Dinge einfach. Ihre Großmutter soll das Zweite Gesicht gehabt haben.«

Julie stieß ihren Mann mit dem Ellbogen an. »Mach dich nicht über mich lustig!«

»Das würde ich nie wagen.«

»Recht so. Ich hole eure Wäsche aus dem Haus, Nick. Ich habe sie gestern noch gewaschen. Der Rest steht hinten auf der Terrasse.« Julie ging rasch ins Haus.

»Sie hat heute früh schon eure Sachen zusammengepackt.«

»Was?«

Henri zuckte mit den Schultern. »Frag nicht. Ich sagte doch, sie weiß so etwas.«

Nick schüttelte den Kopf. »Macht sie dir nicht manchmal Angst?«

»Am Anfang schon.« Henri grinste breit. »Aber im Lauf von fünfzehn Jahren habe ich mich daran gewöhnt.«

55

Was für ein seltsamer Urlaub!

Alexandra lag wach auf der Seite und sah zu, wie sich die Vorhänge durch die Morgensonne allmählich heller färbten. Neben ihr lag Nick. Sie spürte die Wärme seines Körpers in ihrem Rücken und hörte seine tiefen, gleichmäßigen Atemzüge. Er klang anders als Arne, er fühlte sich anders an, seine ganze Art war anders. Die Art, wie er die Zeit einteilte. Er stand auf, wenn er wach war, egal, wie früh oder spät. Meistens war es spät. Und wenn er Hunger hatte, öffnete er den Kühlschrank und nahm sich, worauf er gerade Appetit hatte. Andererseits konnte er stundenlang mit den Kindern im Pool herumtoben, mit ihnen Karten spielen oder Jonas ganz genau erklären, wie ein Motorrad funktionierte.

Es war … anders.

Gestern war der letzte Tag des Magic Festivals gewesen. Nick und sie waren mit den beiden Wizards, ihren Freundinnen und Henri und Julie auf den Bikes hingefahren. Die Kinder wollten den Tag lieber am Pool verbringen. Nick schien dabei nichts zu finden. Er hatte sogar gemeint, dass Kinder gern mal ohne Eltern sein wollten. Der Meinung war sie zwar nicht, aber sie hatte niemandem den Spaß verderben wollen, also hatten sie die Kinder zu Hause gelassen.

Sie hatten sich dann auch prächtig amüsiert. Dieses Event gemeinsam mit Wizards zu erleben, eröffnete noch mal eine ganz neue Perspektive. Während die Männer und Julie bei einem der Händler fachsimpelnd um ein besonders auffälliges Motorrad herumstanden, hatten sich Janine, Christina und sie zurückgezogen, sich an den T-Shirt-Ständen umgesehen und sich schließlich mit einem Becher Rotwein an einen der Tische gesetzt und unterhalten, vor allem über das Zusammenleben mit einem Biker. Wenn man den beiden glauben wollte, war es der Himmel auf Erden. Ja, vielleicht hatten sie recht. Es machte ihr ja auch Spaß. Es fühlte sich so bodenständig an, so real und echt.

Trotzdem nagte das Gewissen an ihr. Sie war auf diesem Festival gewesen, statt mit Paula und Jonas etwas zu unternehmen. Vernachlässigte sie ihre Kinder? Verriet sie Arne? Was hätte er wohl zu diesem Event gesagt, den grollenden Motoren, der dröhnenden Musik, hauptsächlich Blues und Rock. Nicht schlecht, wahrlich nicht, aber sehr, sehr laut. Und dann waren da natürlich die Abgase, der Gestank von verbranntem Gummi, weil irgendwelche Spinner ihre Motorradreifen durchdrehen ließen. Burn-out nannten die Leute das und amüsierten sich köstlich, wenn nur noch Gummifetzen an der Felge hingen. Auch wenn Arne überall und mit jedem zurechtkam, hier wäre er vermutlich geflüchtet.

Alexandra seufzte. Das Leben war manchmal kompliziert, vor allem, wenn Kopf und Herz, Verstand und Gefühl so unterschiedliche Wege einschlagen wollten. Aber, wie sie alle immer sagten, die Straße liegt vor dir.

Sie streckte die Hand nach dem Smartphone aus und schaute auf dem Display nach der Uhrzeit. Zehn nach sieben. Noch ein bisschen … Oh, offenbar hatte Paula gestern versucht, sie anzurufen. Mist, sie hatte ihr Handy zu Hause vergessen. Aber es schien nicht so wichtig gewesen zu sein, denn

Paula hatte nur einen Versuch gestartet und keine Nachricht hinterlassen. Außerdem hätte sie bestimmt sonst versucht, Nick zu erreichen. Ich kann sie ja beim Frühstück fragen, dachte sie und stand auf.

Nick bewegte sich und blinzelte verschlafen. »Oh, Alex, schon wach? Ist es schon so spät?«

»Nein, kurz nach sieben.« Sie kniete sich auf das Bett und strich ihm sein dichtes Haar aus der Stirn. Es sah ungewohnt aus ohne die Steri-Strips, kein Weiß mehr, nur die feine rote Narbe direkt über der Augenbraue. Ihr fiel ein, dass sie wahrscheinlich miterleben würde, wie diese Narbe allmählich blasser wurde. Der Gedanke gefiel ihr.

»Warum lächelst du, schöne Frau?«, murmelte er.

»Weil mir gefällt, was ich sehe.« Sie küsste ihn zart auf die Augenbraue.

»Aha, du stehst also auf Narben. Auch auf Tattoos? Von denen habe ich deutlich mehr anzubieten. Sonst muss ich mir etwas überlegen.«

Alexandra lachte. Das war auch etwas, das ihr an Nick gefiel. Mit ihm gab es immer etwas zum Lachen.

»Quatschkopf«, sagte sie und ging zur Tür. »Bleib ruhig liegen, ich mache Frühstück.«

56

Die Tür fiel hinter Alexandra ins Schloss. Wohlig streckte sich Nick und drehte sich dann auf die Seite. Das Laken neben ihm war zerknittert und warm, als er die Hand darauf legte – ihre Wärme. Was für eine Frau. Und er war ein verdammter Glückspilz.

Er döste ein und wachte wieder auf. Schläfrig sah er zum Fenster. Eine leichte Brise bauschte die Vorhänge. Draußen zwitscherten die Schwalben. Er hörte das Kratzen von Puces Pfoten auf den Sandsteinfliesen der Terrasse, sein Hecheln, das Klappern von Geschirr. Offenbar deckte Alexandra bereits dort den Tisch.

Ein weiterer wunderbarer Morgen, wie aus einem Traum, der schon vier Tage anhielt. Konnte man so ausführlich träumen?

»Kinder, es gibt gleich Frühstück!« Jetzt hörte er, dass sie wieder ins Haus ging. »Jonas! Paula! Ich könnte ein bisschen Hilfe gebrauchen!«

Nick bekam allmählich ein schlechtes Gewissen, einfach liegen zu bleiben. Er streckte sich und bereitete sich auf das Aufstehen vor.

Alexandras Schritte klangen in der Halle und kamen näher. Dann stieg sie die Treppe hoch.

»Jonas!« Eine Tür klappte auf und zu. »Jonas? Paula?« Eine zweite Tür. »Wo steckt ihr? Tim?« Klopfen. »Sophie!«

Einen Augenblick war alles still. Dann hörte er sie zurückkehren, und seine Tür schwang auf, gerade in dem Moment, als er aus dem Bett stieg. Alexandra stand vor ihm, zitternd und bleich wie ein Handtuch.

»Nick, die Kinder sind weg.«

57

Sie rannte die Treppe hinunter. Nick kam gemächlich hinter ihr her, als gäbe es nichts, worum man sich Sorgen machen müsste, als hätte sie ihm gerade erzählt, dass sie vergessen hatte, Butter zu kaufen, und sie nun Margarine zum Frühstück essen mussten. Wie konnte er so ruhig bleiben? Wie konnte er nur? Ihr drehte die Angst den Magen um.

»Mal ganz langsam, Alex, ich bin noch nicht richtig wach. Was ist los?«

»Was los ist?« Die aufkommende Panik ließ ihre Stimme schrill klingen. Wenn Paula sie nun gestern wegen eines Notfalls versucht hatte anzurufen? Wenn den Kindern etwas passiert war? Ihr wurde übel. »Erstens, die Kinder sind nicht in ihren Zimmern und auch sonst nirgends im Haus.«

»Die …«

Sie schnitt ihm mit einer Handbewegung das Wort ab. »Zweitens sind ihre Betten nicht einmal benutzt. Das heißt also, dass sie in der Nacht nicht zu Hause waren!«

»Ja, aber …«

»Ich bin noch nicht fertig! Und drittens hat Paula gestern versucht, mich auf dem Handy zu erreichen. Was natürlich nicht ging, weil ich das dumme Ding hier zu Hause vergessen hatte. Wobei ich mich frage, ob ich bei dem Lärm auf dem Festival überhaupt irgendetwas gehört hätte. Na egal, jedenfalls hat sie angerufen und aus welchem Grund auch immer keine Nachricht hinterlassen!«

»Was?« Nick sah sie an, als hätte sie den Verstand verloren. »Sag mal, was glaubst du eigentlich, was passiert ist?«

»Was weiß ich denn!« Alexandra rang verzweifelt die Hände. »Kidnapping zwecks Lösegelderpressung?«

Nick hustete. »Sag mal, ist bei dir … ich meine …« Er schüttelte den Kopf, dann lachte er.

»Wie kannst du lachen! Die Kinder sind weg! Nicht nur meine, sondern auch deine beiden!«

»Ja, natürlich sind sie weg!« Nick kam näher und legte ihr die Hände auf die Schultern. »Entspann dich! Sie haben gestern eine Wanderung zu der kleinen Schlucht gemacht, die wir neulich entdeckt haben, und wollten dort zelten. Heute zum Abendessen sind sie wieder da.«

»Was?« Alexandra blinzelte.

»Tim und Paula und Jonas und Sophie zelten. Das will ich dir schon die ganze Zeit sagen.«

»Woher weißt du das?«

»Weil Tim mich gestern angerufen und gefragt hat, ob das okay ist.«

»Und du hast Ja gesagt?«

»Klar. Etwas Besseres können die vier doch gar nicht machen. Ich meine, in Südfrankreich sind die Nächte so herrlich mild, dass man blöd ist, wenn man nicht wenigstens eine Nacht draußen schläft.«

»Und das hast du einfach so entschieden, ohne mich zu fragen?«

»Na ja, was heißt, einfach so entschieden. Tim sagte, dass Paula mit dir gesprochen hat und alles klar ist. Und ich fand die Idee gut. Sorry, normalerweise sagt Tim die Wahrheit.

Und vermutlich hätten wir beide uns absprechen sollen, aber ich habe es wohl vergessen.«

»Wohl vergessen.« Sie schnaubte. »Ist dir auch nur eine Sekunde in den Sinn gekommen, dass ich mir Sorgen machen könnte?«

»Nein.«

»Na, wenigstens bist du ehrlich.«

»Ach Alex, komm, mach doch nicht so einen Zwergenaufstand wegen eines Zeltausflugs.«

»Zwergenaufstand?«, fauchte sie ihn an. »Ich wäre mal gespannt, was passieren würde, wenn ich mir dein Bike ausleihen und vergessen würde, es dir zu sagen.«

Er runzelte die Stirn. »Komm, das ist doch jetzt blöd. Es tut mir leid, und ich werde dich in Zukunft immer zuerst fragen. Okay?«

In ihrem Kopf summte es. Sie presste die Hände gegen die Schläfen und versuchte nachzudenken. Kühler Kopf, kühler Kopf ... Manche Dinge ließen sich so leicht aussprechen, aber nur schwer umsetzen. Sie spürte ihren Puls in den Schläfen, am Hals, im Bauch. Sie war wütend, entsetzlich wütend. Wie konnte er nur über ihren Kopf hinweg entscheiden! Über ihre Kinder!

»Hol Paula und Jonas zurück.«

»Wie bitte?«

»Ich sagte, geh los und hol Paula und Jonas zurück. Jetzt! Sofort!«

»Bist du sicher? Du verdirbst ihnen damit den Spaß.«

»Das ist mir gerade so was von egal, das kannst du dir gar nicht vorstellen. Also geh los und hol die beiden zurück. Du weißt ja offenbar, wo sie stecken. Und bete lieber, dass ihnen nichts passiert ist, sonst ...«

»Sonst was?«

»Das wirst du dann schon sehen.«

Nick sah sie lange an, dann holte er tief Luft. »Du machst einen Fehler, Alex. Für die Erziehung …«

»Den Fehler hast du gemacht«, unterbrach sie ihn kühl. »Dein Sohn hat dich belogen. Vielleicht denkst du mal selbst über Erziehung nach, bevor du es anderen Leuten vorschlägst.« Sie konnte sehen, wie Nick die Zähne zusammenbiss, die Muskeln an seinen Wangen arbeiteten. »Und übrigens, mein Name ist Alexandra.«

58

Nick ging auf die Terrasse und rief Puce zu sich. Der kam sofort mit wedelndem Schwanz angelaufen.

Ihm war klar, dass Alexandras Emotionen immer noch alles andere als stabil waren, dass Kleinigkeiten ausreichten, um sie aus der Bahn zu werfen. Aber hatte ein Mensch das Recht, mit einer Axt um sich zu schlagen, nur weil er selbst litt? Andererseits hatte sie auch recht. Er hätte sie zuerst fragen müssen, auch wenn es in seinen Augen keinen Grund dafür gab. Tim und Sophie kannten sich aus, sie wussten, wie man ein Zelt aufbaut, was man für das Übernachten im Freien brauchte. Tim konnte sogar den kleinen Spirituskocher bedienen. Was war daran schlimm? Nichts. Trotzdem hättest du mit ihr sprechen sollen. Also korrigier jetzt deinen Fehler und hol die Bande nach Hause. Und rede mit Tim, warum er nicht die Wahrheit gesagt hat.

Er zündete sich eine Zigarette an und inhalierte tief. Er hatte eine Ahnung, von welcher Schlucht Tim gestern am Telefon gesprochen hatte. Der Weg dahin war nicht weit, höchstens eine Stunde.

»Komm mit, Puce, ich brauche Bewegung und vernünftige Gesellschaft.«

Nick durchquerte mit Puce den Wald. Sie folgten einem schmalen Bachlauf, bis sie zu einer kleinen Schlucht und danach in eine Senke kamen. Der Bach war hier etwas breiter und sprang munter über die Steine. Die Sonne schien und wärmte die Felsen. Es war ein Ort wie aus einem Bilderbuch. Schon als er hier zum ersten Mal mit Tim und Sophie gewesen war, hatten sie gesagt, wie toll sich dieser Ort zum Zelten eignen würde. Jetzt hatten die Kinder das bewiesen. In der Mitte standen die beiden Zelte. Davor und in unmittelbarer Nähe zum Bach war Holz für ein Lagerfeuer aufgeschichtet. Nick erkannte sofort, dass da jemand an die Waldbrandgefahr gedacht hatte. Mein Sohn, dachte er nicht ohne Stolz. Von den Kindern war allerdings nichts zu sehen.

»Na, wo sind denn die Kids?« Nick streichelte Puce, der ihn aufmerksam ansah. Er hätte sogar schwören können, dass der Hund lächelte. »Tim? Sophie?« Er drehte sich im Kreis und rief nach den Kindern. Seine Stimme prallte von den Felswänden ab.

Plötzlich bellte Puce freudig auf. Und dann sah er sie auch. Alle vier kamen aus dem Wald, die Arme voller Äste und Zweige, und Sophie hatte den kleinen Campingtopf in der Hand.

»Papa, was machst du denn hier?«

So erstaunt hatte Nick seinen Sohn selten gesehen.

»Euch suchen und schleunigst nach Hause bringen, was denn sonst?«

»Jetzt schon? Wir wollten doch bis heute Abend bleiben.«

Sorry, ist nicht auf meinem Mist gewachsen. »Eure Mutter macht sich Sorgen.«

»Aber Paula hat Mama doch angerufen!« Jonas sah Hilfe suchend seine große Schwester an.

»Ja! Und Alexandra hat es den beiden erlaubt!«

»Das hast du zu mir am Telefon gesagt, das stimmt aber nicht. Alexandra hat von eurem Ausflug nichts gewusst. Und du weißt, was ich von Lügen halte, Tim.«

»Ich habe nicht gelogen!«, schrie Tim. »Paula hat mir doch selbst gesagt, dass sie Alexandra angerufen hat!«

Nick schwieg, sein Blick wanderte von Tim zu Paula. Diese verschränkte trotzig die Arme vor der Brust.

»Habe ich ja auch. Ich habe sie angerufen.«

Er holte tief Luft. »Du hast sie aber nicht erreicht, weil sie ihr Handy nämlich zu Hause vergessen hatte.«

»Ja.« Paula druckste herum und sah plötzlich nicht mehr aus wie eine halb erwachsene Dame, sondern wie ein dreizehnjähriges Kind. »Aber ich habe nicht gelogen. Ich habe nur gesagt, dass ich sie angerufen habe.«

»Und du hast deiner Mutter keine Nachricht hinterlassen? Keine SMS?«

Paulas Gesicht wurde finster. »Warum sollte ich? Sie hätte doch sowieso Nein gesagt.«

Einen Augenblick lang wusste Nick nicht, ob er lachen oder schimpfen sollte. So war das also! Paula hatte einen Teil der Wahrheit zugunsten des Ausflugs verschwiegen, und Tim war davon ausgegangen, dass Alexandra ihre Zustimmung gegeben hatte.

»Okay. Entschuldige, Sportsfreund, ich hätte es besser wissen müssen. Du hast die Wahrheit gesagt. Alles andere klären wir später. Ihr kommt jetzt mit!«

»Was? Und warum?« Paula stampfte mit dem Fuß auf den Boden, und ihr Gesicht wurde rot. Vor Zorn oder auch vor Scham?

»Och menno. Wir haben gerade Himbeeren zum Nachtisch gepflückt.« Sophie streckte Nick den kleinen Topf entgegen. »Hier, probier mal, Papa. Die schmecken total gut.«

»Dann esst ihr sie eben zu Hause. Ich rufe Alexandra jetzt

an und sage ihr, dass alles in Ordnung ist und ihr alle in einem Stück vor mir steht. Sie macht sich riesige Sorgen.«

»Nie vergisst sie dieses blöde Smartphone, außer wenn es mal wichtig wäre.« Paula grummelte. »Mann, jeden Spaß müssen einem die Eltern verderben.«

Ihre Enttäuschung war unverkennbar, und Nick konnte es sogar nachempfinden. Aber was sollte er machen? Dieses Kind saß bereits im Brunnen fest.

59

Als Nick mit Kindern, Gepäck und Hund auf dem Hof ankam, lief Alexandra ihnen entgegen. Jonas ließ sich noch flüchtig von ihr umarmen, doch Paula schaute sie so wütend an, dass sie es kaum wagte.

»Gott sei Dank, es geht euch gut.«

»Was dachtest du denn? Dass wir entführt wurden, oder was?«

»Paula, nicht in diesem Ton!«

»Mensch, wir haben doch Bescheid gesagt! Und Tim und Sophie durften auch. Wieso musst du immer so steif sein?«

»Ja, mag sein, dass ich steif und uncool bin, nicht so locker und verantwortungslos wie andere Eltern, aber mir ist es eben nicht egal, wenn ihr irgendwo in der Wildnis allein campiert, und das bei Waldbrandgefahr.« Sie kochte innerlich. »Geht rein und bringt eure Sachen nach oben. Wir reden nachher weiter.«

Die Kinder sahen einander an, verdrehten die Augen, verzogen sich aber ins Haus. Nick ging zu Alexandra und legte einen Arm um sie.

»Na, bist du jetzt erleichtert? Das haben die vier doch großartig gemacht. Und das Lager war wirklich mit allem ausgestattet, was man braucht. Respekt!« Er lächelte.

Alexandra traute ihren Augen kaum. Er lächelte! Wie konnte er nur! Begriff er denn gar nichts? Sie wand sich aus seinem Arm.

»Ich will jetzt gar nicht darüber reden, wer ihnen diese Flausen in den Kopf gesetzt hat …«

»Also gibst du allen Ernstes mir die Schuld?«

»Das ist jetzt irrelevant. Fest steht aber, dass du hier Chaos verbreitest und dir Kompetenzen herausnimmst, die dir eindeutig nicht zustehen. Mir kann es ja im Grunde egal sein, wie du deine Kinder erziehst. Wenn es für dich in Ordnung ist, dass sie selbstständig mit acht und dreizehn Jahren in der Wildnis zelten, bitte. Deine Kinder, deine Verantwortung, auch wenn es mir für die beiden von Herzen leidtut. Welchen Einfluss diese Art von Erziehung hat, sieht man ja bei Tim. Dass dein Sohn dich anlügt, damit musst du klarkommen. Deine Sache. Dass du aber auch für meine Kinder entscheidest, verbitte ich mir. Dazu hast du kein Recht. Auch nicht, wenn du mit mir schläfst.«

Er schnaubte und schüttelte den Kopf. »Vielleicht machst du dich mal locker und denkst darüber nach, was für einen Mist du gerade erzählst.«

»Oh, ich weiß, ich bin ja nicht so locker und cool wie du. Aber tut mir leid, mir sind meine Kinder und feste Regeln wichtig, so wie ich auch immer zu Prüfungen pünktlich gekommen bin und Einladungen eingehalten habe. Aber das haben lockere, coole Biker wohl nicht nötig.« Jetzt schüttelte sie den Kopf. »Es war ein Fehler. Und ich hätte es wissen müssen, dass man sich auf dich nicht verlassen kann.«

Die Farbe wich aus Nicks Wangen. Er presste die Lippen zusammen, seine Augen verengten sich zu schmalen Schlitzen.

»Weißt du, was mich an Menschen wie dir am meisten stört? Dass sie glauben, nur weil es ihnen nicht gut geht, hätten sie das Recht, auf andere einzudreschen ohne Rücksicht auf Verluste. Ja, es gibt noch mehr Leute auf dieser Erde, die Gefühle haben, nicht nur dich. Und es gibt andere, die auch ihr Päckchen zu tragen haben. Und ob das schwerer oder leichter wiegt als deins, hast verdammt noch mal nicht du zu entscheiden!« Seine Stimme war immer lauter geworden. »Bisher fand ich die vergangenen Tage und Nächte schön. Aber mittlerweile glaube ich auch, dass es ein Fehler war.« Er holte tief Luft. »Wir packen unsere Sachen. In einer Viertelstunde sind wir weg. Ich lasse dich in Ruhe. Suhle dich ruhig weiter in deinem Leid und mach dich und deine Kinder unglücklich. Manche Menschen brauchen das.« Er stürmte ins Haus, und mit lautem Krachen schlug die Tür hinter ihm ins Schloss.

60

Die Tasche stand offen auf dem Bett, und er warf seine Sachen einfach hinein – Zahnbürste, Unterwäsche, Rasierzeug. Er konnte sich nicht daran erinnern, wann er das letzte Mal so schnell gepackt hatte. Doch, vor ziemlich genau acht Jahren, als er entschieden hatte, dass ein Zusammenleben mit seiner Frau nicht mehr möglich war.

»Lasst nichts zurück«, sagte er zu Sophie und Tim. Die beiden waren blass, und in Sophies Augen standen Tränen.

»Warum, Papa?« Ihre Stimme war leise.

»Weil es nicht geht. Manchmal …« Er drehte sich zu ihr um und legte seine Hände auf ihre schmalen Schultern. »Auch Erwachsene streiten sich, weißt du? Meistens ist das nicht schlimm und lässt sich wieder regeln. Man entschuldigt sich, und danach ist alles wieder gut. Aber manchmal geht das nicht so einfach. Und dann ist es besser, wenn man getrennte Wege geht.«

»Liegt es an mir?« Tims Stimme zitterte und klang herzzerbrechend jung. »Ist es, weil ich die Idee mit dem Zelten hatte oder weil ich Paula falsch verstanden habe?«

»O verdammt, nein!« Nick nahm seinen Sohn in die Arme. »Denk bloß nicht an so was, hörst du? Die Idee war klasse. Und euer Lager war … topp! Ihr habt wirklich an alles gedacht. Nein, es ist … Alex hat großen Kummer, und manchmal …« Er suchte nach den richtigen Worten. Aber wie sollte er etwas erklären, was er selbst nicht ganz verstand? »Es ist wie mit verletzten Tieren. Manche verkriechen sich und wimmern leise vor sich hin, andere beißen, wenn man ihnen zu nahe kommt.«

»Und kannst du sie nicht trösten, Papa?« Sophies blaue Augen waren so voller Hoffnung und Vertrauen auf ihn gerichtet, dass es ihm die Kehle zuschnürte.

»Ich hab's versucht, Prinzessin. Ich habe es wirklich versucht. Aber ich bin wohl nicht gut genug darin. Und …« Es tut einfach zu weh, gebissen zu werden, immer wieder und wieder. »Tja, deshalb fahren wir jetzt wieder zu Henri und Julie und verbringen den Rest der Ferien dort. Ist das sehr schlimm für euch?«

Tim zuckte mit den Schultern und senkte den Kopf.

»Was ist mit Jonas?« Sophie flüsterte nur noch.

»Du siehst ihn in Hamburg wieder. Versprochen.« Du gibst Versprechen, die du nicht halten kannst! War es das gewesen, was Julie gemeint hatte? Sein Wunsch, zu trösten und zu helfen, und dabei nicht an mögliche Konsequenzen zu denken? Aber das hier musste er hinkriegen, irgendwie. »Wir werden einen Weg finden. Vielleicht braucht Alex nur ein bisschen mehr Zeit. Und wenn nicht … Es gibt viele Möglichkeiten. Wir kriegen das schon hin. Ich kümmere mich darum.«

»Ja, Papa.« Er zog sie in die Arme und gab ihr einen Kuss auf das Haar.

Mist, verdammter dämlicher Mist! Wie konnte nur etwas, das so gut begonnen hatte, so aus dem Ruder laufen?

»Habt ihr alles?«

Beide nickten.

»Gut, dann verabschiedet euch. Ich bringe das Gepäck zum Wagen.«

61

Alexandra stand da und sah zu, wie Nick das Gepäck wahllos in den Kofferraum warf. Sie war nicht in der Lage, sich zu rühren oder etwas zu sagen. Sie fühlte sich wie eine Fremde in ihrem eigenen Körper. Was passierte hier gerade? Und warum? Weil du dich verhältst wie der berühmte Elefant im Prozellanladen. Nun sieh dir den Scherbenhaufen an, den du hinterlassen hast!

Sophie weinte hemmungslos und laut, als sie Jonas umarmte. Der kämpfte mit den Tränen, seine Unterlippe zitterte. Tim und Paula reichten einander die Hand, ernst und feierlich wie zwei Verschwörer, die gegen Ungerechtigkeiten zu kämpfen hatten. Und Alexandra wusste schon jetzt, dass sie die restlichen Ferientage brauchen würde, um wenigstens halbwegs normal mit Paula reden zu können. Diese sah sie so böse und wütend an, dass es ihr das Herz vereist hätte, wenn davon noch etwas übrig gewesen wäre.

Das hast du dir selbst zu verdanken. Ihre innere Stimme war unerbittlich. Und sie hatte recht. Und wie sie recht hatte!

Am schlimmsten empfand Alexandra den Anblick von Nick. Ja, er war wütend, aber unter seiner Wut spürte sie Traurigkeit und Schmerz. Plötzlich bekam sie eine Ahnung davon, dass sein Leben bis zum heutigen Tag nicht nur aus Partys und Motorrädern bestanden hatte. Warum hatte sie ihn nicht gefragt – nach seiner Frau, der Scheidung, seinen Eltern? Weil sie so mit sich selbst beschäftigt gewesen war, dass sie kein Ohr für ihn gehabt hatte. Jetzt war er zutiefst verletzt. Das hatte sie fertiggebracht, sie und niemand sonst. Glückwunsch. Großmutter Edith hätte das nicht besser hinbekommen. Sie wäre allerdings dabei nicht so laut geworden, sondern hätte Haltung bewahrt.

War es das, was Arne von ihr erwartet hätte? Dass sie herumging und einfach anderen wehtat? Bestimmt nicht. Sie fühlte sich erbärmlich.

Doch es reichte nicht, dass ihr Verstand ihr gut zuredete, ihr erklärte, dass Nick recht hatte, mit jedem Wort. Sie brachte keinen Ton hervor. Sie konnte nichts sagen, sie konnte nicht weinen. Sie stand einfach auf dem Hof neben der Tür, abseits von Paula und Jonas, die sogar den Blickkontakt mit ihr mieden, als hätte sie eine ansteckende Krankheit. Wie hatte Nick es genannt? Sie suhlte sich in ihrem Selbstmitleid. Er hatte ja so recht. Und das Bittere war, nach dieser Episode würde es schlimmer werden, noch viel schlimmer.

Ein Wunder, jetzt kann mir nur noch ein Wunder helfen. Ein Wunder, das diesen Panzer um sie herum sprengte und sie endgültig befreite. Nick hatte es versucht und war gescheitert. Jetzt räumte er das Feld. Wegen ihr.

»Alexandra!« Céciles Stimme gellte den Weg herauf. »Alexandra! Schnell! Hilfe!«

Cécile kam auf den Hof gestolpert, völlig außer Atem. Ihr Haar war vom Laufen zerzaust.

»Was ist los?« Es war Nick, der das fragte, der die aufgelöste Cécile bei den Schultern nahm. Nick, für den die Straße immer vor ihm lag.

»Patrice. Er ist im Garten gestürzt und liegt einfach da. Ich habe versucht, ihn aufzurichten, aber ... Bitte ... Wir brauchen einen Arzt!«

Mehr brauchte sie nicht zu sagen. Die Erstarrung wich aus Alexandras Körper, und sie lief los.

62

»Wartet hier«, sagte Nick zu den Kindern, die blass und stumm zusahen, was geschah, verstörte Kinder, deren Welt gerade wieder auseinanderbrach. Zum wievielten Mal in ihrem Leben? Verdammt. Eigentlich sollte es umgekehrt sein. Erwachsene gehörten auf die Schulbank, um zu lernen, wie sie mit ihren Problemen fertigwurden, damit sie ihre Kinder nicht immer mitrissen. Er legte Tim und Paula eine Hand auf die Schulter. »Setzt euch ins Wohnzimmer oder auf die Terrasse, nehmt euch etwas zu trinken und lenkt euch ein bisschen ab, wenn möglich. Ich komme so schnell es geht zurück und halte euch auf dem Laufenden. Okay?«

Die beiden nickten, und er rannte zu seinem Wagen. Den Motor hatte er bereits gestartet, bevor die Tür zugefallen war. Kies spritzte unter den Reifen auf.

Alexandra und Cécile waren noch nicht weit gekommen.

»Steigt ein!«, rief er Alexandra und Cécile zu und hielt neben ihnen an. »Ich fahre euch. Das geht schneller.«

Die Fahrt zum Pförtnerhaus dauerte höchstens eine Minute, vor allem, weil Nick so schnell fuhr. Zu Fuß wären sie deutlich länger unterwegs gewesen. In der Einfahrt stand der Wagen der Bonnets, ein kleiner Citroën. Warum war Cécile nicht damit zu ihnen gefahren?

»Ich hätte den Wagen nehmen sollen«, sagte Cécile leise,

und Nick fragte sich, ob sie in der Lage war, seine Gedanken zu lesen. »Warum habe ich das nicht gemacht? Ich wäre doch mit dem Auto viel schneller bei euch gewesen. Aber ich habe einfach nicht daran gedacht.«

»Vielleicht ist es besser so«, sagte Nick. »Du bist total aufgeregt. Wer weiß, wo du mit dem Auto gelandet wärst.« Er bremste auf der Auffahrt, und Alexandra stieg aus.

»Wo ist er?«

»Komm mit.«

Die beiden Frauen liefen nach hinten in den Garten. Nick folgte ihnen langsam. Plötzlich hatte er das Gefühl, dass sie sich nicht mehr beeilen mussten.

Patrice lag zwischen Lavendel und Thymian unter einem der Rosensträucher. Es war ein üppiger Strauch mit dunkelroten Blüten. Er lag dort auf der Seite, einen Arm unter dem Kopf, als wäre er über die Arbeit im Garten müde geworden und eingeschlafen.

Alexandra kniete neben Patrice auf der Erde. Nick sah ihr zu, wie sie ihn behutsam auf den Rücken drehte und Atem und Herzschlag prüfte, routiniert und trotzdem fast zärtlich.

»Er atmet nicht, und ich fühle keinen Herzschlag.« Sie sah Cécile an. »Soll ich versuchen, ihn zu reanimieren?«

Céciles Brustkorb hob und senkte sich. Sie schüttelte den Kopf, ganz langsam. Dann sank sie neben ihrem Mann auf die Knie.

»Ist es immer so?« Sie hob den Kopf und sah Alexandra Hilfe suchend an. »Man rechnet zu jeder Stunde damit. Und dann, wenn es plötzlich tatsächlich so weit ist, merkt man, wie sehr man sich vor diesem Augenblick gefürchtet hat und wie schlecht man doch darauf vorbereitet ist, egal, was man vorher geglaubt hat. Ist es so?«

Alexandra legte Cécile eine Hand auf den Arm und nickte knapp. Eine einzelne Träne lief über ihre Wange. Nick musste schlucken, seine Augen begannen zu brennen.

»Mein geliebter Patrice.« Cécile nahm die Hand ihres Mannes und streichelte sein Gesicht. »Ich rief nach ihm, als das Essen fertig war. Er kam aus dem Garten und legte mir eine Rose auf den Tisch. ›Für dich‹, sagte er. Dann haben wir mittaggegessen. Es gab Cassoulet und zum Nachtisch Apfeltarte nach dem Rezept seiner Mutter. Er liebte dieses Essen. Bei jedem Bissen hat er gelächelt. Weil es schon so heiß war, haben wir im Haus gegessen. Die Sonne schien zum Fenster herein und auf den Tisch. Die Rose, die er mir gerade geschenkt hat, leuchtete so rot, und das Wasser in der Vase funkelte in der Sonne, dass ich dachte: Diese Szene würde ich gern malen. Nach dem Essen stand er auf und gab mir einen Kuss. ›Ich warte auf dich‹, sagte er klar und deutlich, dann ging er in den Garten hinaus. Während ich das Geschirr abräumte, schaute ich immer wieder aus dem Fenster, so wie ich es immer mache, um seinen Strohhut zwischen den Pflanzen sehen zu können. Er war da. Jedes Mal, wenn ich aus dem Fenster schaute, sah ich den gelben Strohhut. Doch als ich auf die Terrasse kam, um ihm etwas zu trinken zu bringen, war er weg. Ich rief nach ihm und dachte, er sei wieder weggelaufen. Dann sah ich seine Schuhe aus dem Lavendel hervorragen, diese ausgetretenen Schuhe, die an der Naht schon ein paar Löcher haben. ›Die werfen wir nicht weg, die sind sehr bequem und genau richtig für den Garten.‹ Oh, Patrice. Du bist nicht weggelaufen, diesmal nicht. Du bist nach Hause gegangen.« Sie hob die schlaffe Hand an ihre Lippen und küsste sie.

»Können wir etwas tun?«, fragte Alexandra. »Sollen wir jemanden anrufen?«

Cécile hob wieder den Kopf. »Neben dem Telefon liegt ein Zettel mit den Nummern unserer Tochter und unseres Sohnes. Könntet ihr …«

»Ich mach das. Bleibt bei ihm.«

Nick war froh, dass er ins Haus verschwinden konnte. Einen Moment durchatmen, sich räuspern, Tränen aus Gesicht und Stimme entfernen. Dann erst hob er den Hörer und wählte eine der beiden Nummern auf dem Zettel.

63

Nick war zwischendurch wieder zum Haus zurückgefahren, hatte den Kindern von Patrice erzählt, sich um sie gekümmert und versucht, sie zu trösten, Fragen zu beantworten. Als er zurückkam, war sein Haar noch feucht, weil er mit ihnen im Pool gewesen war.

Sie selbst war die ganze Zeit bei Cécile geblieben. Der Hausarzt war gekommen und hatte den Totenschein ausgefüllt. Und sie war noch länger geblieben, so lange, bis die Mitarbeiter des Bestattungsinstituts kamen und Patrice abholten. Und wieder fühlte sie sich wie in einer Zeitschleife gefangen – die Herren in den dunklen Anzügen, der Anblick des Wagens mit den von Gardinen verschlossenen Rückfenstern, die Worte: »Was soll er tragen, wenn wir ihn fertig machen?«

Cécile weinte, aber nicht die ganze Zeit. Manchmal lächelte sie auch. Und manchmal geschah beides, dann flossen Tränen über ihr lächelndes Gesicht. Langsam streifte sie durch den Garten, roch an den Blüten, berührte die fast reifen Tomaten am Strauch, strich über die Blütenkelche der Mohnblumen, hob eine Gartenschere auf, stellte eine Gießkanne wieder an ihren Platz.

Alexandra kannte das nur zu gut. Cécile nahm Abschied. Für sie selbst fühlte es sich an, als würde ihr das Ganze zum zweiten Mal passieren, als wäre Arne ein weiteres Mal gestorben.

Später, nachdem Nick wieder da war, saßen sie zu dritt auf der Terrasse und tranken ein Glas von dem Rosenwein, den Patrice noch selbst gemacht hatte. Cécile erzählte von Patrice, von seiner Kindheit, wie sie ihn an der Universität kennengelernt hatte, den Geschichtsstudenten, der unbedingt von ihr eine Illustration für seine Hausarbeit haben wollte. Und wie er ihr später gestand, dass das nur ein Vorwand gewesen sei, um sie kennenzulernen. Sie erzählte von seiner Arbeit an der Universität, den Studenten, die ihn mochten, den Kollegen, die ihn schätzten, der Liebe zu seiner Arbeit. Sie zeichnete dabei das Bild eines in sich ruhenden, humorvollen Mannes, eines beliebten Dozenten und liebevollen Vaters, eines Freundes und Geliebten. Manchmal lachten sie, dann wieder schwiegen sie. Um sie herum summten die Bienen, Schmetterlinge gaukelten von Blüte zu Blüte, die Rosen dufteten schwer und süß.

»Ein Gruß von Patrice«, sagte Cécile, schloss die Augen und atmete tief ein. »Ich bin so dankbar. Liebe zu erfahren ist ein unendlich kostbares Geschenk. Unser Leben ist viel zu kurz, als dass wir es uns leisten könnten, auch nur eine Minute Lieben und Geliebtwerden zu verschwenden.«

Als Céciles Sohn und Tochter mit ihren Partnern kamen, verabschiedeten sich Nick und Alexandra. Sie hatten getan, was sie konnten. Jetzt war die Familie da, um Cécile beizustehen und gemeinsam zu trauern.

»Steig ein.« Nicks Stimme klang sanft. Müde ließ sie sich auf den Beifahrersitz fallen, und er schloss die Wagentür für sie, bevor er sich hinter das Steuer setzte. Auf der Fahrt sprachen sie kein Wort.

Es war schon fast dunkel, als sie wieder zu Hause ankamen.

Nur am Horizont schimmerte noch ein letzter Gruß eines langen, seltsamen und anstrengenden Tages.

Nick ließ den Wagen auf dem Hof ausrollen. Die Fenster waren erleuchtet. Die Kinder warteten sicher schon auf sie.

»Nick?«

»Ja?« Er sah sie an, seine Hände lagen auf dem Steuer.

»Bitte bleib hier, wenigstens noch heute Nacht.«

»Warum?«

Alexandra verschränkte die Hände. Was sollte sie sagen? Dass die Kinder bestimmt Hunger hatten und müde waren? Dass es ein anstrengender Tag war und sie alle eine ruhige Nacht verdient hatten? Oder sollte sie einfach sagen, wie es war? Das Leben ist so kurz …

Sie hob den Kopf und straffte die Schultern. »Weil Cécile recht hat«, antwortete sie, traute sich aber dabei nicht, ihn anzuschauen, sondern richtete ihren Blick fest auf die Motorhaube. »Das Leben ist kurz. Ich sollte das eigentlich am besten wissen. Beruflich erlebe ich das fast täglich. Und mit Arne …« Sie schloss kurz die Augen und schluckte. »Ich will denselben Fehler nicht noch einmal machen, nicht wieder angebliche Vernunft und Routine und Angst über meine Gefühle stellen. Nein. Das Leben ist zu kurz, um auch nur eine Minute Liebe zu verschwenden.« Jetzt hatte sie endlich den Mut, ihn anzusehen. »Ich kann dir nichts versprechen, Nick. Ich fühle mich gerade, als wäre ich nach einem schweren Unfall aus dem Krankenhaus entlassen worden. Ich muss erst wieder richtig gehen lernen, mich in meinem Leben zurechtfinden. Und was danach kommt, kann ich nicht sagen. Aber ich weiß, dass mir in deiner Nähe warm wird, dass ich mich jedes Mal freue, deine Stimme zu hören, dass du mich zum Lachen bringst. Wenn du da bist, fühle ich mich endlich wieder lebendig. Ich weiß nicht, ob das reicht oder ob das vielleicht schon Liebe ist, aber ich möchte das Risiko nicht eingehen, etwas davon zu verschwenden.« Sie legte ihre Hand auf seine. »Bitte, Nick, bleib.«

Er lächelte. »Okay.«

Mehr sagte er nicht, doch er beugte sich vor und küsste sie.

Ein paar Tage später

64

Langsam erwachte Alexandra aus einem tiefen, erholsamen Schlaf. Im Raum herrschte morgendliches Zwielicht. Auf der Seite liegend, beobachtete sie eine Weile die Staubteilchen, die im Licht der wenigen Sonnenstrahlen tanzten, welche ihren Weg durch die Vorhänge gefunden hatten. Ihr war wohlig warm.

Neben ihr lag Nick. Sie schloss die Augen und lauschte seinen tiefen, regelmäßigen Atemzügen. Es war ein gutes und auch vertrautes Geräusch, obwohl Nicks Atemzüge ganz anders klangen, als Arnes geklungen hatten. Dann nahm sie ihr Smartphone vom Nachttisch, rief das Syltfoto von Arne auf und seufzte, aber leise, um Nick nicht zu wecken.

Ist das für dich in Ordnung, Arne? Bist du damit einverstanden? Nick ist nicht wie du und wird es nie sein. Ich weiß noch nicht einmal, ob er ansatzweise deinen Platz einnehmen könnte. Aber jetzt, hier, in diesem Urlaub ist er der Richtige. Nicht, um dich zu vergessen, o nein, das schafft niemand. Aber er gibt mir gerade Kraft, weißt du. Kraft, die ich dringend brauche, um weiterzumachen – ohne dich. Und ich hoffe von ganzem Herzen, dass du mir nicht böse deswegen bist. Du warst und bist meine große Liebe, daran wird sich auch nichts ändern.

Sie lauschte in die Stille des Schlafzimmers. Nichts. Natürlich nicht. Wie hätte Arne ihr auch antworten können? Warum nur hatten sie nie über diese Situation, über das Danach gesprochen so wie Patrice und Cécile?

Weil wir beide vor uns und voreinander geleugnet haben, dass es ein getrenntes Danach geben wird. Wir beide haben die Wahrheit so weit wie möglich vor uns hergeschoben, versucht, sie dadurch auszutricksen. Wie Kinder haben wir die Augen verschlossen und geglaubt, dass uns das Unglück dann nicht mehr finden kann. Das war ein Fehler, denn irgendwann war es zu spät. Du warst zu schwach für solche Gespräche. Ich auch. Und dann war ich allein.

Sie wischte sich eine Träne von der Wange.

Ich hoffe einfach, dass du mir nicht böse bist. Nick tut mir gut. Er lässt mich wieder spüren, dass nicht ich im Grab liege. Ich bekomme wieder Luft, kann endlich mit jemandem sprechen – über dich, über diesen verdammten Krebs. Und ich kann mit Paula und Jonas lachen. Ich glaube nicht, dass du etwas dagegen hättest. Ich glaube wie Cécile, dass du wolltest, dass die Kinder und ich glücklich sind. Sollte es trotzdem nicht in deinem Sinn sein, bitte ich dich, mir zu verzeihen. Es ist nicht, weil ich dich vergessen habe oder vergessen will, sondern weil du mir so fehlst. Ich liebe dich.

Alexandra legte das Smartphone wieder auf den Nachttisch zurück und sah zu, wie das Display einige Sekunden später erlosch. Dann drehte sie sich zu Nick um und betrachtete sein schmales Gesicht, die Lachfältchen um die Augen, sein dichtes, widerspenstiges blondes Haar. Sie streckte ihre Hand aus und strich ihm eine Strähne aus dem Gesicht. Es fühlte sich gut an, so gut, dass ihr wieder warm wurde.

Ja, Arne war einverstanden. Das war deutlich.

Nick wachte durch ihre Berührung auf und blinzelte verschlafen.

»Hey. Wie spät ist es?«

»Viertel nach fünf.«

»Das ist verflixt früh. Kannst du nicht mehr schlafen?«

»Nein. Ich habe nachgedacht.«

Er schien jetzt wach zu sein und sah sie aufmerksam an.

»Ist es wegen der Beerdigung heute?«

Sie nickte. »Ich glaube schon. Es kommt so viel wieder hoch und …« Sie schluckte. »Ich weiß nicht, ob ich das kann.«

Er streckte seine Hand aus und strich zart über ihre Wange.

»Du bist nicht allein, Alex. Diesmal nicht.«

»Ja.« Sie küsste ihn. »Ich weiß.«

65

Alexandra schmiegte sich an ihn. Auch wenn sie nichts sagte, spürte Nick doch, dass da noch mehr war, dass es nicht nur die Beerdigung heute war, die ihr auf der Seele lag. Aber er drängte sie nicht. Sie würde schon darüber sprechen, wenn sie wollte. Sanft streichelte er ihren Nacken und ihren Rücken zwischen den Schulterblättern.

»Nick?«

»Ja.«

»Ich habe mit Paula gesprochen. Sie hat mir erzählt, wie das mit dem Zelten wirklich war.«

»Ach, das ist doch Schnee von gestern.«

»Ja, für dich vielleicht. Ich muss das aber noch klären. Für mich, weißt du, weil ich ungerecht war.«

»Okay, ist jetzt geklärt.«

»Da ist aber auch noch etwas anderes. Die Sachen, die ich zu dir gesagt habe. Ich habe dir wehgetan. Das wollte ich nicht.«

»Ja, das war ziemlich blöd. Weißt du …« Er fuhr sich durchs Haar. »Ich rede nicht gern darüber. Es ist vorbei und …«

»… die Straße liegt vor dir.«

»Genau. Aber ich bin ja nicht freiwillig fast zu spät zu meiner Abi-Prüfung gekommen. Es hatte mit meiner Mutter zu tun. Sie war öfter ziemlich neben der Spur, und ich musste mich um sie kümmern. Und abends, wenn ihr Partys gefeiert habt, habe ich in einer Kneipe Bier gezapft. Sie hätte sonst ihren Job verloren. Dem Wirt war es letztlich egal, ob sie oder ich hinter dem Tresen stehe. Tja …«

»Warum hast du nie etwas gesagt?«

»Ernsthaft?« Er verzog das Gesicht. »Ihr habt von euren Urlauben auf den Malediven und in Spanien erzählt, von euren Häusern und Segelbooten und was weiß ich. Eure Eltern waren Ingenieure und Ärzte und Anwälte und Lehrer. Und ich hätte von meiner Mutter erzählen sollen, die ihr Geld als Tresenkraft in einer Eckkneipe verdient, wenn sie nicht zu betrunken war, um zum Dienst zu erscheinen?« Er schüttelte den Kopf. »Verstehe es oder nicht, aber ich habe mich geschämt. Nicht wegen mir, das war mir egal. Ich bin ja immer irgendwie durchgekommen. Sondern für sie. Weil …« Er streckte einen Finger aus, berührte ihre Wange und fühlte die Feuchtigkeit an seiner Fingerspitze. »Sag mal, weinst du?«

Alexandra nickte. »Es tut mir so leid.« Sie fuhr durch sein Haar und streichelte seine Wange. »Es tut mir so leid, Nick, so leid.«

»Was denn?«

»Ich bin so ein Biest!« Sie umschlang seinen Hals, klammerte sich an ihm fest und begann zu schluchzen. »Wie kannst du nur hier neben mir liegen, obwohl ich so gemein zu dir war!«

»Du hast dein eigenes Päckchen. Manche Tiere beißen eben, wenn sie verletzt sind. Und Verlust und Trauer tun nun mal weh.«

Sie hob den Kopf und sah ihn an. Die Tränen glitzerten im Halbdunkel auf ihren Wangen.

»Sollte ich jemals wieder so gemein zu dir sein, erteile ich dir hiermit die Erlaubnis, mich in aller Form übers Knie zu legen.«

Er schmunzelte und strich ihr eine Strähne aus dem Gesicht.

»Wir werden sehen«, sagte er leise.

Alexandra schmiegte sich wieder an ihn. Er fühlte ihren warmen Atem an seinem Hals, der zunehmend gleichmäßiger und tiefer wurde, als sie einschlief.

Das Leben war oft knauserig, wenn es um große Geschenke ging. Aber wenn man von ihm nichts erwartete, überraschte es einen mit plötzlicher Großzügigkeit. Nick schloss die Augen und atmete tief ein. Und Alexandras Duft begleitete ihn in den Schlaf.

66

Donnerstag. Der letzte Donnerstag in den Ferien. Doch er fühlte sich für sie an wie ein Samstag. Ein ganz bestimmter Samstag. Déjà-vu.

Draußen lief das Leben in seinen gewohnten Bahnen. Eine Schulklasse machte einen Ausflug, die Kinder lachten. Der Anhänger eines Wagens klapperte beim Überfahren einer unebenen Stelle im Straßenbelag, irgendwo hupte ein Auto. Es war heiß da draußen, Schwalben jagten kreischend über den Himmel, eine Glocke schlug elfmal.

Doch hier in der Kirche Ste. Marie in Saint-Thibéry galt eine andere Zeit. In den Bänken saßen zahlreiche Leute – Männer und Frauen, Bekannte, Freunde, ehemalige Kollegen, Angehörige, junge Menschen. Und natürlich waren auch jene Frauen da, alte, schwarz gekleidete Weiblein, die jede Beisetzung in der Gemeinde mit ihrer Anwesenheit und ihrem Gebet unterstützten. Gelegentlich war ein Schnäuzen zu hören, das Scharren von Schuhen auf dem ausgetretenen Marmor, ein paar geflüsterte Worte, und die hölzernen Bänke knarrten. Sonst war es still.

Der schlichte helle Sarg stand auf den Stufen vor dem Altar. Auf seinem Deckel lag eine einzelne rote Rose.

Alexandra dachte zurück an diesen Samstag vor etwas über einem Jahr, an diesen Tag, an dessen Ablauf sie sich nur noch bruchstückhaft erinnerte, als wäre sie immer mal wieder für wenige Minuten aus einem medikamenteninduzierten Schlaf aufgewacht. Sie hatte für die Beerdigung einen Samstag gewählt, damit möglichst viele Kollegen teilnehmen konnten. Die Trauerhalle war überfüllt gewesen, hatte man ihr erzählt. Aber wer war da gewesen? Wer hatte sie begrüßt? Wem hatte sie die Hand geschüttelt? Hatte sie gegessen, getrunken? Sie wusste nichts mehr davon. Ihre Erinnerungen an diesen Tag waren grau und verschwommen. Stunden hatten sich zu Jahren gedehnt, als wäre die Zeit festgefroren – und sie mit ihr. Nur an eine Szene erinnerte sie sich wirklich, und diese Erinnerung war so lebhaft, als hätte sie es erst gestern erlebt – die Viertelstunde vor Beginn der Trauerfeier in der Halle des Friedhofs. Die Stille. Die Kühle. Das diffuse Licht, das durch gelb getönte Scheiben gefallen war. Die Blumen – weiße Blumen, Nelken und Lilien. Ihren Duft hatte sie heute noch gelegentlich in der Nase. Dann die Kerzen. Das Scharren und Schniefen. Die Bänke voller schwarz gekleideter Gestalten mit hellen Gesichtern, die alle gleich ausgesehen hatten. Und da war der Sarg. Arnes Sarg aus Ahornholz, auf dem eine einzelne langstielige rote Rose gelegen hatte. Oder war es tatsächlich erst gestern gewesen?

Ihre Kehle wurde eng. Doch bevor sie in Panik und Verzweiflung geraten konnte, nahm jemand ihre Hand und streichelte sie sanft. Sie wandte den Kopf. Rechts neben ihr saß Nick.

»Hey, es ist okay. Weine ruhig.«

In seinen blauen Augen lag Verständnis, ein Lächeln umspielte seinen Mund warm und liebevoll. Damit holte er sie wieder in die Gegenwart zurück, denn dies hier war nicht Arnes Beerdigung. Das lag hinter ihr. Sie hatte es geschafft, trotz allem am Leben zu bleiben und sich wieder einen Weg an die

Oberfläche zu suchen, zurück ins Leben. Sie seufzte tief und drückte dankbar seine Hand.

Die Rose auf dem Sarg stammte von dem Strauch, unter dem Patrice gestorben war, und Alexandra glaubte ihren Duft wahrnehmen zu können. Auf einer Staffelei stand das Gemälde, das Cécile von ihrem Mann gemalt hatte. Sein Gesicht war darauf nicht zu sehen, aber jeder, der ihn gekannt hatte, wusste, dass er es war – die konzentrierte Haltung, der Strohhut, der zwischen den blühenden Rosen hervorleuchtete wie eine Sonne. Ihr fiel wieder ein, wie Cécile ihr erzählt hatte, dass sie morgens aufgestanden war und plötzlich gewusst hatte, dass ihnen nicht mehr viel Zeit bleiben würde. Und dann war Patrice tatsächlich gestorben, an dem Tag, an dem sie dieses Bild vollendet hatte.

Alexandra ließ ihren Blick zu Cécile schweifen. Diese saß in der ersten Bank zwischen ihrer Tochter und ihrem Sohn aufrecht in einem knöchellangen weißen Kleid, in der Hand eine Rose vom selben Busch wie die auf dem Sarg. Tränen flossen über ihr Gesicht, doch sie lächelte dabei. Es war dieses feine Lächeln, das Alexandra mittlerweile gut kannte und das sie wohl immer mit Cécile in Verbindung bringen würde.

Der Priester und ein Messdiener, ein kleiner Junge von höchstens zehn oder elf Jahren, kamen herein. Die Orgel begann zu spielen, die Gemeinde sang. Auch Alexandra hatte das Buch aufgeschlagen in der Hand, doch sie konnte nicht singen. Ihre Kehle war zu eng, ihre Stimme drohte zu brechen. Immer wieder sah sie Cécile an und wunderte sich über ihr Lächeln. Sie sah aus, als hätte sie sich für ein Rendezvous zurechtgemacht und der Tod hätte keine Bedeutung.

Alexandra bewunderte sie für diese Haltung, und gleichzeitig beneidete sie Cécile darum. Ihr selbst hatte Arnes Tod den Boden unter den Füßen weggerissen, ihr Leben gespalten. Vielleicht war das eine Gelassenheit, für die sie selbst noch zu jung war.

Als sie etwas später am Grab Cécile weinend umarmte, lächelte diese und küsste sie sanft auf die Wange.

»Ich freue mich, dass es so gekommen ist, nicht im Krankenhaus, in einem weißen Bett mit piepsenden Geräten und Schläuchen, grauem Linoleumboden und dem Geruch von Desinfektionsmitteln, sondern draußen, in seinem Garten, an einem wunderschönen Tag. Bis zu seinem letzten Atemzug hat er die Wärme der Sonne gespürt, umgeben vom Duft der Blüten und der frischen Erde, das Zwitschern der Vögel im Ohr. Das ist nicht selbstverständlich. Es ist ein Geschenk, für das ich zutiefst dankbar bin – für ihn, aber auch für mich. So macht es den Abschied für mich leichter.«

Alexandra drückte sie. Ja, das hätte sie sich auch gewünscht. Und sie gönnte Cécile diese Erleichterung von Herzen.

67

Der Schein der Poolbeleuchtung fiel auf die Olivenbäume hinterm Haus. Sie hatten die kleine Stereoanlage auf die Terrasse gestellt, und aus den Boxen erklangen Rock-Songs. Die Gäste feierten und lachten, manche tanzten sogar. In zwei Feuerkörben loderten die Flammen. Sie waren alle gekommen, Julie und Henri, einige der befreundeten Biker, Madame und Monsieur Bouchard und Cécile. Es war eine kleine, fröhliche Gesellschaft und ein würdiger Abschluss eines Urlaubs, auf den Nick sich gefreut hatte, auch wenn er sehr holprig begonnen hatte. Er hatte sich die Zeit hier im Languedoc schön vorgestellt, voller interessanter Eindrücke, doch seine Erwartungen waren weit übertroffen worden. Jetzt brauchte er eine Minute für sich, um seine Gedanken zu sortieren und zu begreifen, dass das hier gerade wirklich stattfand.

»Alles klar, mein Freund?« Henri stieß ihn leicht mit dem Ellbogen in die Rippen und stellte sich neben ihn.

»Ja. Ich …« Nick atmete ein und aus. Eine Windböe blies ein paar Funken in die Luft, und der Geruch von gegrilltem Fleisch wehte zu ihm herüber. Trotzdem duftete es auch nach Pinien und sonnengewärmter Erde. »Kennst du das Gefühl, wenn du Angst hast, dass der Wecker klingelt und du feststellen musst, dass das alles nur ein Traum war?«

Henri lächelte. »Ja, selten, aber ja.«

»Weißt du, ich habe Alexandra schon in der Schule … Sie war damals schon ein tolles Mädchen, hübsch und klug und nicht so wie die anderen, aber völlig außerhalb meiner Reichweite. Deshalb habe ich es nicht einmal versucht. Und jetzt …« Er lächelte und drehte die Bierflasche in seiner Hand. »Ich kann es nicht fassen. Das ist wie eine zweite Chance. Und das ausgerechnet in Südfrankreich, tausendvierhundert Kilometer von Hamburg entfernt, wo wir beide wohnen. Verrückt, oder?«

Henri trank einen Schluck aus seiner Flasche und zuckte mit den Schultern. »Hat irgendwer behauptet, dass das Leben einer Logik folgen würde?«

Nick musste lachen. »Da hast du recht.«

»Wann wollt ihr fahren?«

»Morgen um die Mittagszeit. Alexandras Flieger startet um vier Uhr in Toulouse. Wir machen uns gleichzeitig auf den Weg. Wir wären zwar mit dem Auto unabhängig, aber ich weiß nicht. Es käme mir komisch vor, hier ohne sie zu bleiben, und sei es nur für ein paar Stunden. Außerdem …«

»Lass mich raten«, unterbrach ihn Henri. »Du willst sie so schnell wie möglich wiedersehen?«

Nick grinste. »Du sagst es.« Vor allem, bevor der Alltag dazwischenfunkt und alles wieder kaputt macht, fügte er in Gedanken hinzu.

»Und wie geht es dann mit euch beiden weiter?«

»Ganz ehrlich? Keine Ahnung.« Nick runzelte die Stirn und betrachtete das Etikett der Flasche in seiner Hand. »Wir werden uns vermutlich gelegentlich treffen, mit den Kindern gemeinsam etwas unternehmen, zusammen ausgehen und schauen, was sich entwickelt. Es locker angehen lassen, ohne Stress oder Zwang. Alexandra … Sie braucht noch Zeit, weißt du. Sie hat ihren Mann sehr geliebt. Seine Erkrankung und sein Tod haben tiefe Spuren hinterlassen. Ich will sie auf keinen Fall unter Druck setzen.«

»Und du selbst?«

Nick zuckte mit den Schultern. »Was soll mit mir sein?«

»Du hast dein eigenes Leben, deine Kneipe, die Bikes, deine Freunde und natürlich auch deine eigenen Probleme und Sorgen. Vergiss dich selbst dabei nicht.«

»Du klingst fast schon wie deine Frau.«

»Möglich. Vielleicht ist das ansteckend.«

Sie lachten beide.

»Mach dir keine Sorgen, Henri. Ich weiß, wann ich Kompromisse eingehen kann und will und welche Punkte nicht zur Diskussion stehen. Alexandra und ich … Wir kommen immer noch aus zwei verschiedenen Welten. Und der Alltag wird zeigen, ob das ineinanderpasst oder nicht. Derzeit ist nur eins wichtig: Ich genieße den Moment, rechne mit allem und erwarte nichts.«

»Wie auf dem Bike.«

»Genau. Wie auf dem Bike, so auch im Leben.«

»Was auch immer kommt, ich weiß, du wirst das Beste daraus machen, Nick.«

»Ja, wie immer.«

Sie stießen mit ihren Bierflaschen an und tranken. Über ihnen schimmerten die Sterne, und die Grillen waren so laut, dass sie für einen Moment sogar die Musik und das Gelächter auf der Terrasse übertönten.

Heute ist es schön, dachte Nick und trank seine Flasche leer. Und morgen gibt es vielleicht gar nicht.

68

Die Handtasche mit den Papieren und Flugtickets über der Schulter, ihren Koffer in der Hand, trat Alexandra durch die Haustür. Auf dem Hof stand der Leihwagen. Paula und Jonas hatten bereits die Türen geöffnet, waren aber genau wie Tim und Sophie noch nicht eingestiegen. Daneben stand Nicks bis ans Dach vollgepackter Kombi mit Anhänger und Bike. Während sich die beiden Großen noch unterhielten und die Kleinen lachend Fangen spielten, lief Puce über den Hof, schnupperte an jeder Hausecke, an jedem Kübel und hob an einem Oleander das Bein, als wüsste er, dass er diese Gegend lange Zeit nicht wiedersehen würde.

Im Gegensatz zu mir ist er fröhlich. Kein Wunder, er lässt ein hartes Leben hier zurück und fährt in eine Zukunft als Familienhund. Ich hingegen … Wehmütig sah sie noch einmal zurück. Durch die geräumige Eingangshalle und den offenen Wohnbereich hindurch konnte sie die Terrassenfenster sehen und den Pool. Seine Wasseroberfläche war glatt und klar wie türkisfarbenes Kristall und lockte zum Schwimmen. Und dahinter sah sie die Olivenbäume und den Himmel. Ich glaube, ich werde das hier vermissen, dachte sie. Sie drehte sich um und drückte der Haushälterin die Hand.

»Vielen Dank, Madame Bouchard.«

»Wofür? Ich habe nur meine Arbeit gemacht.«

»Nein, Sie hätten sich nicht so um uns kümmern müssen –

das Haus in Ordnung halten und kochen, Ihre wunderbare Ratatouille und das Rosmarin-Hühnchen. Vielen Dank dafür.« Sie drückte der Haushälterin einen Schein in die Hand. Und auch wenn Madame Bouchard sich ein bisschen zierte, freute sie sich sichtlich darüber.

»Danke, Madame. Und bon voyage!«

»Ja, die werden wir hoffentlich haben. Richten Sie bitte herzliche Grüße an Madame und Monsieur Degas aus, wenn Sie das nächste Mal mit ihnen sprechen. Ich werde mich auch noch persönlich bei ihnen melden, wenn sie wieder von ihrer Reise zurückgekehrt sind.«

»Ich werde es ausrichten, Madame.«

Alexandra ging zu ihrem Wagen. Nick stand neben seinem Kombi, die Arme auf das Dach gestützt.

»Was meinst du, Alex, wollen wir noch kurz bei Cécile anhalten?«

»Ja.« Das Ja kam aus ganzer Seele, und sie fragte sich, warum sie nicht selbst auf diesen Gedanken gekommen war. »Das ist eine großartige Idee.«

Die Fahrt zum Pförtnerhaus dauerte nur wenige Minuten.

»Wollt ihr mitkommen?« Alexandra schnallte sich ab und sah Paula und Jonas an. Beide schüttelten die Köpfe. Also stieg sie allein aus. Nick wartete schon auf dem Weg, nahm ihre Hand, und gemeinsam gingen sie um das Haus herum.

Sie fanden Cécile allein auf der Terrasse im Schatten sitzend. Sie sah aus, als ob sie schliefe. Doch als sie sie hörte, hob sie den Kopf, stand auf und kam ihnen entgegen.

»Entschuldige, wenn wir stören«, sagte Alexandra.

»Unsinn. Wobei solltet ihr denn stören? Ich habe nur ein bisschen nachgedacht.«

»Wir bleiben auch nicht lange.« Nick lächelte und streckte seine Hand aus. »Wir wollten uns verabschieden.«

Cécile ignorierte seine Hand und umarmte ihn stattdessen. »Ferien sind kurz, nicht wahr?«

»Ja, viel zu kurz.«

»Wann müsst ihr los?«

»Jetzt. Unser Flug geht um vier, und wir müssen noch nach Toulouse fahren«, antwortete Alexandra. »Der Wagen steht fertig gepackt vor deinem Haus.«

»Wir sind zwar mit dem Auto unterwegs, aber ich wollte mit Alexandra gemeinsam aufbrechen. Wenn wir gut durchkommen, sind wir morgen gegen Mittag zu Hause.«

»Ich wünsche dir eine gute, sichere Fahrt.«

»Danke. Au revoir.« Nick löste sich aus Céciles Armen. »Ich gehe schon mal zum Auto, okay?«

Alexandra nickte. Sie war froh, ein paar Augenblicke mit Cécile allein zu sein.

»Danke, Cécile. Danke für alles.«

»Was habe ich denn getan?« Sie drückte Alexandra an sich. »Für jeden ist es anders, Alexandra. Ich schaue mit Dankbarkeit auf das, was ich hatte und was immer noch hier ist.« Sie deutete auf den Garten. »Aber das Leben geht weiter. Meine Tage sind jetzt länger, manchmal vielleicht leichter, manchmal auch einsamer. Dennoch ergibt es keinen Sinn, wenn ich der Vergangenheit nachweine. Im Gegenteil. Ich baue Patrice das schönste Denkmal, wenn ich weiterlebe und glücklich bin, solange es eben noch dauert. Und was ist mit dir?«

Alexandra holte tief Luft. »Ja«, sagte sie, »du hast recht. Ich habe mich lange in meinen Schmerz vergraben. Vielleicht, weil ich Arnes Tod als Niederlage empfand. Weil ich gemerkt habe, dass wir so sehr damit beschäftigt waren, das Unabwendbare abzuwenden, dass wir Wesentliches versäumt haben. Dass wir uns nicht wirklich voneinander verabschiedet haben, einander nicht freigegeben haben. Ich glaube, das ist der Grund, weshalb ich ihn nicht gehen lassen wollte oder konnte. Aber nun …« Sie lächelte. »Ich habe viel gelernt – von dir und von Patrice.«

»Du und Nick, ihr wohnt in derselben Stadt, nicht wahr?«

»Ja. Wir werden es miteinander versuchen, ohne Zwang und ohne Erwartungen. Ob das, was uns verbindet, dem Alltag standhält, werden wir sehen. Aber wir werden ihm eine Chance geben. Es ist, wie du gesagt hast. Das Leben ist kurz, und Liebe ist unendlich kostbar. Wir können es uns nicht leisten, etwas davon zu verschwenden. Und das werden wir beherzigen.«

Cécile lächelte und drückte ihre Hände. »Und deine Kinder? Du hattest doch große Sorgen, was sie zu einer neuen Beziehung sagen könnten.«

Alexandra schüttelte lachend den Kopf. »Ich fürchte, auch das war nur vorgeschoben. Ich will nicht behaupten, es sei ihnen egal, aber sie blicken der neuen Wendung deutlich positiver in die Augen als ich am Anfang. Sie mögen Nick. Und sie kommen gut mit Tim und Sophie aus. Wir werden uns treffen, miteinander etwas unternehmen und einfach schauen, was daraus wird, ob die Pflanze wächst und gedeiht.«

»Patrice würde sagen: Zeit, Sorgfalt, gute Erde, Wasser und den richtigen Dünger – mehr braucht es nicht, um jede Rose zum Blühen zu bringen.« Cécile lächelte und küsste Alexandra sanft auf die Stirn. »Es freut mich für dich und für Nick. Ich wünsche euch beiden alles Gute. Wenn ihr mögt, kommt mich gern besuchen, jederzeit.« Sie lächelte immer noch, doch in ihren Augen schimmerten Tränen. »Ich werde jetzt mehr Zeit haben und auch selbst wieder mehr reisen können.« Dann bückte sie sich und hob eine Pflanze in einem Kübel auf, den sie Alexandra reichte. »Nimm die hier mit nach Hause. Es ist ein Setzling der roten Rose. Patrice hat sie letztes Jahr gepflanzt. Und ich bin sicher, dass er gewollt hätte, dass du, dass ihr beide sie bekommt. Nimm es mit als Geschenk von Patrice und von mir.«

»Aber …«

»Nick kann sie bestimmt im Auto transportieren. Sie trägt jetzt ihre ersten Knospen und wird bald blühen. Und nun au revoir.«

»Au revoir, Cécile.« Alexandra musste schlucken, als sie sie zum Abschied umarmte.

»Und nun geh, Nick und die Kinder warten auf dich.«

Alexandra winkte noch einmal. Mit der Rose im Arm ging sie den Gartenweg entlang zu den Wagen und atmete noch einmal tief ein, um all die Düfte in Patrices Garten in sich aufzunehmen, damit sie sich auch noch in Hamburg an sie erinnern konnte – Orangenblüten, Rosen, Thymian, Lavendel, Oleander.

Nick deutete auf die Pflanze. »Was ist das?«

»Eine Rose. Ein Geschenk von Cécile als Andenken an Patrice. Bekommst du sie noch irgendwo in deinem Auto unter? Im Flugzeug werde ich sie kaum mitnehmen können.«

»Klar, wird schon passen.« Nick nahm den Topf entgegen. Dabei trafen sich ihre Blicke. »Ich passe gut auf die Rose auf«, sagte er leise. Dann legte er seine Hand um ihren Nacken und küsste sie. »Gute Fahrt und guten Flug.«

»Euch auch.« Sie erwiderte den Kuss, schloss die Augen, genoss das Gefühl seiner Lippen auf ihren – und bekam Angst. Würde diese kleine, zarte Pflanze dem rauen Klima in

Hamburg standhalten, dem Alltag, dem Hetzen zwischen Job, Schule, Gewohnheiten, Freunden? Wir werden sehen.

Dann stieg Nick in seinen Wagen, und sie setzte sich hinter das Steuer. Die Kinder stiegen ein, Puce sprang zu Nick auf den Beifahrersitz, Autotüren schlugen zu, Motoren wurden angelassen.

Au revoir.

Eine ganze Zeit fuhr Alexandra hinter Nick her, zuerst auf dem staubigen Weg bis zur Landstraße, dann auf der A9, bis sich die Straße gabelte und Nick rechts abbiegen musste, während ihr Weg sie weiter geradeaus führte zum Flughafen nach Toulouse. Nick setzte den Blinker, hupte, streckte seinen Arm aus dem Fenster und winkte. Eine Weile verfolgte sie noch im Rückspiegel, wie der Kombi mit dem Motorradanhänger kleiner und kleiner wurde, bis er schließlich hinter einer Biegung verschwand.

69

Als das Taxi vor ihrem Haus hielt, war es fast neun Uhr. In der Straße herrschte die friedliche Stille eines Samstagabends. Ein Jogger kam vorbei, ein Spaziergänger mit Hund. Sie schaute zu dem gelben Jugendstilhaus mit den weiß abgesetzten Fenstern hinauf – zu Hause. Wie würde es sein? Würde das dunkle Loch sie wieder verschlingen, hier, in ihrer gewohnten Umgebung, in der so vieles an Arne erinnerte? Über dem Dach des Hauses flogen Schwalben, und sie nahm es als gutes Omen. Sie holte ihr Portemonnaie aus der Tasche und bezahlte den Fahrer.

»Habt ihr alles?«

Paula und Jonas nickten. Beide waren müde und gähnten. Trotzdem sahen sie erholt aus, braun gebrannt und fröhlich.

Alexandra nahm ihren Koffer, und Jonas stürmte vor, um die Gartenpforte zu öffnen. Der Taxifahrer fuhr davon, und im selben Moment traten Rosaria und Jorge aus der Tür. Jorge schleppte ihre Koffer ins Haus.

Etwas unsicher und zögernd trat Alexandra über die Schwelle. Es roch nach Putzmittel, frischen Blumen – und Pizza. Sie lächelte. Überall waren offensichtlich Menschen, die sich um sie und ihr leibliches Wohl sorgten.

»Sie sehen gut erholt aus, Frau Doktor«, sagte Rosaria und lächelte breit. »Urlaub war schön?«

»Ja, danke. Es war wunderbar. Gab es hier in der Zwischenzeit etwas Wichtiges?«

Rosaria schüttelte ihre schwarzen Locken. »Nix. Alles gut. Garten okay. Hat viel geregnet, aber sonst alles gut. Paket von Musikladen ist gekommen. Post liegt im Arbeitenzimmer. Und in der Küche ist Pizza fertig.«

»Danke. Und danke, dass Sie sich in der Zwischenzeit so gut um das Haus gekümmert haben.«

»Nix zu danken, Frau Doktor.« Rosaria nahm ihre Jacke und ihre Tasche von der Garderobe. Jorge nahm eine Reisetasche. Dann verabschiedeten sich die beiden, und Alexandra schloss hinter ihnen die Tür.

»Bringt eure Sachen nach oben. Dann wascht euch die Hände und kommt zum Essen. Rosaria hat Pizza gemacht.«

»Juhu!«

Im oberen Stockwerk hörte sie Paula und Jonas in ihre Zimmer stürmen. Sonst war es still.

Wieder zu Hause. Sie holte tief Luft. Ihr Herz klopfte. Sie merkte, dass sie Angst bekam. Die Routine hatte sie zwar aufrechterhalten, aber sie hätte sie auch beinahe erstickt. Wenn nun das Gleiche wieder geschah? Wenn sie sich so von der Arbeit und den unzähligen kleinen und großen Pflichten einnehmen ließ, dass es für Nick und sie keine Chance gab, was dann? Und wenn er gar keine Chance wollte? Wenn sie für ihn nur eine Ferienromanze war? Ein bisschen was anderes, mal so, zwischendurch?

Alexandra schluckte. Dieser Gedanke war hässlich. Er passte weder zu ihr noch zu Nick. Aber einmal in der Welt, setzte er sich fest, wuchs, wurde immer größer und widerlicher, bis …

… bis das Handy in ihrer Tasche sich mit dem Signalton für eine eingegangene Nachricht meldete.

Mit zitternden Fingern holte sie es hervor und schaute auf das Display.

»Hoffe, ihr seid gut zu Hause angekommen«, stand da. »Rose geht's gut. Bringe sie am Montag vorbei. Freu mich schon …« Dahinter ein lächelnder Smiley.

Alexandra lehnte den Kopf an die Tür und schloss einen Moment die Augen.

Die Angst war weg, zerplatzt wie ein Partyballon. Zurück blieb ein Regen aus glitzerndem Konfetti.

Rezepte

Julies Mafé

- 500 g Hühnerbrust
- 2 Zwiebeln
- 2 Knoblauchzehen
- 300 g Kartoffeln
- 300 g Möhren
- nach Geschmack: Champignons, Kohlrabi oder Blumenkohl
- Bratöl
- 1 EL Curry
- Erdnussbutter (vorzugsweise aus gerösteten Erdnüssen, möglichst wenig Zucker – Produkte aus dem Asia-Laden sind geeigneter als die amerikanischen Varianten)
- 1 EL Tomatenmark
- 2 EL Sojasauce
- 350 ml Brühe
- Salz und Pfeffer
- Chilipulver

Das Fleisch in Stücke schneiden, das Gemüse putzen und ebenfalls in Stücke schneiden, Zwiebeln würfeln, Knoblauch pressen.

Das Öl in einem Topf erhitzen und die Fleischstücke anbraten, dann die gewürfelten Zwiebeln mit dem gepressten Knoblauch und dem Currypulver dazugeben und kurz mitbraten. Anschließend das Gemüse hinzufügen. Erdnussbutter (großzügig, bis zu einem halben Glas, gern auch mehr), Tomatenmark und Sojasauce in den Topf geben und mit der Brühe ablöschen.

Aufkochen, zudecken und bei schwacher Hitze 20–30 Minuten kochen lassen, bis Fleisch und Gemüse gar sind. Dabei immer wieder umrühren, damit nichts ansetzt.

Mit Salz, Pfeffer und Chilipulver abschmecken.

Als Beilagen passt Reis oder Fladenbrot.

Für eine vegetarische Variante des Mafé kann einfach die Gemüsemenge erhöht und das Fleisch weggelassen werden.

Dafür brät man zuerst Zwiebeln mit Curry und Knoblauch an und gibt dann das geschnittene Gemüse dazu. Alles Weitere bleibt wie beim klassischen Mafé-Rezept.

Cassoulet (Eintopf aus dem Languedoc)

Sehr gehaltvoll! Die Menge eignet sich für eine große Runde oder zum Einfrieren.

- 750 g weiße Bohnen (über Nacht eingeweicht)
- 750 g gepökeltes Schweinefleisch (Puristen nehmen Schweinebauch oder gepökeltes Eisbein, allen anderen reicht auch Kasseler)
- 4 Entenbrüste
- 4 EL Olivenöl
- 2 Zwiebeln
- 6 Knoblauchzehen, klein gehackt
- 2 Lorbeerblätter
- 1 Msp. Nelkenpulver
- 4 EL Tomatenmark
- 8 rohe Bratwürste

- 1 große Dose geschälte Tomaten
- Salz und Pfeffer aus der Mühle
- 100 g Paniermehl

Die Bohnen in einem großen Gefäß über Nacht einweichen. Den gepökelten Schweinebauch in einem weiteren Gefäß auch über Nacht in Wasser einlegen.

Die Bohnen abgießen und in einen großen Topf mit frischem Wasser geben, aufkochen, 10 Minuten sprudelnd kochen, abgießen, beiseitestellen. Von dem Schweinebauch die Schwarte abschneiden. Das restliche Fleisch in 2 cm × 2 cm große Würfel schneiden. Die 4 Entenbrüste teilen. Von dem Olivenöl 2 TL in einer Pfanne oder Kasserolle erhitzen und das Fleisch portionsweise darin anbraten.

Die Bohnen mit den Zwiebeln, dem klein gehackten Knoblauch, den Lorbeerblättern, dem Nelkenpulver und dem Tomatenmark in einen großen Topf füllen. Die angebratenen Fleischwürfel unterrühren und mit Wasser bedecken. Das Ganze zum Kochen bringen, dann bei schwacher Hitze und zugedeckt für 1½ Stunden köcheln lassen, bis die Bohnen weich sind.

Den Backofen auf 180 °C vorheizen.

In einer Pfanne das restliche Öl erhitzen und die Entenbrüste sowie die Bratwürste darin anbraten, anschließend die Wurst in Stücke schneiden.

Dann die Bohnenmischung in einen Steinguttopf (es geht auch die gewässerte Unterschale vom Römertopf) oder in eine andere feuerfeste Form (z.B. einen Bräter) füllen. Die Tomaten vierteln und mit den Wurststücken und der Entenbrust unterheben. Das Ganze mit Salz und Pfeffer abschmecken. Anschließend mit dem Paniermehl gleichmäßig bestreuen und für 45–60 Minuten im Backofen backen, bis die Kruste eine goldbraune Farbe angenommen hat.

Dazu Landbrot oder Baguette servieren.

Apfeltarte

- 1 Pckg. Blätterteig
- 4 süße Äpfel
- 3 Eier
- 250 ml Sahne
- 5 EL Zucker
- 2 Pckg. Vanillezucker
- 1 EL Cognac (nach Belieben)

Den Blätterteig in einer Tarteform ausrollen und mit einer Gabel mehrere Male in den Boden stechen.

Die Äpfel schälen, in dünne Spalten schneiden und auf dem Boden verteilen.

Für den Vanilleguss:
Eier, Sahne, Zucker, 1 Pckg. Vanillezucker und 1 EL Cognac verquirlen. Über die Äpfel gießen und mit einer Pckg. Vanillezucker bestreuen.

Im vorgeheizten Backofen bei 180 °C ca. 1 Stunde backen.